# 任她时光在游荡

李晓莹 著

江苏凤凰文艺出版社

图书在版编目(CIP)数据

任她时光在游荡 / 李晓莹著. —南京：江苏凤凰文艺出版社，2023.2

ISBN 978-7-5594-7325-7

Ⅰ.①任… Ⅱ.①李… Ⅲ.①散文集—中国—当代 Ⅳ.①I267

中国版本图书馆 CIP 数据核字(2022)第 225324 号

# 任她时光在游荡

李晓莹　著

| 出 版 人 | 张在健 |
|---|---|
| 责任编辑 | 孙建兵 |
| 责任印制 | 刘　巍 |
| 出版发行 | 江苏凤凰文艺出版社 |
| | 南京市中央路 165 号，邮编：210009 |
| 网　　址 | http://www.jswenyi.com |
| 印　　刷 | 江苏图美云印刷科技有限公司 |
| 开　　本 | 880 毫米×1230 毫米　1/32 |
| 印　　张 | 8.625 |
| 字　　数 | 220 千字 |
| 版　　次 | 2023 年 2 月第 1 版 |
| 印　　次 | 2023 年 2 月第 1 次印刷 |
| 书　　号 | ISBN 978-7-5594-7325-7 |
| 定　　价 | 55.00 元 |

江苏凤凰文艺版图书凡印刷、装订错误，可向出版社调换，联系电话 025-83280257

# 目录

## 第一辑 七片喧哗

当故事掠过旧时光 003
一切都是传记 006
似似故人来 009
你曾是我不及的梦 028
全程流调 030
世界上另外一个我 073
梦里的长镜头 077
送我一场爱恨 080

## 第二辑 旧时雪

白云飞过苍狗 085
月亮在白莲花般的云朵里穿行 088
突然的大雨 144
布谷海 146
西林有雪 148
记忆的痂 158
宁静的夏天 160
一段虔诚的时光 162

## 第三辑 与风耳语

平凡的自由的鱼 167

说与谁听,自有人听懂 170

白鹭洲的情人 172

灵魂有青苔的因因 185

盛夏读书,遥望他途 221

时光如此狼狈 225

## 第四辑 在我眉间

荆棘鸟的代价 229

世事的味道 233

不持有的人生 237

湖岸前生 239

把你故事,写入苍穹 243

洗尽铅华 246

听那星光歌唱 251

她的酒馆打了烊 253

## 第五辑 月光之下

纵使相逢应不识 259

第一辑

七片喧哗

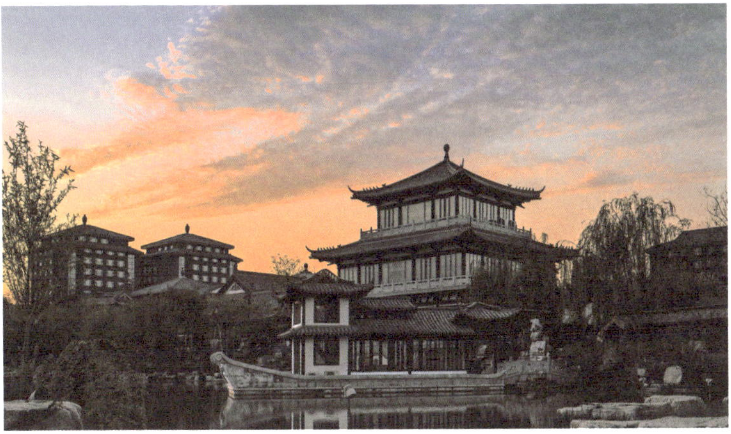

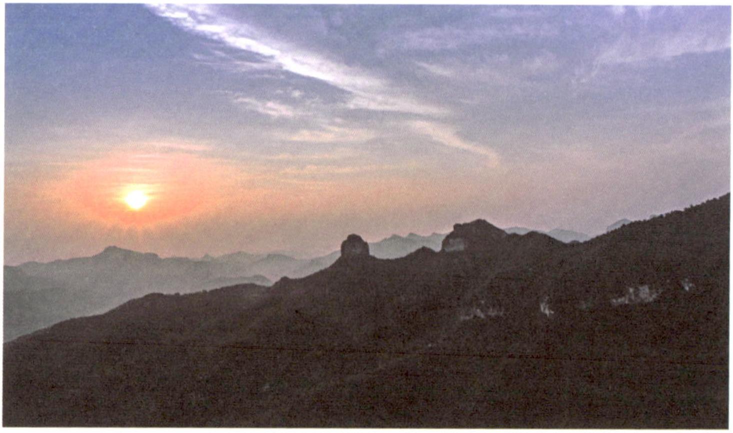

## 当故事掠过旧时光

在一场始于犹豫而终于逃遁的故事里,把日子消磨到头,是应该要挽回自己的时间了。

思量前尘之所以漫漫,是大雪把来时路上零乱的车辙一一修补,就好似掩盖时光。旧时光里有旧时光的沧海,新潋滟处,故事会从哪里讲起?且,到现在,关于过去,关于自己,该如何定义。带着雪粒儿的清风旋转,将岁月碾成光晕,一轮又一轮。

温暖是双向的,是以自己温暖世界,世界也温暖于你。奔跑是要有意义的,是前方春花烂漫,是心底柳暗花明,是被知晓,被理解,被礼赞,被褒扬,被欢喜。但我不是喜欢有预期的人,我喜欢方向未知,前路不明朗的人生,有一段那么长的时间里,一直痴迷于自己的勇敢和徒劳。因为有人说过,往后再说。

往后那么多路,可以有那么多说法,每一条你都拿不准,就像猜谜语一样引人入胜。但往后还是有尽头的。

有一次,在时光的开头,我们在一本很旧很旧的书页上,看到你的名字。你问我,是铅字更长久,还是相聚的时间更长久。我说,当我老了,满头都是白头发的时候,我才不愿意相聚,但书架上如果有一本书,无论它怎样破损不堪,内容无聊空泛,它都是一个承载,被一直拥有。

生命里最深的结,却不是关于你的,而还是关于我自己的,所以我一直不肯距离你太近。我讨厌清楚,像放大镜一样被看清楚。我又喜欢写字,书写很多暧昧不清的字。我觉得每个人的人生都不是那么清楚开阔的,如果生命是一片平原一眼到头,那日子多荒芜透顶啊。所以,便为你所抵触,你不喜含混。

而我一直在做的事情，却是反复把人生的故事揉碎、拆解、合拢。这件事情本身，就带着特别多的不确定性，甚至包括撒谎。完整地把自己内心里所有的想法都开诚布公，那是多么浩大的工程。

所有人的内心都是零乱的，向左的方向1＋2等于3，向右的方向1＋2不等于3，向上的方向1＋2杀了3。

我沉默的时候，你觉得我悖逆，我要是可以有这样的才华，把三重四种的内容都用一种轻松犀利的语言条理清晰地表达出来，我也就不至于多年无法告诉你。所以，你不喜持菲薄而示真实。

我只剩下了自己。在这样的境遇下，我写的故事，包括不是故事的文字，都带着一种我自己的操纵性。我渐渐发现自己特别温柔，是和你，和人接触的任何时候我都表达不出来的一种温柔的宽容。仿佛，用力一下就戳疼了我自己。

有时，我甚至需要提醒自己，注意"尊严"两个字的存在，反复摩挲她的命运的时候，尊重一下故事发生之时的龌龊，掩藏修正会让笑容蒙尘。

在指尖塑造她，也塑造自己的观点，就总以为事情和解决方式以及结局，是平行或者高出自己践行的价值观的，反而轻而易举地就虚假、肤浅和狼狈起来。

而我的秉持，就是我真实地拥有过她，我笔下的自己，我真实地爱过他，我笔下的君子，如果你非要对号入座的话，我坦言并不算是你，我没有爱过真实存在的你，更没有像我告诉你的那样一往情深。但是，我对爱与喜欢，有自己的理解。

当我第一次把许多个名字记下来时，我想告诉自己，这就是人间的真实。可当我第二次把名字誊录，我又在想，其实，哪有那么多真实的她，真实的你，故事而已，到此为止。

她在苍茫的夜晚独自垂泪，我因她的难过而迁怒于你，她在遥远的旅途当中留下只言片语的苦涩，我帮她驱逐疲乏里混着的伤。一望无人的沙漠，骆驼把一枚膝盖骨掩藏起来，隐匿了杀戮，棕灶鸟夫妻两个口衔羽翼织家居,而鳁鱇和三文鱼都会在恋爱后死去……

那些故事又热烈又伤感,我写出来时她哭了,而我自己从不肯为此落泪。她是不完全的我,我是不完整的她。

我没有走过更远的路,也没有爱过更多的人,书写爱情,书写深情,这件事情本身对我来说,其实有一点刻意为之的意味。

我读书里的故事,看身边的悲欢离合,常常因为此中的美好、无奈而怅然,我试着追随他们未来的故事,反反复复的探究,但我知道真实往往并不像我想象中一样有确切的结局,真实并不是有人确切地恨,有人歇斯底里地爱,往往没有。

但是,空气中好像氤氲着那种气息,一直在隐藏,隐藏,需要有一种显影液一样的物质,一点一滴,让生活呈现出来。

人生太平静了,很多事情拉长在漫长的岁月,很多人拉开在漫长的距离,好像就没有发生似的,这不是真实的。所以,当可以再次看清了那么多脚印后,人啊,是不是就可以错误犯得少一些,再少一些。

有一句很喜欢的词,是李清照的《念奴娇·春情》里的一句,"清露晨流,新桐初引,多少游春意。"那一个"引"字,怎么可以这样动人。昨夜,白露因清冷而生,今晨,植被的青叶郁郁葱葱,弯曲如弧的脉闪闪发光,春天的桐树刚刚新生一点嫩芽,在阳光与露水的交相映视下,这世间闪烁着、透亮起来了,春天是花之盛宴吧,举目皆是。

当心底的故事掠过我们的旧时光,飞越春天的花海、鲜活的丛林、熙熙攘攘的人群,我雀跃着搅碎天空的宁静,去看山水河流、辽阔大地,去看汹涌澎湃、波澜壮阔,去看涓涓细水、孱弱清流,也去看看那个,温柔的平凡的渺小的那个我自己。

当我写下这些句子,才发现我心里原来也有预期,只是已经不再需要别的更多地参与。

# 一切都是传记

路过我家以前的院子,我特意多看了两眼。红砖墙下灰水泥砌出的墙围上,冬天烧暖气储煤时留下来的痕迹,跟多年前一模一样。盐性的物质从水泥的铺满里沤出来,在墙上勾出苍白而不知名的国度。我给孩子讲,我以前住在这里,我们家的院子里开满了紫丁香。

紫丁香,从前,我想起它的名字,就觉得能嗅到契合的香气。如今,这一切荡然无存。时间是一把戒尺,打乱了秩序,忘记了春夏秋冬,打散了喜怒哀乐,让我们学会忘记。只有沉默的砖墙,一日一日,检阅我们的生、长以及离开。

或许,我们真是一定要忘却什么,才能收获更新的……

那个秋天,天空中到处是迁徙的鸟。

白杨树列队在张望,适合离开,所有的气氛都渲染到最后,最适合不动声色地离开。穿了便服来看我的那个人,我斜着眼睛,打量我从未见过的他这一身,笑着问,你这是要去相亲?

大地上,连火车都在到处迁徙。不知是不是要去,相亲。

去往川南的路上,有很多和湘西一样的山,散落着南方演鬼戏时面具一般的墓碑。我斜靠在破旧的座位上,没有睡着,和睡着一样。那是我宁静岁月的最后一夜,我在夜里听见鸟儿筑巢扑棱双翅的声响,我已经无法睁开双眼。整个夜晚,火车震得我身下的大地发颤。

没有走到接站口,又补了返回的票。

武侠小说里,离别的人会抱拳而作揖,山水自在,何必相逢。

"……时光是琥珀……"

奶奶最近哮喘得太厉害,于是,铲掉了院子里所有的花,包括紫丁香。我给奶奶翻出了一套我的围巾帽子,看着她欢天喜地地戴好。我心里一阵阵难过。

……

旅行,又一次在路上。我曾想,如果在茫茫人海里,竟然遇到你,我还会不会,像过去那样笑着说,一切都好。

"……缱绻胶卷,静播默片,定格一瞬间……"

我说,我有一个男孩,8岁,聪明淘气,像个小猴子;你回我,你有一个女孩,10岁,漂亮安静,一点也不像我,像枝白百合。

而后,我们都笑了,各自前行,心存感激。

一切都好,像传记一样的好,像镀金一样的好。

沱江两岸,灰色的石板悉数相连,孩子从这头跑过去,换一条路线又跑回来。这一刻,我看着眼前的景象,也忽然明白了那时我没有去找你——是因为你我心中各自有座无人岛屿,静候于水的彼端,山长水阔,何必相连。

吕西安·弗洛伊德说,一切都是传记。

我们的少年时代,我们的亲人,我们不能忘怀的友人,甚至,某一刻掉下来的一缕头发,每一样都是传记的一部分。显露出来的,深藏下去的,有些我们熟悉,有些我们陌生,但是所有的,我们都无可避免地镌刻在了身上,走过生命里的每一个转角。而每一次留恋,每一个妄想,都是一块棱镜,折射出曾经的、真实的某一面。在希望里两两相望,在失望里彼此离弃。抓得住的蓬蒿之草,留不下来的鸿鹄之志,哪一个都是自己,哪一个也不是完整的自己。生如碎片,不必深记,也无需遗忘。

入夜的凤凰古城,渐渐静谧的沱江两岸,我在石阶下发现一簇紫丁香。微小的事物把过去代入现在。

那个夏天,午后,我收回凑近紫丁香的脸,长着两只微小触角的蚂蚁从我水粉色塑料凉鞋边爬过,嗅到空气里有湿润的虫类碾成泥的微腥味道。梧桐树的枝丫撑起偌大的遮阳伞,黑色双翼的山雀伸展的姿态,丝瓜蔓爬满的红砖墙外传来临近医院机械磨电的巨大嘶嘶声响。低垂的蛇豆角长到我手腕粗细,在刚刚砌好的东屋台基上,我问所有的人,这个是什么菜?香蕊半开的橘色小花,成熟落地的黑色种子,邻居家的哥哥下班回来,骑着自行车,后座捆着一个椭圆的红泥矮盆,浅檀香色的上水石,豆绿色山核桃一般大小的亭台,覆着深灰的六角华盖。新婚不久的嫂子,头上别着青色发夹,问我家借一页横格的纸……

丁香不语,恰如少年。少年,青年,不知不觉,我们就走到了中年。

一切都是传记,一切都是传记。

# 似似故人来

## 1

过去的恋情都是会被记住的。对于情路并不复杂的人来说,尤为如此。感情在好多年之后,恋人之间的各种细节开始含混,年轻的面孔也变得模糊,有时还平白无故地新生出一些有趣、怨恨的小故事来。

这样式的,允许增加杜撰情节的,很多人相信说明从前是真爱过。

他们说,因为只有曾翻来覆去地被想起,才有可能一次与一次不尽相同。我和徐沛明之间即是如此。

但凡开始,便要人抵死不悔,这是我很多年前对待感情的一种态度。那时,徐沛明是欣然接受的。他经常描绘我们两个人第一次见面时候的场景。

"你穿了一件鹅黄色的宽 T 恤,上面印着生活几何的标志,乌黑的长头发挂在耳朵后面,露出整个脸庞,明明是在跟人生气,还能笑得一脸灿烂……"与其说他爱上我,倒不如说是他爱上我那件鹅黄到近乎明亮的 T 恤。在后来我们交往的日子里他动不动就要提到那件衣服,仿佛我根本没有别的衣服似的,以致跟他分手之后很久,所有层次的黄色看起来都有些旧日恋情的味道。

与此同时,我却是在学校里爱上了张爱玲、安妮宝贝这一类无用的灰色文艺,我又像躲避饥荒一样避免学习到所有健康有用的东西,《计算机》《国际贸易》,尽管我知道别人的学生生活不是这个样子的。而我记忆中的徐沛明,也和许多人眼中的徐沛明大不相同。从我们认识的第一刻开始都是不同的。

当时他穿着深蓝的衬衣,在迪厅晦明闪烁的五色灯光炫目之下,那样深的颜色,几乎要被隐身了。但是,他的脸庞却又是好看到熠熠发光,不得不让人注意到。

麦色的皮肤若光泽拂面,眼神很耐烦,略有一丝在等待的意思,嘴角无聊地挑着,跟周围歇斯底里的嘈杂格格不入。猜他是被朋友硬拖进来的,不喜欢又一时离不开,只好冷眼相看。

果然,过了一会儿,他就出去了。此时,我也去换换空气。我们两个同时坐到了厅外的黑色长丝绒沙发上。

"同学,半夜三更的你来这里。你看你的脸,涂得像个什么鬼!"我的口袋里装着一包520女士烟,进迪厅前15元入手的,正打算把它拿出来装扮叛逆,就被这犹如教务处长一般的当头训责给镇住了。

说我的?周围除了我之外好像没有别人了,不是碰到我们学校老师了吧?没事儿,碰到又怎样,我把脸化成这样谁能认出。扬起三层烟熏的大浓妆,我对他说,关你何事。

"俞似似!"对方喊出了我的名字。

我吓了一跳,赶紧捂住半个脸庞低下头去。心里却在暗骂,哪路混蛋居然认识我。这才记起,他就是徐沛明。系里很多人都爱的徐沛明。

开学伊始我去教务处长那里领受缺勤的训示,我说都是睡过头了才不好意思过去,处长拍着桌子喊:"俞似似,你以后谎话能不能编圆全一些再拿出来,下午六点才开始的大会你睡的哪门子觉?"

教务处长说到六点睡觉,旁边电脑桌前坐着的一个年轻人似乎饶有兴致起来,旋转椅转了半圈,人站起,正对着看着我。

春之玉林般完美的身材,加上古天乐的颜,我的眼神立刻被他勾过去了,也忘了正在被吵。我知道新来一个青年才俊,也知道是教务处长的儿子,美国什么大学毕业生,回来要在市里的一个企业工作几个月,闲暇时就被他爸爸拽过来给我们讲美国大学的录取以及雅思考试的一些情况。

我没有准备出国,所以他的"课"我从来不听。想不到会这样看到。"同样都是年轻人,跟我儿子一比,你不觉得惭愧吗?你怎么就没有一点上进心!"教导处长这般刻薄的话都气了出来,我只好把目光撇到一边。

想避开他的盛怒,自然又瞥到他儿子这边了。正好,再看一遍海外骄子的盛世美颜。我在心里吞吞吐吐地想,跟我很般配!

只是这样恍惚见过一面。

如果必须说的话,我只能说当时我有些醉了,我也不知道跟着谁就来到了这个光线昏暗暧昧不明的地方。大致是因为女生是免费的,我就跟着人群进来了。

我不能告诉徐沛明我们是八个人一起过来的,必须、绝对不能说,不能明天早上起来,学校的公告栏上,"江水八女生浓妆艳抹在迪厅"——细思甚恐。

就现在的状况而言,他正在用一种过度放纵之眼神来扫视我,而我根本没有他幻想出的那样糟。

但是,四周环境又是这样的。我只能若无其事地不承认,"你认错人了。"

他却读懂似的笑了起来,"怎么可能呢,我是从你们宿舍跟过来的。"这个回答给我诧异的,以往听说有钓鱼执法的,但还从来没有听说过有钓学生的。只是来迪厅玩一趟,有必要如此吗?

"你居然跟踪我们?"我气呼呼地质问他。

想到来时,我们不舍得多打一辆出租,八个人挤在一个车子上,很勉强地讨价还价才说服司机带过来。而这一切居然被外人完全看在眼里,我心里的尴尬与懊恼简直难以言表。

他透析我的尴尬,笑得很明白。

翌日,我们在《财务会计》课上相遇,他径直就坐到了我的身旁,我是坐最后一行并且周遭无人。他穿一种夜色蓝的丝质衬衣,领口处解开一个纽,手臂颀长,手腕上居然还带着登喜路的袖扣,一双男人的手,修长有力,骨节分明。

我正有一点发呆,他就拿手竹节敲击桌面。我只好搭话问他,你来听课? 他说,财务会计国内和国际上是不一样的,想知道你们是怎样讲;又说我最好以后都不要缺课,不然将来衔接起来会很麻烦。我很想给他讲,我很难坚持住,稍稍想了想没有说。因为他很专心听讲,而我根本没有心思听讲,有一个闪光耀眼的男性坐在一侧,谁还会有心思听讲台上干瘪老头莫名其妙的思想理论。他也发现旁边空气不对,转过头来看着我,我就去看老师。

"同学,你是来上课学习的吗?"他居然还要揶揄我。

"大哥,是你自己坐我旁边的。"我直视黑板,眼睛都不再眨地回答他。

他之后又来跟我一起上课。我凑中文系的热闹去听《古典文学》,他就坐到我的右边。我说,我要自己一个人占一排,我身后还有位你可以那边去。他对我这个说法表示奇怪,不能认同。他问,我坐右边你是不是觉得自己的领地被侵犯? 我第一次听到这种说法,但又觉得他说的是啊,于是点点头。他并不改,继续坐在我的右手边。

我讨厌挑战我习性的人,但是如果表达还算委婉的话就姑且可以忍一忍。他说:"我请你喝咖啡。"我回答:"不去"。

我最终还是去了。邀约的过程就像拉锯战,他坚持,我拒绝,他再絮叨,我再拒绝,最后他不让走,我看着他的脸,妥协了。

夕阳落座,我们两个面对面地坐着,还没有话可以说。他一直就看着我:"你是从兴华初中毕业的,俞似似,我认识你。"

"你在一(4)班跟黄源源打架,一个学校的人都认识你。"他一边微笑着一边揭我的老底,"老实说,女孩子因为打架出名的不多。我当时在高中二(6)班。我们几个人专门去看过你,你把黄源源的牙都打掉了——黄源源是我表弟。"

我腾地站起来,不想听他说这些,心口被他气得起起伏伏。都知道我打黄源源,但谁也不知道我为什么打他。他上着课坐在我后边,我头发每次落在他的桌子上,他都拿十指摁住,待我站起来时嘶嘶啦啦扯得很疼,有一次我起身太快,几乎被他仰面拽倒,我回过头来就狠狠地朝他脸上打了几拳。他居然还去高年级找人,是想揍我吗?

他拿勺子在杯子里搅来搅去,"做我女朋友吧,我那会儿就很喜欢你。"我缓缓地说,"不合适。"

他又贼兮兮地笑起来,"给你三分钟,想好了再说。"

"……呃,那好吧!"我喜欢你时,正好你也喜欢我,两厢情愿大概就是这个不矜持的速度吧。

留学生对于女朋友的概念实在是太 open 了。我以前也谈过男朋友,手没有拉就告吹了。遇到他就不行了,他一直要靠近。

我们坐在公园的长椅上,他就用手揽住我的腰,我有些不适应地推脱,却被搂得更紧了,"你穿多大码的文胸,我要用手量一下。"我极不好意思地把他往一边推,"唉,你别这样!"他抱紧我,在耳边低低地讲,"看见你的那一刻起,我就想,俞似似,将来你得是我老婆啊!"

啊?我觉得自己被电到了,被降到了。

夜色撩人,月华温柔,我们的交往从一开始就有一点点情欲的味道。"你谈每个女朋友,都会这样?"我抽出唇齿来问询。

他难能可贵地正经回我:"作为一个成年人,你猜错了。"然后停了停,松开手臂,"你已经答应了,不能反悔。"他狠狠地在我脸上亲了一口,给我整理衣服,"以后,不能让别的男人这样!"我不知道如何回答,只能本能地回问,"那你呢?"他又在我脸上掐了一把,"你说!"

我的脑子飞快地转着,"你说"这是什么意思。你这样的貌似理所当然的情场高手,我哪能猜得出来你说的什么意思。

"你要是再有别人,出门被雷劈死!"我脱口而出的话是建立在他没有别人的基础上的,如果他真有——谁在热恋时想这个问题!

他不假思索地回我,"劈死就劈死!"那么轻易就说生生死死,一点都不懂得忌讳,若两个无知的阿修罗。忽想起《红楼梦》里有一句,"开辟鸿蒙,谁为情种?都只为风月情浓。"正恰似当时。

那些时日,他天天来找我去上课。有时是真的上课,聚精会神地从头听到尾;有时就是来戏弄我的。《国际贸易》是纯英文版的,他就拿这个过来问这个是什么意思,那个是什么意思,我有一半都答不出来,他就大笑,"你的课程是体育老师教的!"我的这个课程是他爸爸教的。

坦白地讲,我不了解沛明。关于他的一切,我都是从他父亲——我的老师口中听的片段。但是,一个父亲当然不能随便就说他孩子怎样不好吧,所以我听到的都是各种溢美之词。

而我和他之间从陌生到恋人是没有过渡的,我们不是日久生情,阶梯递进的感情,只是从一就到一,然后不动弹了,爱着,处着。

那时,我就想我们之间的吸引,应该都是基于对方的表象。他徐沛明站在那里,和其他英俊帅气男人站在那里能有什么两样,就像橱窗里的面包,超级好看的卖相,当然引人食欲大振,然后面包又蹦出来给我,且是免费赠予。赠予,你要不要?我在沛明那里大概也是这样的面包吧。

一日,我跟几个同学去吃饭,之后有人提议去唱歌。我一向是喜欢唱歌的,况且那一顿饭吃下来已经是吃得兴高采烈忘乎所以的,于是没告诉沛明就直接唱歌去了。

我们喝了很多的酒,午夜时分,才从 KTV 里走出来。我看了一眼手机,有他十来个的未接来电,嗯,他有什么事情吗?

夜风微凉,我的胃里一阵翻腾,找了个墙角蹲下去,吐得到处都是。远远地有人从车上跑下来,跑到我的身边,又气又急地帮我拍后背。我抬头看见是沛明,一脸铁青色的沛明,我尽量笑着问,你怎么来了？他气得说话都哆嗦起来，"俞似似，你真行！"

但，我觉得，我已经醉得不行了。我说，"沛明，我难受，站不稳了。"

喝成这个熊样儿，是不能回宿舍的，是要发了疯才会回宿舍等着被宿管骂。我不敢回去，我在车上昏昏沉沉地睡过去，醒来时躺在干干净净的床上。

阳光穿过玻璃窗，头一阵生疼，我的眼睛是不是看花了，沛明在厨房背对着我，清汤挂面的阵阵香气袭来，我起身过去，从背后伸手抱住他，脸庞贴在他宽厚的背上，轻轻地叫了一声，"沛明！"

突然间，我有一点点难过，伤心地哭了起来。

我十岁离开家，上寄宿制学校，上得我一颗冰心如铁。我有好多年没有被人温柔地疼过、温柔地爱过，他现在给予的这些就像我在孩童时期父亲给予的温柔一般柔软，如爱蚀骨。

"小时候饿了，都是爸爸这样给我煮面吃。"大口地吞吃他喂过来的饭食，我不是不能自己动手，我就是贪图一份爱意。

"后来长大了，家里新添了两个孩子，就没人顾得上我……掏那么多钱把我送兴华上学，我没有本事学习好，也没有脸学习太差，日子就一天天地过着。"

扳着沛明的手指，我一根一根地数，跟他说话跟他邀宠，他望着我，揽起我的肩，怕失去似的紧紧地抱着、拥着。

此时，我想，就算他走了也没有关系，立刻跟这个男人分了也没有关系了，他已经给过我这么多了。

我们从这一天起，似乎才正式开始相爱。其实想想，我应该就只是一个安分的女人啊，我有了男朋友之后，就一心一意地想着跟他过日子了。我的一颗心全副武装都卸下都交与了他，不是吗？两个认真相爱的人不就是这个模样吗？为什么最终并没有如我所愿地走下去。

世间诸多障碍,羁绊统统来自内心。

我天天这样与他去约会,心底觉得未见他比从前酒醉之时更爱我一些。阳光依然甚好,楼道里的风轻叩门扉,窗外在酝酿一场太阳雨。我听得他在室内流畅地用英文打电话,"格瑞熙,格瑞熙。"接着,是肆无忌惮的"I love you"。就听懂了这一些。我的一颗心叮叮当当地掉在地上。我以为是我轻光(河北邯郸方言,随便的意思),到头来你还是比我更轻光。

我很想进去质问他一声,你到底 love 谁? 还是,算了,走吧。如果答案正是大洋彼岸的那个人,我岂不是过去自讨没趣。我在心里苦笑着,原来,我是这样不信任他。算了,走吧,大概我从一开始就不该贪图他能用超过一段私情的感情来待我。他那样夺目卓著的一个人,肯停留一段已是难能可贵,我却想要的是永久,何似一场梦。

就此,再不去与他相见,发誓永不与他相见。

太凶悍的实情就摆放在眼前,我连张口仔细问询一下已不愿意。我不能容忍自己从他嘴里听到更为详尽的故事,或者狡辩。心想,如果你开口说分手,我们立刻就分手。

他来来回回地在宿舍外转了好几次,我都没有理他。电话里,我说自己不想出门,还说今天有喜欢的课程,一会儿又讲自己不舒服。总之,不要见。最后,电话我也不愿意接了,直接关掉。

他让别的女同学给我传话过去,"倒是怎么了,说不理就不理人!"

同学劝我,是分是散给个准话。我想了一下,决定勉为其难地为我们的感情画上一个完美的句号吧。于是,让人带出去一个字条,上面写着,"GRACE!"

十分钟后,我还正躺在宿舍床上黯然神伤,他的脑袋突然出现在面前。不知道他是怎么躲过宿管阿姨溜进来的,他先是气急败坏地拨开我,满床找电话,嘴里念叨着,"俞似似,你本事大了电话都不接! 电话呢,电话去哪了?"接着气呼呼地坐下,恼怒地训斥,"哪根神经搭错了你胡闹!"他大概越想越生气,最后跟我喊了起来,"Grace是我房东,房东,今年67了,67岁高龄的女房东!"

我的心里"嗯?"地惊异了一下。竟然,是这样的吗?他说的"I love you,I love you",一句接一句是给一个老太太说的?

难道,是我无理取闹了?我坐起身来不看他,只是斜着眼睛问,"那你一遍遍地跟一个67岁的美国老太太说你爱她,你是想继承财产还是想干什么?"一只大手把我脸颊抵在学生床的铁栏上,他恨恨地讲,"联想这么丰富,你怎么不怀疑我结婚了?"我一听,立刻夸张地瞪圆了眼睛,"结婚?你居然为了一张美国绿卡跟67岁的老太太结婚了,你,你,你太无耻了,超出我想象了。你爸爸怎么没有吃了你?"

"啊?"他被我说懵了。我"嗤"的一声笑场,笑得我自己都肚子疼了。脑子里,我在迅速勾画,他徐沛明,无敌大帅哥、有为好青年,为了美国绿卡,羞答答,羞答答,头上插一朵大红花,拜堂成亲,嫁给一黄色卷毛彪形大汉的欢喜场景。

我说,"来,咱脑补一个画面!"沛明被我戏得说不出话来,我们两个人终于哈哈哈哈地笑成了一团。

末了,他用手捧住我的脸,吻上额头,"以后,不要跟我找事了,好不好?我不经吓。"我抿着嘴乐,恶作剧被揭穿后改邪归正的谦卑表情,轻轻地、不住地"嗯——嗯——嗯!"

上一刻我内心的忧伤辗转是真的,这一刻我失而复得的甘甜与欢喜也是真的,爱情大概是这个样子,患得患失,亦真亦假,一笑一颦。

这夜,我被春日的干燥渴醒,起身去喝水。我的一个舍友没有在房间,我听得她在阳台轻咳,披上衣服去看她。她与我目光对峙,她问我,你现在是不是特别幸福?

我有些不好意思,"那个,有点吧,他对我挺好的。"舍友洞穿人生似的笑起来,"似似,你知不知道你男朋友毕业于密歇根大学,他的人生主场根本不是这里,甚至都不是中国。将来你要怎么办?"

我缓缓地俯身偎在阳台边缘,不知说什么。舍友收起笑容与同病相怜的怜悯,将目光转向高空,天边是一片深邃的蓝。自此,她突然比往日进阶许多,报了新概念的英语班,日日去听讲,日日精进自己。而他,也突然就比往日难以见到了,他说工程进度到了关键时刻,他不能时时来学校陪我看我,他让我好好的,乖乖的,不许捣乱。

他们,终究都是要离开的人。

"似似,想想你的将来。你不能把你的人生都寄托在这个男人身上。他会走,他会离开。"无聊之时我给自己写了一个小纸条,夹在《现代哲学》的讲义里,日日相看。

有人借阅我的书,返回来,我看到我的小纸条背面被添加了一句话,"命运深层次意思就是要学会放弃和转身。"

我看向来人,对方予我粲然一笑。我把纸条团起,直接扔到一边去。

已是初夏。我独在宿舍里听电台。月盈子空,有鹊中鸣,我突然有一种他日无多的挣扎。我有多半个月没有见过他了,我给他打电话过去,他匆匆忙忙地说随后打给我,然后就挂掉。

我发短信给他,若不来,就永远不要来。我等到夜色阑珊。

从前结交过男友,是同学友谊式的交往。沛明不一样。我惦及他身上的气息。沛明今天穿的是不是蓝衬衣,沛明的手掌有一道伤痕,沛明用的洁士皂,沛明。我从开始对他犯花痴,到现在满心都是他,沛明,沛明。忽觉离散红尘,一场迷梦。

最后的几朵白玉兰花瓣被清风吹起,一片一片地飘落。"花谢花飞花满天,红消香断有谁怜。"我的眼泪凋零成行。

他可能马上要回美国了,他从本科开始在美国读书,将近 6 年时间。我从来没有想过要出国,我的思想就是去电台做一个主播,在干净湛蓝的录音室里安静地读诗,而且我要读《诗经》,我要读中文。

午夜时分,手机幽蓝的亮了一下,沛明发来短信说他在宿舍门口,让我出来。他开着车过来,带上我就走。我们要去哪里,哪里才合适我们,合适你,又合适我,沛明。他拿拳头在方向盘上狠狠地敲下去,汽车嘀嘀地叫着,暗夜里尖锐刺耳,我无法不为之动容,我的心里都是疼。我和他还怎么走下去。

沛明握住我的手,"我原以为可以和你过了这个夏天。你去美国找我好不好,我等着你毕业。"我往回蜷缩,若一只受伤的鹿,冷冷地回他,"你怎么就知道我会去找你,你对我没有那么重要。"

"就算不出国,我也不见得过得比你差,我不会离开这里,你走你的路,我走我的路,你跟我有什么关系。"空气凝重地像坠了千钧万钧地铅。沛明伸手搂住我,一行一行的眼泪就落在了我的脸上。我的坚强,我的厚厚的盔甲一下全都被击穿了。我的心里也都是泪啊,沛明,你知道吗?

我的一世要这样过去了吗?

## 2

"我叫俞似似,国际贸易专业一年级二班小女生……"空气里突然凭空冒出一句清清脆脆的"小女生!"台里所有人的头都齐刷刷地扭向了我,我也呆住了。

这是什么啊?哪来的。新来的实习生小敏颤颤悠悠地站起来,手指着功放,"似似姐,今天你让我取的邮件里的,你说是,似是故人来的老碟片!"全场哄然大笑,有人大声地模仿着,"一年级二班小女生,哈哈哈,似似,这是你吗?"我也不由自主地跟着笑起来,三步并作两步赶到机器旁,手忙脚乱地把光盘退出来——咳,这人是丢大了。

回到空无一人的公寓里,甩掉高跟鞋,褪去一身紧裹的衣裳,疲惫像潮水一样涌上来。我把碟片扔在茶几上,沏上一杯茶水,翻来覆去地看着它。

翻滚、舒展、释放,茶香氤氲,仿若梦里云烟,置身内外,前世今生。我认识的洋人不多啊。U-S-P-S,突然想起好多年前在徐沛明家里有这样标志的袋子,我以为是文件夹。

会是他?他知道我在这里了?我的心突突地开启了拖拉机,狂想吗?妄想吗?没有怨恨了吗?不。你依然爱着他?不。

只是寄自美国,同学里面后来也有几个人在美国读书工作,虽然我跟他们关系并不怎样,但不见得没有人偶尔会想起我吧!一个月之后的早晨,我已经忘了这事儿。他忽地蹦跳出来。

那天我去雁栖公园录制节目,在白天鹅船舱里几近温婉地笑,两腮有点疼,真是笑得太多了,面部肌肉都要抽搐了的前期表现。我给摄像说,我真不合适这么欢喜的节目。摄像讲,哪有人天生苦瓜脸。我拿眼睛剜过去他,他立刻做错事似的低下头,不再吭声。

回到岸上,我躲在一个太阳伞下面看他们来来去去的取景。日光正盛,有一个男人从木制码头的那一端哒哒、哒哒地走过来,我的心里有一点点紧缩。他在距离我五米的地方停下来,我惊得从凳子上站起,脚下,掀散了一地塑料道具。

我说,"你,你别过来。"

转过身,我跌跌撞撞得去够刚才踢开的白色凳子,扶着椅背缓缓地让自己坐下来。

曾经我以为再也不会见到他了,曾经我以为天南海北他已经彻底从我生命中消失了。但现在他就这样安然地站在了我面前。

我机械地问他,你怎么找到这里的?这一句话刚说出口,就后悔了,我紧接着有些自言自语道:"不,你不是找到这里的,我知道。你不是来这里找我,你是路过的,路过的。"

他胖了一点点。比起几年前我们初次相见的春天,他这是属于健硕了一些。他穿一件浅灰的T恤衫,不知道是不是美国自由肆意的阳光太过热情,他的皮肤比那一年的麦色更深。还好,还没有达到曼德拉的标准。

原本有棱有角的脸廓略现温和,有一种卖相日臻成熟的圆滑,城市里很多金融业的广告海报上都会印着这样的男人,发丝干净,西装笔直,衬衫板正,成熟男人的狡猾和蛊惑都深藏在骨髓里。

我的声音磕巴,有些说不下去。我是应该决定立即离开。桌上的矿泉水又被碰倒,一瓶清水"咕嘟咕嘟"地外淌。走,又找不到岸边的方向,我把自己给急得团团转。此刻,我知道,我不应该见到他,我这是还没有做好准备要见到这个五年前放弃我、离开我、让我第一次在人生里彻头彻尾地体验到失败两个字的男人。

我曾无数次设想过与他重逢,我美,他沧桑,我高高在上,他低在尘埃,我一分钟也没有想过会像现在一样,与他烈日底下平行注视。我不想般配于他,我想要压他一头。我想过的每一个镜头,我都浓妆艳抹,光芒四射地站在舞台上,最多,肯用眼角的余光略过他的惆怅。

那一年,我有多怨恨他的离开,才会在日后如此幻想。

他走近我,隔着太阳伞下的小圆桌。阳光在他皮肤上投下暗色的阴影,有些苍白有些黑暗,看不清他的脸。我的手,我的身体打着哆嗦,每一寸皮肤热得发烫。

空气,隆重地安静着,如有一台摄像机。时空在天旋地转地围着我们盘旋,我们曾经相爱,我们经历离散。而对于重逢,我们没有理由,也没有经验。

更不行的是,他已婚,我知道,但我还无耻地单着。

所以,他来找我更可恨。我把曾经的恋情渲染的那么持重,那么深情,但他却是几年前就已经有了爱人。我怀念的感情本是属于我青春时代的,与那时的年纪完全相匹配的纯爱,本不是狗血小三,本没有岔道出轨。

其实,我是以为他再不会回来,才沉迷于怀念的。但现在他回来了,破坏了我所有的回忆,打得我措手不及。那英有一句歌词,相见不如怀念。

"他妈的。"从前纯情,脏话最多心里徘徊,后来对于人生太多无语,发现有些咒骂如果付诸笔端,心里会爽。

他突然心生惭愧,或许是我觉得他心生惭愧。他靠近我,拥我在怀里,他拿手在我头上抚过,我使劲地要推开他,他就用尽全身地力气狠狠地搂住我。又来这一套。这和狗血小三的剧情又有什么区别呢。前女友,前男友!虽然我们曾经是恋人,但现在他是一个脸上打了已售出标签的男人,我心里怨恨地想杀了他。

狗脸岁月,一身淤青。

夜里十时,他来公寓里找我,在楼道里待了许久,物业的人上来问询,他就伸手用力扣我的房门。他穿着淡蓝色的T恤,灰色裤子,白色休闲鞋,拿着一包的衣物。我问他,"你这是要做什么?"

他回答,"住你这里。""真是好笑,我这里是旅馆吗?我能登记收房费吗?"我冷眼相看。

物业的人问我,"你认识这位先生吗?"他立刻代我回答,"我们是正在协商结婚的未婚夫妻!"物业心存疑虑地看着我。他无赖起来的品性一点都没有改。

如果说,和五年前相比我有什么改变的话,我只能说,我的变化是我终于可以微笑着说:"算是曾经认识,但现在一点关系没有了,而且我也不打算收留他。"最后,我面向他,很认真地跟物业强调,"烦劳务必把这人带走,不然我怕我的安全无法保障!"

关上铁门,我听到他在身后怒气冲冲对着物业大吼大叫。我背靠在玄关上,眼泪在心里转,徐沛明,没受过这样的待遇吧。

世界上就是有这样的男人。五年前,可以毫不犹豫地,大摇大摆地就离开。五年后,又这样毫无愧疚的,大摇大摆地走回来。

而且,他还不单身。

那些抛弃别人的日子,一天天一天天都不作数了吗?千山万水,你我的感情隔着那么遥远的路途,我没有办法出国跟去,你以为那就是随随便便地去北京、去上海吗?那时,你为何一句可以为我留下来或者让我随你去的话也没有。

现在你一句话说你要回来,天底下的城门都要等着为你打开吗?这世间里的女人都要望穿秋水地等着你吗?

这个世界上怎么会有这样自私的男人。

"俞似似,若是有一天我们彻底把对方遗忘了,也是你作的。你就这样尽情地作吧!"几个小时之后,我的手机收到一条这样的短信。

我把电话存下来——拉黑,把短信删除。

突然间觉得自己干了很大一件事情。

这就是我这五年以来一直期盼着要做的,不是吗?那么的干脆利落。五年前他走的时候,就这么漂亮,了无牵挂,哪怕他曾犹豫地回过头来看一眼,我今天恐怕也难以做到如此决断。但是,那时他没有。他走了,背着蓝色挎包,拖着行李箱,只有背影。那一刻,我就想,此一生,不原谅。

我不原谅别人的时候,据说,疼的是我,那也不原谅,不信他就不疼。

城市的六月,静安宫的油灯整夜地亮着。我曾在那里遇上过一个人,"凡所依从,皆是负累,凡所不从,皆是孽债。"那人说服了自己,出家了,我说服不了自己,尘世里活得好好的。

五年前,他终结了我的初恋,五年后,我把自己缺失的部分愤愤地补上。理论上说,两厢圆满。可这之后,我却开始明白一句话,一段感情的最终结果不论好坏,一旦结束,就会让人感到空虚。

去他的空虚。

"今晚八点半,最后一次邀请你,来不来?不然友尽!"朋友发来一条短信,我琢磨了一下,"今晚八点半"好去处,十分钟相亲的创始平台,呼过我三次了,今天再不去,朋友真要跟我友尽了——主要是,我现在的心情需要新鲜的约会来填充。

我画了浓浓的烟熏妆,确保人民群众雪亮的一双眼睛十分钟之内认不出来我是这个城市里最爱讲煽情悲剧的一个八线主播。

其实,烟熏是一种最孤独的态度,从不性感。望着镜子里寂静的脸,心想,我空虚吗?不空虚,在"今晚八点半"遇到一个人,他对我表现出浓厚的兴趣,长得也不赖,我伸手划拉了一遍他的头衔,从投行到咨询公司,五毒俱全。我说他,总是这样充大头来哄女孩吗?他拽下我手里反复揉捏的一根薰衣草回答,那也是有慧眼相信才行!我笑得觉得自己脸上的粉底都要挂不住了,"我估计我是不信。"他自己也笑了起来,"其实,我也不相信。"朋友发短信说,他不错。于是,我们不再转桌,就像心仪对方一样。

我们一起走走,他来自江西某小城,婚姻的问题被父母提到了议事日程。他问我,可曾有过结婚的念头?我给他讲我的理论,肯结婚的男人都是好男人,不肯结婚的女人都是好情人!他淡然地回我,情人两个字从女人嘴里说出来,一般男人都会觉得这女人是可以弄到手的,你这样会吃亏。我原本就是故意这么说,想他断了和我继续了解的念头。我问他,这么说,是不是很蠢?

真蠢。他的这句话真诚的,让我把对他的厌烦之意立刻削减了三分。他却进攻似的开始盘问,"谈过很多男朋友吧,看男人看得这么清淡。"话到这里,我又对他嫌弃起来。有时也觉得人生真的很可悲,有些人明明就谈了一次恋爱,怎么就能被当作阅人无数;而有些人阅人无数,又怎么就可以表现得一脸清纯。我悲摧地属于了前者。

我给朋友打了个电话请她来接我,我真是严重怀疑她选男生的眼光,她一定会讲天底下的男人都是这样,你纯洁他纯洁,你放浪他放浪。那人问,连送你回家都不可以吗?我说:"瞧不上你。"他悻悻然地返回"八点半"。朋友过来了,"你这样,再管你,我就自行了断。"我说,"走,咱回家了断。"

这一夜,我把她扣下,她几次想回自己家里都被我拦下来。她问我到底怎么回事。我坦然地跟她讲,"我不想自己一心软,就拨电话给徐沛明,就把一个已婚男人放进来。"

整夜无法入睡,我扭开床边的台灯。我曾在这样的夜里,一次次地苏醒,一次次地张望,到如今那人终于回来了。但已经不是那个人了。我这样张望还能有什么意思。"我只是个正常的女人,想要和一个男人正常的恋爱、结婚到生子。只是这样。"他怎么可以这样欺负我。

敲门声又来了,徐沛明。我冷笑着回他,"半夜里这样骚扰我,我有必要给你太太好好说说,你是个怎样称职的丈夫。"他问我,都开始相亲了,这是要记恨他到什么时候。凭什么你知道我去参加相亲了,凭什么许你徐沛明恋爱、结婚,我俞似似就该这样,王宝钏苦守寒窑似的等着你,空等着你,凭什么?

我真是想狠狠地扇上他两耳光。两耳光就够,一耳光给现在,一耳光给我的旧时光。

女友昏昏沉沉地爬起来,"我下楼了,在你家睡不好!"她急着离去,给我的辗转纠结留出暧昧空间。

一别五年,他和当日并无改变,我说他胖了一点点,不过是一点点、一点点。他依然把自己经营得很好,他的头发是在固定发屋修剪的,有时听他说,他甚至会把理发师请到家里去剪。他用香熏,喜欢紫萱草的香氛,活得那样做作。他养了很多的花,每一束都自己照料。他喜欢太阳菊,但总是养不活它,那样好养的植物,他却就是养不活,他只能养活费劲的。他变得早困,晚上9点前要睡觉,不然就像现在生不如死的没有精神。

我忽然觉得自己很难堪,这是要做什么。我缺他呀?我的心里吱吱地疼:求你了,让他走吧,求你了,你没有理由让他留下。徐沛明,你真不要走了吗?

他突然就发现我不舍得他离开,紧紧地晃着我的肩膀,说:"我再也不走了,我再也不走了!"我听到自己的心里有一堵墙,轰然在倒塌;我听到女友拿东西敲着墙,狠狠地埋怨,你,你,太不争气了;

我听到五年前自己一个人在瓢泼大雨中湿透了全身,用尽了全身的力气歇斯底里地哭啊哭啊。这都不顾得了啊。

怎会这般卑微。我心里一片的茫然。他温柔地扶我在沙发上坐下,"先好好的休息休息。"此刻,我只想酣然入睡,我喃喃自语着,"若我们还有明天,我就去死。"他一怔,"为什么?"我说不出话来。"你就这么绝情。"我望着他,问他,"你我谁绝情?"

是啊,谁绝情。宿醉在黎明中醒来,这个世界上不只是酒能让人眩晕,往事也可以。所以,万不能在回忆往事的时候给未来做判断,尤其不能在夜晚,那等于是在最失魂落魄的状态里胡下结论。

我在清晨睡醒过来的时候,已经大好,我给自己热了牛奶,烤了面包,很久都没有动过的一块黄油也从冰箱里刨出来,被饶有兴致地涂好。他问我,"现在可以坐下来谈一谈?"我说,"不想。"

就是个已婚男人,若这点没有疑问,那还谈什么。不是我把婚姻看得很重,但我把人心真与假看得很重。

后来,我们不再提起这件事。

他环视我的房间,把目光落在沙发的那一只玩具熊身上。我喜欢买玩具熊,从小就喜欢,我有很多各种各样的玩具熊,每一个都爱。我上学时候零用钱不多也都买玩具熊了。毛茸茸的大胖熊,让人有安全感,这和人不同。有时想想,有一个男朋友,真不如拥有一打玩具熊,你看每一个都憨态可掬,每一个都真实呆萌。

一个上午两人都在沉默,边边角角地坐过来,坐过去。后来,台里给我来了电话,问我要一段从前一个节目的剪辑片子。我打开电脑翻来覆去地找,因为对从前的文字不甚满意,我把片子打开翻来覆去地看,一心一意地改。徐沛明走的时候,我也没有抬头看他一眼。他走了,关上门,我在屋里呆坐,呆坐到时光昏暗。

我们已经无法再回去了,再也回不去。

女友跑过来看我有没有事,她抱着我的肩头,我把眼泪都抹在她的前襟,她一边嫌弃一边安慰,好了好了。

其实,我对爱情的要求也很朴素,就是要对等平衡。我是个女人,不过又未见得能完全把自己当作一个彻底的中国女人来看。温婉善良大度宽容,这些美德我都有,但是不能这样粗暴地用在感情上。两性间的不公正,我似乎难以做到欣然应许。所以,对我来说,大概这就是最好的结局,知道是他尚不能完全忘记我,而又是我反身不要他,于是,五年前被抛弃的怨恨也可以终结了,彻底了却。

我开始可以拿出比从前更用心的态度做节目,每一场都很用心。一旦开始工作了,七情六欲就可以变得更模糊一些,不作多想。这五年我基本上也是因为能做到这样才度过来的。工作呀,工作啊,这才是你真正的情人恋人嘛,又给你钱挣,又给你赢得职场女性的好声名,还充实盈满打发时间,怎能不爱。

女友说,这一次,徐沛明也许再也不会回来了,将来会不会有一天你觉得可惜。我淡淡地接过她的话音,"他走了,俞似似回来了呀!"我转过身望向她。从前,也曾有过一个女孩和她一样在这样深邃的夜里,与我一起凝望过同一片深邃的星空。而后,她聪明伶俐,深情饱满地追随她最爱的人而去,那是她对于自己感情最大限度地争取和努力,我承认那很了不起。

但是,不是所有女人都愿意把人生当作一个赌注,把自己当作一个筹码,把感情奉做唯一的上神,鄙夷众生。我能做的努力都会去做,剩下的,只是我不想去做。我记得好多年前,我在静安宫遇到的那个人,我抽了上上签,我要他予我一解。他说,"凡所依从,皆是负累,凡所不从,皆是孽债。"我要他再解,他又说,"贪嗔爱憎,只此一生。"我仍然不懂,他再言:"你亦只有一生。"

只如当头棒喝,我亦只有一生。我亦只有一生,不能慷慨赠予不够之人。她怜惜地帮我抚去一脸的泪水,好了,似似,结束了,彻底结束了。

# 你曾是我不及的梦

当我决心让"她"去见你的时候,我心里面没有一点把握。我把少年时代对你所有的记忆都翻出来晾晒,精华的那一部分无法用语言描绘,到最后全是精华的部分,藏在心底。依着我以前的性格,心都要咳出来了也不要说。

若太近,表达就是索取,守望类似囚禁。

那天,你开玩笑,如果真有一天去找你,你就指着她,你走开啊,别烦我!她回答,那我怎么舍得,那是你的爱人,从来不是我的敌人,她和你并立在一起,她是你父母兄弟姐妹那一派系的亲人,绾在一起,是你分不开的部分。而你,是我不及的梦。

总是觉得自己爱你,可我又为你做了什么,自己也觉得不足够。

类似有很多抵达的东西。煮熟的鸭子、牵手的男女、松鼠重返森林,仍是不及,不足够。我在很多年前跟妈妈争吵,向她索要,我说我是个需要很多很多爱的孩子。可是爱自有它的分割,只有那么多,带来的结果就是永远的欲壑难填。启示今天的我,在你这里从不会有相似的表达,是的,没有。

"友达以上,恋人未满?"有此白玉盏,何必青瓦盆。

从小石子铺满的水泥路上走过去,看你开着车在自动伸拉门前停妥,滑下车窗抬眼向我看过来的那一刻,我觉得我少年时代的梦想正以一种不曾设计的方式上演。

我是生活在梦里的人,虽然我能把现实生活和自己杜撰的情节干干净净地分开,可我分不清心情和故事之间的联系。所以,我总是期待见你,见过之后的饱满,然后干瘪,然后再鼓足勇气重新吸纳水分,然后再干瘪。累加孤单。

越来越知道,你是我认真撰写的故事里清心寡欲的男子,带着饱满的元气,平静如湖水,低回如深冬寒宵的雨。我喜欢你的安静,这是到了一定年龄才能领略到的好。而且,是我先喜欢你的,这一点我仍沾沾自喜。我躲在暗处喜欢你,就像鼹鼠喜欢它的黑暗。

做过一个心理测验,你是我的白色恋人,我和你灵魂相似。这是我们最接近的距离。剩下别的时候,你都采用很多迂回的方式拒绝我的靠近。你掩饰得很好,可我就是知道你清澈通透的灵魂。

所以我至今感谢你,当我们遇见,你什么也没有说。只是允许我,靠近。加西亚·马尔克斯说,生命中曾经拥有的所有灿烂,终究都需要用寂寞偿还。等到了那一天再说吧。浮生若梦,须知尽开颜。

# 全程流调

如恩筱

三月的清晨,空气里似乎应该有一种抬眼即可见春之生机的味道。可是,让人失望了,一切都还是冬天的样子。春意,没有盎然,只有未然。现实里的颓废与寒冷,希望里的明媚与温暖,爱与执着,牵挂与冷淡,却似在一分一秒之间流转,流转而不知所谓。

如恩筱怀疑自己便是中了这春意未然的毒。是经历了许多个忙碌的日夜,是遭遇了许多次食之不甘,寝之无寐,是觉得可以给自己一点奖赏——在第一个可以轮休的日子,她就鬼使神差,开着车从封锁月半的城里冲了出来。

去往新杨市的高速口,这里正要被关闭。

2020年春,三月,到处都在因新冠肺炎而实施了多种封锁、隔离措施。需要出门在外的人,几乎已经习惯了这段时间里,道路上的各种不通。

几个身着白色防护服的防控人员站在摆放了红外线体温仪和各种表格的桌子后面忙碌,需要走高速进新杨市的车子逐一从这些工作人员面前通过,防疫通行证、身份证、来处、去处、电话、体温等等一个都不能少,都要被登记与探查。

恩筱看了一下自己单位的防疫出入证明,感觉,感觉实在不足以用在这里做通行。她把车开出了队列,准备去问个究竟。身后,一辆白色福特也紧跟着停了车。

"昨天没有听说高速要封路啊?为什么好好的又要封起来?"恩筱从车上走下来,就近问一个手持温度仪的工作人员。

"今天早上7点接到的通知,最近朝北京方向去的人太多了,需要防范疫情扩散!"

看了一眼那一列正在通过卡口的车队,她忍不住追着问:"那这几辆车怎么就可以上去?"

隔着防护眼罩,她也能感觉到,对方给了她一个大白眼:"防疫物资,你说让不让走?"

"哦,那我怎么去新杨市?"她有些泄气。

"你走国道啊,国道可没有封,往那边!"说着,他给指了个方向。

有种柳暗花明的感觉,哈哈,太好了,封城多日,自然以为国道也不通,谁知如此,太好了!"谢谢,谢谢。"

从来没有从国道去过新杨市。不过,那又有什么呢!

因为"爱情",这点困难是完全可以克服的。她拿出手机,从地图上重新设置导航路线,去掉了高速优先的选项。

隐约里身后忽然有人拍了一下自己的肩膀,她扭头看去,似是刚才和自己一起问道的那个人,还没有反应过来,来人竟在恩筱的腰间轻浮地揽了一下。她急忙后退一步躲开。

一个身着深蓝外套的男性,晃到了她的面前,"美女。"他打一个招呼。

恩筱反感地再后退一步,"你干什么?"

她没有理睬陌生人的习惯,更何况是今天。今天,她穿了修身的白色羽绒服,腰间收得恰到好处,蛾眉淡抹,今天,她要去见自己深爱的那个人。

"有病吧!"她冷冷地回复一句,转身上车开走。这次,对方没有反应过来,尴尬地停留在原地,一时不动了。……那条路颠簸得像海岸线。

一个小时之后,恩筱从微信上给那个人,心里的那个人,发个位置。"嘿嘿,我来了。"

"高速不是封了吗?"他的言语里还是带着不相信。

"我走的国道啊,国道又没有封。"

"三天不见,胆量见长了啊,都敢上国道了。"

"国道上面,现在都没有什么车,哈哈。"恩筱大笑起来,"我那么爱你,就算是刀山火海,我也敢去啊!"满心都是欢喜。

"那个,我现在正忙着,你来了,怕也没有时间……"

"我已经进你们市里了。"

她感觉到对方犹豫了一下。

"其实,我是用八百里的奔跑来证明自己爱你,也可以用即将走到你面前时的离开,来证明自己没有你,一样可以活着。"恩筱依然可以笑着回复,开个玩笑嘛,就很认真地开。她这种千里而来即使见不到也没有关系的态度,并不知到底是不是真的。

对方沉思了一下,"一会儿在人民路口等我,我接你去。"

"嗯……好,爱你,周允川!"

"挂了!"

"嗯!"她笑得灿烂无比。

这个名叫周允川的男人,她爱了很多很多年。不过,很多时候其实她根本分不清楚,自己到底是更爱周允川这个人多一些,还是更深爱于享受自己这份痴爱多一些。

放下手机,她打开自己的记事本,建一个新的笔记,"我的允川",用语音留存,"今天,我来见你了,周允川,爱你啊。"

## 文景和

几个月前的某家医院的住院窗口旁,一个年轻的小伙子刚刚排队缴完费用。他背着一个深褐色的包,黑色的口罩遮挡了他半个脸孔,眼神里觉得有点忧伤,也有点沮丧。

其实,哦,看不清楚他是不是忧伤,整个装束,配着1米9的身高,看起来应该是又运动,又健康。什么表情也是看不到,遑论是忧伤。

站在他身后的一个女孩接了一个电话,嗯嗯唔唔地说了好几句。他不由得转过身来看向对方,蓝色口罩上,有一双好似泉水一样清澈的眼睛。

"你好,我想问下你这是谁住院了?"

女孩抬起头,"我外婆,"直接反问回去,"你呢?"

他苦涩地笑了,"我自己。"

这里是省内著名的肿瘤医院,来这里住院的大多数是肿瘤病人。女孩不由得愣住了,"什么?"他把自己的初检报告递过去,就像给一个非常熟悉的朋友一样,诊断书上清清楚楚地写着"穿刺取样病理结果疑似甲状腺癌"。

她有点惊了。

"18号床,我住你们隔壁的病房,我昨天好像在楼道里见过你了。"

"哦。"

"我昨天还不知道我的病理结果,我以为我没有事情,我就今天自己来了,刚和医生谈过,我明天手术,我,我不是良性。"这个名叫文景和的小伙子,此时的表情是平静的悲伤,90后,刚刚三十出头的甲状腺癌患者,而今天是他知道结果的第一天。

如恩筱,站在他的身旁,不知所措。

外婆是几天前住进这个医院的,到今天,刚刚做完甲状腺切除手术6天,她今天是来续费的,之前,病房是允许家属陪床的,她陪着外婆在病房里,度过了最初手术的前6天,但今天不行了,今天,疫情管理升级,医院半封闭管理,家属一律不准进病房。

好在,是第六天,外婆已经可以下床活动,医院专门的陪护也很到位,自己就没有那么紧张、心痛和慌乱,平静下来了。就等着再输两天液,就出院,所以,她这个陪护有点闲。

"那个,这个,甲状腺不严重,是最轻的那种,你看别的地方得了,会需要放疗化疗,很难受,甲状腺不需要,甲状腺癌是懒癌,我都问过医生了,它哪哪都不转移,切除了这事就过去了,没事了,真的没事了,你看你这么年轻。"把最近从医生那里听到的话,如恩筱安慰给了对方。

……

"我有点懵,这我好好的,我怎么就得了癌症。"文景和的声音高了一度。

周围排队的,有人看向他们,恩筱有一点尴尬,想走,但又觉得不是很好意思,那样会不会太残忍。

"你能不能陪我去那边说会话。"眼前这个男人径直提了邀请,这要是换平时,她轻笑一声也就走开了,这会,做不到,心底的善良让她没有办法用不耐烦的态度拒绝一个生了大病的人。

"噢,好吧。"她就应了。

出了住院楼,院子里东边,几百米的地方,有一个廊子,可供休息散步,两人在那坐下来。

"你不是常山的人吧?"

"南华的。"

"怪不得,都说南华出美女,果然是。"文景和毫不吝啬地夸奖起来。

恩筱笑了,这人,刚刚还难受得要死要活,这一会就换了个人似的。她也没有转移话题,接了下去,"怎么看出来我不是常山的?"

"我就住医院后面,这常山本地咱这个年龄的美女,没几个我不认识的。"

这要是微信的对话聊天,恩筱一准发给他一个没眼哭的表情,心里嘀咕,你需要安慰吗?需要开导吗?我怎么看着你比谁都心理健康,还有心情给我掰扯美女。

"你做什么工作的?"

"医生。"

"靠,我这是注定要和医生打交道的命吗?南华医院的医生?哪科的?"

"内科的。"

开朗不过几分钟,景和的情绪还是低了下来,坐长廊上,背过去医院大门的方向,问恩筱,"我能抽支烟吗?"

"一支。"

"嗯,一支。"

"我真是比较倒霉。"他刚开始要倾诉。

"我该回去了,你也回去吧,定下来的明天手术,今天你得回去跟家人商量商量。这个毕竟不是小事。"看了一眼手机的时间,恩筱打断他,觉得时间也差不多了,自己该回宾馆了,晚上还想溜出来给外婆送点东西进去呢。

"谢谢你听我说了这么多,可以把你微信给我吗?"

不过萍水相逢,虽然这样想的,恩筱还是把微信给了对方,"你明天上手术,也不用害怕,我问我外婆了,什么都不知道手术就结束了。"

加上对方的微信,恩筱摇了摇手机,说,"走了,你放宽心!"

文景和连连点头,"知道了。"转身离开的恩筱,原来想立刻删除这人的微信,犹豫了一下,算了吧,他明天做手术。

"我为什么觉得我在哪里见过你,太熟悉了,真的太熟悉了。"文的微信。

恩筱看了一眼,脸上扬起一种一眼看穿这搭讪伎俩的表情,笑了一声,回复一句,"好好保重,配合治疗。"

## 周允川

拖着疲惫的身体,回到宿舍小憩的片刻。周允川的脑子里在飞速地旋转着,高速已经封了,路口已经安排了医院的人,三元村的两个出口,路障还设着,有公安的同志在坚守,新杨市第一医院已经完成从普通医院到发热病人隔离院区的设置,口罩、防护服、消毒液的库存应该还够,紫外线消毒设备还有护目镜,发改部门说,在高速上拦住一辆满载的车,协商好了可以卸一半给我们。

忽然想起,恩筱还在人民路口等着自己,"糟了。"

他给秘书留了言,我出去一会儿,你不用陪我,最多半个小时也就回来了。

昔日,繁忙热闹的人民路口,此刻,只有恩筱一辆小车在静静地等着,已经1个多小时过去了,她没有催他,太了解他了,他不食言,从来说话算话,只是偶尔会晚,很晚,晚到自己还能接收又快要承受不起的时候。

"你现在跑过来干什么,没轻没重的。现在是什么形势?"两人相见的第一句话,周允川张口就训人,那话就像训自己的下属、晚辈。

"我想你了。"如恩筱性格里有这样一个特点,就是自顾自,她永远不管对方在想什么,永远不管自己是不是招人嫌,主要是不管会不会招周允川的嫌弃与不嫌弃,她从来都是没听见。

"我太想你了,实在是管不住自己,我就跑过来了。"坐在各自的车里居然也能聊。

"快回去吧,我挺好的。"

"我从医院出来的,直接消完毒就上车了。我们市也没有确诊病例,没有疑似,没有无症状,我们医院连发热病人都没有,而且,我们市里还没有说,不允许走动,而且,而且,你们这里也没有人卡我,不让我过来。"未等他发问,她先堵上他的嘴。

周不由得笑了,扬了下头,"过来。"

"好。"这世界上最听话的女孩,就是周允川面前的如恩筱。她从车上取下来自己的医疗箱坐进了副驾驶。

"那是什么?"

"白蛋白,我要给你输2个。"

"开什么玩笑?"周诧异。

"你说了不算,我是医生。"

两个人看着对方,都是笑意,恩筱说,"我总不能在车里给你输液吧。"

"你来的时候也没有做做功课? 现在哪还有开门的地方,饭店酒店,你说吧,让我带你去哪?"

"那你宿舍呢? 我能不能进你宿舍?"她一脸无辜地举起来自己的医疗箱。但,周允川有种感觉,这白蛋白不是刚需,可是来见自己这件事,是如恩筱的刚需,两人已经三个月没有见过了,这对热恋中的两个人来说,太煎熬了。

拥吻包围了年轻的医生。

"我们回宿舍吧。"

"嗯。"

新杨市政府门前,门岗老徐看到周副市长的车过来了,消毒药水马上就跟着喷洒了上去,车辆径直开入政府大楼后面的宿舍楼下。

如恩筱问道,"我能下车吗?"

"你打算一个人在这里冻着?"周反问。

"嘿嘿,当然不。"恩筱快速地拎着自己的手提包下来,还有医疗箱,这可比啥都重要,不然,这家伙说不定还不让进来呢。

宿舍楼下的门岗远远地看了一眼,他与值班室里另外一个年轻人对视了一下,别样的惊诧,"这是谁啊?"

但周本身就是主抓疫情防控的。

爱情本身有一个特别的必经的阶段,在此不再赘述……

"那天到底是怎么个情况?"恩筱问。

"一个完全没有症状的感染者,反复测了几次都是阳性,可是他实在一点症状也没有。但安全起见,也是按规定,我们把他家里前后左右的都消毒了一遍。"

恩筱打断他,"那就该你跑最前边?"

"家属非常抗拒,这种情况下,我不往前怎么办。"

"你怎么可以往一线里走,这多危险的事啊!"恩筱气得心里呼呼的。

周允川揽住她的脖颈,"你说这些没有用,总要有人往一线里走。大家都没有经历过这事,给老百姓的房子家具喷消毒药水,一个不小心就把群众都惹急了,可是疫情当前,没人带头往前不行啊,恩筱。"

"还有前两天,指挥部的电话都被打爆了,投诉抗议,就那个确诊患者的家属,投诉自己信息被公开,说自己的隐私被侵犯了。"

"那怎么办?"此刻的恩筱,就像个问话机器,就剩下提问题了。

"按照政策本身,这事就没有办法,我们都还觉得这个事情公开的程度不够,因为公开的程度不够,万一还存在一些遗留的地方怎么办,这都是隐患。现在这个时候,隐私是靠边站的东西,因为你不能保证自己是安全的,自己是对别人没有公害的,该公开的必须公开。"

"强制公开,包括隐私?"

"嗯,强制公开,包括隐私。"

"允川,你说我这次跑出来,会不会流调到我头上?"

"滚。"

"哦,不说了。"

"恩筱,我三天没有好好睡觉了。"

"抱抱。"……

## 路晓棠

她上一次揽镜自怜,好像还是在两个月之前。这两个月以来,时光都交给了疫情防控的消杀和协调了,她快要忘了自己长个什么样子了。儿子打电话的时候,她都有些恍惚,"噢,还有个儿子在娘家放着。"愧疚就涌上心头。

从年前武汉疫情扩散至全国开始,一轮一轮的消杀不停。机关、乡镇、厂矿、学校、各类场所都要消一遍两遍三遍的毒,医院的医生、路上执勤人员、小区值班人员,哪哪都要兼顾到。人,人不够;药品,药品调剂困难。消杀完了做隔离设施,医院要做,供应城市日常生活运转的地方要做,疫情防控指挥相关的部门要做、做、做、做,头都大了。

核酸检测更要做,开始的时候还不明显,区县这一级负责采样送到市里去检测,再后来,市区县可以自己采样了,开始自己检测,设备要学、技术要学、药品要买、试剂要买、人员要培训、培训要人手。

分身乏术,分身乏术啊。但是,其实自己还不是最辛苦的,毕竟身边还没有确诊的病例,所有的工作都是预防性质的,心理压力还可以。

出去支援武汉及周边城市的一线医生、护士就不一样了,他们赤裸裸地直面在病毒跟前。

2020年春3月,疫情最严重、最不明朗的时间里,支援是属于勇敢者的,比如自己孩子的爸。坚守是属于次勇敢者的,比如自己。

想到这里,她有些懊悔,"不该学医,连疾控这样的边缘医学也不应该学,太煎熬了。"

夜半,防控指挥部的电话响起,一个协查通告发了过来。

2020年3月25日,常山紫山区名门小区3号楼文某在重点人群核酸筛查中核酸初筛阳性,经核查,文某于2020年3月19日自常山自驾至新杨市,其间曾在南华市做短暂停留,接报后,请速开展流调协查。

路晚棠的头大了,烦人,工作又来了。

流调显示,3月19日当天早上,文景和从常山一路开车过到新杨,其间路过南华东方花园小区,在东方花园门口稍作停留就走了,嗯,但他下车抽了口烟。

天眼的监控视频上显示,他抽着烟,翻开手机,还没有拨拉两下,目光就被一辆白色的小轿车所吸引,白色小轿车,车牌号码竟然有反光的东西,看不清楚(居然有遮盖,这是车主准备贡献12分的节奏)。待这白色小轿车出门后,文就马上掐掉自己的烟,就好像专门为跟踪她来一样,上车打火,跟着前面的车就过去了。

"你是跟着那辆白色的小轿车出门?"

"碰,碰,碰巧而已,我就是碰巧,她走我也走了。"

"那你认得车主吗?"

"不认识。"

"我就走到新杨市路口的时候,她下车,我看还是她自己,我就冲她打了个招呼,我们都戴着口罩来着。"

"我们调出来的监控,你揽了下人家的腰,直接就被对方把你推一边去了。"

"唉,你看,你们是流调,流行病学调查,你们不是警察,对方也没有报警说我骚扰她,是吧?"

"你说你自己乱跑,给别人带来了多少麻烦。"

"医生同志,不是这样,今天之前,我完全是个正常人对不对?我没有去过疫区,没有接触过乱七八糟的很多人,我只是正巧和那个确诊患者一起逛了个超市对不对?"

流调室里的两个医生,相视一下,理论上确实如此,他只是,就是,的确就只是比较倒霉。

"是就调查到我这一层,还是会接着继续?"他顿了顿,"我是说,那个开白色轿车的女孩,你们需要追踪吗?"

"当然,她和你有过时空的交集,她肯定在我们流调的范围之内。你算是把人家害了,起码隔离14天吧,做14天的咽拭子。你认识她吗？她叫什么名字,在哪工作,怎么联系？你知道的话啊,就早点说出来,好多事情就进展快很多。"

"认识,不熟吧,但肯定是认识的,以前见过一次面,这次,我也确实就是来找她的,没有跟她打招呼就来了,就很巧合,在她家小区门口碰上她开着车出来了,我就直接跟着走了一路。"

"你们不是网友见面啊？"一个捂得严严实实的流调人员,听声音显然是个小姑娘,显然一时情绪有点"失望"。唉,人啊都八卦、都容易想猎奇。另一位张医生,扭头,估计是,隔着防护服瞪了同事一眼。

"哎。"景和,在防护服里哭笑不得,"不是,不是,你可别这么说,真不是,就是我正巧来找她,她正巧出门,就这样碰了个面。"

"你在这城里全部的行程,就是跟着那个白车走到小城,然后就回常山了？"

"我开车跟着她进新杨市后,我没走多远,她停车人走了,我等了很久,没有等到,我也就回去了。在那个地方,我车都没下,张医生,这就是全部,我没有撒谎,也没有落下什么,没等上她人,我就无聊地回去了。"

"文先生,不要激动,我们没有不相信你的意思,主要你这个行程听起来不是很合理。您再仔细想想,有没有下车买过东西,有没有再下去抽烟买水加油吃饭,凡是跟人打交道的一切,细节都可以给我们说说,咱们都是为了不遗漏是不是？"

"没有遗漏了。"

"那个白色车牌号是多少？"

"你们监控了一路,车牌号都没有看清楚？"

"没有,就小区门口监控看了,还没有仔细看后面的视频,应该是角度的问题。"

"我也不知道太多,我不认识她车,我只是认识她人,523ZZ,好像是这个,她是那个南华市人民医院的医生,内科,好像是叫如恩筱。"

在新杨市,文的全部记录就这些了。

张医生惊讶地站了起来,"你怎么不早说,是医生,医生你怎么不早说。"她快速的在纸上写下车牌号码。几通电话过后,如恩筱的一个基本信息就在眼前显示了出来。

AD523ZZ,车主如恩筱,1990年3月21日生,南华市人民医院内科医生,而现在此刻,人民医院有一半以上的医生正在常山支援。

路晓棠把上一层的流调记录看完,心里咯噔一下,她迅速地平复一下心情,把电话打给了自己姐姐路晓婉,铃声响了很久,无人接听。

于是,她留言道,"如恩筱,3月19号,在国道通向新杨市的路口和一个阳性确诊病例有交集,然后她的车就进了新杨市,在新杨市政府附近没有轨迹了。姐,我觉得她是去找周允川了。"

此时,3月27日晚7点,距离文景和核酸阳性4个小时。对方一时没有回话,半小时后说,"知道了。"

半个小时后,如恩筱所在的方舱医院已然接到通知,刚刚脱下防护服的如恩筱,一脸疲惫地再次套上,这次,不是她防着别人,是别人需要防着她,这落差,一言难尽。

"文景和?不认识。"

"从常山过来的,那天他去南华找你,你再好好想想。"

"噢,好像我倒是认识一个常山的人,叫这个名字,但是,我上次见他是在几个月前的事情吧,我后来没有见过他。这次疫情发生前后,我不知道我什么时候见过他。"

"3月19日,新杨市路口拍了你一下的那个人就是文景和。"

她突然恍然大悟,"怪不得,好像是感觉那天那人一直跟着自己,怪不得。"

"我是不知道他来找过我,他裹那么严,我哪认得出来。那,那天过了那个新杨市路口后,我再也没有见过这个人,在路口我们俩都戴着口罩呢。"

"你把你进新杨市后都去过哪里?接触过什么人把这些给我们讲讲。"

恩筱突然发现,自己一个字不可以说了。

"我又不是阴性,我这天,每天都在方舱,不是方舱就是社区,我自己每天都做核酸检测,我一直都是阴性。"

"如医生,我明白我明白,但是我们的工作性质,咱们都是干医疗这一行的,你看,文景和确诊了,你就是密接,按流程,你接触他之后的全部行程细节,我们都需要知道。"

"我在车上待了一段时间就回去了。"

"那个监控显示,你是第二天早上5点开车回来的,你不可能整晚都在车上吧。"

"你们在窥探我隐私。"

"现在,这件事情不属于你的个人隐私。"

三个人,都沉默了。

"我需要见流调组长,不,组长也不行,我申请常山市疫情指挥部领导来对我进行流调,很抱歉,我不太可以直接跟两位讲我具体行踪。"

"如医生,这不符合流程。"

"非常抱歉,这个从另外的角度说,我这样要求,符合流程,真的,我需要保密汇报个人行踪。"

"我们当然是保密,不会对外公开个人隐私。"

"真的不行,周医生,真不行。"

"恩筱,这件事情你必须说,而且是马上说,这关系到多少人是不是马上需要检测、隔离。"

"我知道,可是不行。"

心里有一句话,不是我不配合,反正你俩不行,我怎么说啊,怎么说啊。

## 赵东明

常山市防控指挥部的灯彻夜通明,赵书记的额头扭得跟麻花似的。一个东北回来的老头,在这三个城池之间晃荡,搅和起的浪花,四处开花,真有些吃不消。

而今天还有一名方舱里的医生疑似和确诊病例有接触,这医生还在社区方舱医院工作了2天了。他一想到这里,非常头疼。更闹心的是,流调组来请示,如医生要求见他,说自己的行踪需要保密。这是哪根葱,来给我装大尾巴狼。

可他还是需要一见,据说,进了新杨市,关于她的所有监控都没有找到,除非她汇报,而现在需要和时间赛跑。

"赵书记,您好。"

"如医生,你现在需要做的是配合我们的流调人员,如实把你的行程记录下来。耽误一天,就是对人民财产的漠视,耽误一天,就多一分危险,多一分损失。"

"赵书记,我没有进别的地方,我进的是新杨市疫情总指挥部,我在那住了一晚上,我男朋友是,是周允川。"

"啊,新杨副市长周允川?"

"嗯。"

现在轮到赵东明赵书记惊掉下巴了。

片刻的沉默后,赵东明问道,"光听传言他离婚,可他自己从来没有提过这事,我都不知道。"

"2018年9月10号就离了,他说他会向组织汇报这件事。"

"没有,我不知道。"

"他的离婚证在我手里。"

"那你们两个结婚了吗?"

"那问题不就出在这里吗？没有，我们还没有走到结婚的那一步。"

"他要是真离婚了，这也不是什么大问题。"赵顿了顿，"你胆子是不是太大了，你还进了疫情指挥部，你自己想想，这你要是真被传染上了，你就传染整个疫情指挥中心，这让周允川还怎么工作，还怎么在疫情指挥部待下去？你这，你这是要出大事儿的你。唉，他知道你被流调出来了吗？"

"嗯，是他让我找你的，他说让我直接跟你汇报。"

"这个小周，这不是给我出难题吗。"

希望都寄托在如恩筱的核酸检测是阴性，非但无症状，而且完全没有被感染上，这是唯一不出问题的路。

这结果还没有出来，堂堂新杨市副市长、疫情防空指挥部主任周允川已经悄然关进了隔离室。他回想着自己的老领导，南华市委赵东明书记的一番话，心里着实是有些紧张的，竟然有一点前途未卜的感觉。

打开微信，给闯祸的如恩筱接一个视频电话过去，看看此刻，这丫头是不是已经慌了？

"喂。"周允川的声音伴随着一阵紧张的微信电话声响起。

"哥哥。"

隔着视频，周环视了一番对方的环境，"还不错了，给你整了个单间。"

"那是，现在都知道我是周副市长女朋友了，待遇总得提高点吧。"

"说你胖你就喘，密接都是单间。你给我说说，怎么认识这个文景和，听说他还在你腰上搂了一下，你看有什么需要给我交代的就赶紧说，让我发现点别的就不好看了啊。"

"吃醋了？"

"你不是最喜欢看我吃醋吗？"

"超级喜欢，你还可以再吃点。"

"别闹。"

"我上次不是给你说了吗？就我在省二院给我外婆看病的时候，碰上一个小孩，甲状腺癌，九几年的小孩子，甲状腺癌，他整个人都傻在那了，我正好在旁边，陪他聊了会儿天，他后来非加我微信，我都给你说过的。"

"噢，好像说过。"

"他当时可能是因为突然知道自己生病了，整个人都魔怔了，一直拉着我说话，我也不好意思走，就这样认识的，后来，后来就没有什么联系，实在没什么。"

"那他是怎么找到你家的，还跑到你小区门口等你，居然还等上你？你给我说，这能说不是约好的？"

"哥哥，你问我，我问谁去。我要不要把我的全部聊天记录都发给你。反正不是我把约他过来的。"有些生气，但是，他怀疑得也有那么一些道理，是啊，这家伙怎么这么了解自己的情况，住址、上班时间甚至车牌号。故意的？

周笑了起来，"我以为你相中小鲜肉了，93年的，小我15岁，如恩筱，你本事不小啊。"

如恩筱跟他挤弄了几个媚眼，"哥哥，没办法啊，我才28岁，我年轻啊。"

那边，周做了一个想吐的表情。

## 核酸阳性

"周副市长，如恩筱的核酸检测出来了，阳，阳性。"

当秘书方启把结果告诉给周允川的那一瞬间，周呆住了，这是无论也没有想到的结果，他的头脑飞快旋转，问道，"指挥部的人什么情况？"

"咱们都没有问题,您也没有问题,包括抗体也都做了,都没有问题,就是如医生,如医生,她一个人,是阳性。"

"马上,去查她3月21日之后的流调记录。"

"如医生,下面我们要进行的是3月19日你从新杨市回来之后的全部的行踪调查,希望你配合。"

如恩筱,自她知道自己阳性的那一刻到现在,她已经一个多小时没有说过话了,说不出来,生理性的。流调组的唐医生让她自己坐着淡定了好一会儿,她的精神才渐渐回过来了。

此刻,她一副随便吧,任由你们去吧的样子。

"我是3月20日早晨从新杨市回来的,回来有些累了,没有去上班,直接回家了。"

"当天有出你们小区吗?"

"没有,当天我肯定没有出去,我出一趟门回来,回来就一定会好好休息,所以我肯定哪也没去,饭也没有吃,所以也没有点外卖,也没有买菜。"

"3月21日呢?"

"3月21日早上,我去上班,那天是我生日,我记得很清楚。"

"生日?没有聚会?"

"我找周允川,是因为我生日,我提前给自己过一下,3月21日,周一,我直接在医院上班。"

恩筱刚刚发现,今天来做流调的两位女士,隔着防护服,也能看出来,有一位其实她认得,路晓棠。

路也看出她认出了自己。

流调记录上,快速地记录着,3月21日清晨,如恩筱按时到南华市人民医院上班,经医院职工通道进入门诊楼,自述,在医院期间,一直戴口罩,去过,门诊楼、住院楼、检验室、药房。

"如医生,你挨个科室转了一圈?"

"业务工作需要关联的地方,我肯定得去,当时,我又不是阳性。"

屋子里一片沉默。

"怎么,我把整个医院干翻了?"

"没有比院内感染更严重的事情了,小如,不过还好,到目前还没有发现有人核酸异常,除了你。"唐医生回答。

"除了你们医院,你周围的邻居你都有接触吗?"

如恩筱,摇了摇头,"我不知道,记不得了。"此时,她的大脑有些空白,好像,好像,要死去了一样。

有些事情是掩盖不住的,是啊,掩盖不住。

即使不从她自己口中说出来,现在如此密集的各路监控和行动轨迹已经足以把一个人生活的全部痕迹都轻轻松松、明明白白地显露出来。

3个小时之后,关于如恩筱3月21日以来所有的流调记录都展现在了眼前——

"3月21日,早晨8点,南华市人民医院内科上班,分别去过病房楼、检验科;中午,医院餐厅吃饭;下午6点,下班回家,途经沪上阿姨奶茶店,买奶茶回家。

3月22日,早晨8点,南华市人民医院内科上班,分别去过病房楼、药房;中午,医院餐厅吃饭;下午6点,下班回家。

3月22日,早晨8点,南华市人民医院内科上班,11点30离开科室,到院外菜鸟驿站领取快递;中午,医院餐厅吃饭;下午6点,下班回家,7点出门,门口小超市购物,回家。

3月22日,早晨8点,南华市人民医院内科上班,分别去过病房楼、药房;中午下班回家,路过小区门口超市购物,回家,没有出门。

一直到3月25日晚9点,一中年戴口罩的男子自电梯进入16楼,进入如恩筱家中,直到30日早晨离开……经查,不是本小区居民,身份存疑。

3月26日早晨,如恩筱跟随南华市人民医院方舱支援队伍,支援常山,主要工作任务,核酸采集,至3月29日。

路晓棠站了起来,她冲着如恩筱说,"如恩筱,就这个人,你怎么和周允川交代?"

恩筱冷笑了一声,"那是我自己的事情,跟你没有关系。"

"哼,现在谁还愿意跟你扯上关系啊,都等着看你的笑话呢。"路晓棠转身离去,唐医生不明所以,防护服下应该是满目茫然吧。恩筱,独坐在隔离室的椅子上,过去的一切,好像放电影似的在眼前闪过,她知道,路晓棠没有说错,怎么交代啊,交代不了了。

那一天,3月25日晚,从小区视频监控上可以看到的,有一个戴着口罩的男人进了恩筱家单元的电梯,在16楼,那人走了出去,一直到第二天早上6点45分,他再次出现在电梯里,他自16楼进,自1楼出,一梯一户的户型,理论上说,当天晚上他应该是在如恩筱家里过的夜。

"那个人是谁?是你自己给我们说,还是,我们大费周折地去调取周围的天网监控。"

"自己调。"

"你这样是不配合流调工作。"

"我外婆在家里摔了一跤,你们找人帮我去看看吧。"

"这个你方便找邻居帮下你吧,我们也够不着。"

如恩筱抬头看了一眼面前的两个人,突然说,"随你们便吧,我不想说话,一个字也不想说。"

如恩筱,早上科主任也给自己打过电话了,院长也打过了,语气笃定,态度温和地指导恩筱,一定要配合好流调工作,你还年轻,前面要走的路还很长,犯一点错误没有关系,好好说清楚就可以了。但是,自己又犯了什么错误呢,恩筱心想,原来,都对我这么没有信心啊?

那人,尹千瑜,是恩筱的大学同学,嗯,从前,他们是一对恋人。

但,在此之前,没有人知道,这两个人还有联系。这么多年了,男方早已结婚有子,朋友圈里都看不出来两个人有什么互动的,这会儿倒是看出来意思了。真有意思,旧情复燃了?

大学毕业前两个人就已然分手,据说,那时也是分得干脆利索,没有一丝拖泥带水。恋爱过,分开了,又没有什么遗憾,又没有什么好复合的。两地工作,两地生活,工作没有交集,生活没有交集。呵呵,鬼知道他们又在哪里遇到。到现在,两个人最大的,最出名的交集,就是今天这流调记录里,两人共度一个良宵。当然,关于那个男同学的其他记录,是另一个人的故事了。

"你俩是聊了一夜的人生吗?"路晓棠的话刺耳地扎在她心上。

## 尹千瑜

"恩筱,现在身体怎么样?有感觉吗?咳嗽、发烧、胸闷,这些都算——"

尹千瑜的留言。

而周允川,从知道恩筱确认阳性的那一刻,到现在,已经4个多小时了吧,一句关切,一句问候也没有。大概,他好忙吧。

"此刻,不需要任何人把我放在道德碑上评头论足……要是需要的话,就在背地里吧,别让我知道。"恩筱的心里,静静地留下了一滴眼泪。

没有回复尹千瑜。

## 隔离期十四天

如果如恩筱不是医生的话,她的隔离期应该也不会这么久,但她是医生。因为她的一个阳性结果,导致南华市人民医院相当一部分人断断续续的,或者在家或者在医院,隔离了又隔离。

包括他们负责的方舱医院,核酸检测的次数都比别处翻出了一倍。

恩筱的检测结果,就阳了那么一次,第二天就转阴了,理论上说,有可能是试剂遭污染导致的假阳性,也有可能她感染过了,但是现在确实好了,没有了,至于到底是什么情况。她转阴后,也就没有人关心了。

瘦下了 10 斤。

再没有关于周允川的消息。

## 出去吧

像走出监牢一样,走出了隔离病房。这个城市已经在 10 天之前,阳性人数清零,人们都在欢庆又打赢了一场抗疫的战争。只有如恩筱,很苦涩,很苦涩。

自己扮演了一个什么样的角色?

集体记功的红头文件上没有自己的名字,回到医院里,别人异样的眼神,甚至,走在大街上,隐隐约约她都觉得,背后似乎总有那么几个人在指指点点:——

"看吧,就是她,就是因为她一个核酸阳性,南华市人民医院大半个医院都瘫痪。"

"看吧,就是她,因为她跑出去跟网友见面,沾染了病毒。"

"看吧,她拆散了人家好好的两口子,新杨市的大领导,当小三的,这次本以为可以转正呢,现在也不要她了。"

"看吧,她还跟人一夜情,一夜情的别人的老婆都找上门了。"

……

也不能说那些流言全错,至少也能对个三分之一吧。对四分之一就够不要脸了,这还多了点。

车库里是自己的那一辆白色小车,被喷了红漆,发动机盖上有人写着硕大的一个字,"贱"。这张图,她在网上已经看到过了,直接面对的时候,还是难过得哭了起来,蹲在了地上。

"我做错了什么?我未婚,我就谈了个恋爱。"到底做错了什么?多日的委屈,在心里积攒了多少天的委屈和苦闷,此刻倾闸而出。

身边好像有个人站在了那里。恩筱抬起头,是路晓棠,周允川的妻妹,前妻妹,差点忘了,她和自己住一个小区里,时不时总能碰到。

"如恩筱,我姐把周允川让给你,你就这样对他。"路晓棠是个暴脾气,傲慢刁蛮,咄咄逼人,不像她姐永远云淡风轻,永远心高气傲,永远不屑一顾,永远的作为前夫人压在自己头上。

"我给你说不清楚,流调都没有说清楚,怎么也说不清楚。"

"你俩上床了?"

"待在一个屋子里一晚上怎么可能不上床呢,是不是?尤其是面对你这种性感尤物,他哪里忍得住?"

"我们什么都没有。"恩筱虽然做好了心理建设,可是,还是被她气得有些说不上来话。

"如恩筱,你自己浪我不管,如果这次你把我姐夫坑了,我杀了你的心都有。"

"他早就不是你姐夫了,他跟你姐已经离婚了三年多了。"

"那又怎么样,他还是我们家甜甜的爸爸,血液里的东西改变不了。要不是你,我姐会离婚吗?会离婚吗?你居然还能这样不要脸地在这里跟我喊。如恩筱,你个混蛋!"路晓棠的声音很愤怒,她比她姐显然,还要更爱自己的前姐夫。

亲情吧,也不是,坦白讲,周允川是容易让人动心的那一类人,大概一些这属于女性的愤怒,一个好好的优质男人,被这样的女人抢走了,而且还是从自己姐姐手里。

如恩筱,并不想和路家的任何人有什么争执。

她平静地站起来,试图去擦车上的红漆,发现是徒劳,就随手掸了掸灰。

"路晓棠,我从来没有逼过你姐姐姐夫离婚,他们两个离婚是自愿的,即使没有我,也要离婚了,是你姐心里容不下他很久了,她认为他无趣、木讷、冷漠、自私,她给他贴了很多乱七八糟的标签,你不用在这里恨我怨我,离婚一点也怪不到我头上。"

停了一下,恩筱继续说道:"如果三年前,他们不离婚的话,我也不会跟你姐夫在一起,我是想结婚的人,并不是想和已婚人结婚的人。不过,现在,确实,幸好他们离婚三年了,不然,我今天这罪名就大了,勾搭市长大人,把市长小姨子气得要死,哎呀,我怎么那么大的本事啊,不行不行,我可没有那么大的本事,我只是在和一个已经离婚单身的优质男性谈了一场那个正儿八经的、痛痛快快的恋爱而已!"说完,她甩了一下手包,拉开车门就进去了。

是那辆写着"贱"字的汽车。

放下来车窗,如恩筱依然不饶人:"你往上写字的时候,就应该知道,别人看的也不只是我如恩筱的笑话,还有你姐的,哼——"她毫不犹豫地开上车就走。留下路晓棠,气得跺脚,"如恩筱,你个混蛋,不要脸——"

看着还好,其实,如恩筱的心里、肚子里都是气,去洗掉这羞辱的"贱"?

"骂我,我是那唾面自干的人吗?"

恩筱,面无表情地把车开进修车行……

## 周允川

"我今天在这里做个人检讨,疫情期间,私自带人进入指挥部,给大家造成严重恐慌,并且带来一系列不好的影响,在此,我表示道歉,非常抱歉,也因为这件事情,给新杨市政府造成了很大的被动局面……"

党组工作会上,周允川沉重而狼狈地做着检讨。

多年来,年轻、稳重、踏实、勤勉、私生活简简单单的形象,在几天之前崩塌得一无是处,把自己的顶头上司东方书记给气得就差把办公室的桌子掀翻了。

"周允川,你自己看看,这件事情引起多大的反应,咱们坐到现在的位置上,一言一行,多少人在盯着看,你怎么就能够做出来把她带到指挥部的事情来。你这个副市长,你这个指挥部主任,你别当了。"东方书记,已经语无伦次了,"常山的赵书记今天早上还给我打了个电话,询问这件事情,好事不出门,坏事传千里,这次事情影响的恶劣程度,你自己看看,你多少年的声名都毁了。"

"非常抱歉,这事当时,我真没有意识到严重性,这个影响,我知道,我明白。我尽快投入工作,把影响降到最低。"周允川从自己顶头上司的办公室里出来,狠狠地给自己头顶拍了一巴掌。

无语之极。

关于如恩筱,周允川犹豫了好几次,始终没有把电话拨出去。25日,那天晚上,一个戴着口罩的中年男子走进如恩筱所在楼层的那段文字,他反复看了好几次,一股子恶气憋在心里,无处释放。

当那个名字流调出来的时候,周又松了一口气,"尹千瑜,大学同学?换第二个人,恩筱应该不会让他进门。"但是,这样的想法是不是太幼稚,外面的男人都进了家门了,怎么就还能相信如恩筱,如恩筱的人品?有时想想,自己并不了解恩筱。五年前,在一次出差的路上,突然一个女孩坐到自己的面前,笑盈盈地说,"哥,你还认得我吗?"想一想这都是五年前的事情了。

没有认出来,一点印象也没有,但是,那女孩却一本正经地说,"很多年前,你家住在清远小巷的小白楼里,我们是邻居,那时候,你刚刚上了高中,我还是念小学的一个小孩子,整天就跟在你的身后……我那时就想嫁给你。"

后来,才知道,那是她编的瞎话,自己上高中那会,她才上小学一年级,她会暗恋谁?她懂个屁。但是,那一番话啊,给他美得啊,很长时间都以为自己的魅力,从小学一直魅力四射地肆意发散到初中,到高中,到大学,到职场,算是把他哄骗得妥妥的。

想到此处,周允川的眉头皱起来,他觉得自己似乎有必要对这个女朋友再进一步了解一些日子。这些年来,两个人恍恍惚惚地恋爱着,相处的日子,聚少离多,甚至,甚至,感觉自己其实对她一无所知。

她是个性格浪荡的女人吗?一直以来,他从来没有这样认为过。可是,她一个未婚女喜欢上自己这个离过婚的男人,这事本身的性质就有待商榷。况且,相识时,自己并未离婚,她依然缠上了。虽然自己的离婚和她没有关系,但签字时的勇气也有一半,似乎也是她给的。

那时,路晓婉已经是第四次提出来离婚,她像一块冰似的晾了他一个多月了之后,当他疲惫地回到家里时,迎接而来的是第五次提出来。离就离,一怒之下,他签下了让他后悔了很久很久的名字。她原本只是怨他的忙,怨他的不爱言语,只是怨,没有恨,可是不知道从何开始,这份怨气开始转变,一点一点地转变,变成反感、变成愤怒、变成憎恨,一直到变成她要离开。

"换作谁,也会离开你,你太忙,这样的生活我过够了。"这是签字后,路晓婉说给周允川的最后一句话。后来,他们再也没有在一起过,是怎样的冰冷让人寒心。这两个过分骄傲的人,各自心里都心知肚明——没有什么,只是心冷了。

"方启,你到我办公室来一下。"沉思之后,周允川喊来了自己的秘书。

## 白秋池

突然想起了白秋池,许久许久没有提起来的一个名字。想一想,原来一切迟早都会过去的,无论当初的追逐有多热烈。也不是,是时间的流逝,是岁月的过去,有些人尘归尘,土归土,

像白秋池,就是再也回不来的过去。什么样子的一个过去?

那时,他们都还很年轻,医学院的教学楼里,三个人总是在一

起,就像一个黄金铁三角一样。白秋池粘着如恩筱,如恩筱牵挂着尹千瑜,而尹千瑜和白秋池形影不离。

"尹千瑜。"

"如恩筱。"

"白秋池。"彼此呼唤名字的声音,是青春最后的留念了。

毕业后的某一天,白秋池过来找恩筱。两个人面对面坐着吃饭。边吃边聊。白秋池喜欢说教,喜欢把什么事情都说得很透。恩筱经常觉得他这点真烦人,但有时觉得他说得也对。

这个世界上的感情其实一直都不是那么脉络清晰的,只不过有些人不肯承认。"恩筱,你知道吗?你最大的问题就在于,你特别喜欢得不到的一切,比如说,高中时你没有买到手里的那一件红色的毛呢大衣,你说你后来买了无数件,可是每一件你都不满意,因为每一件都没有高中时那样扎进你眼里。"

"你的毛呢大衣如此,尹千瑜也是如此。在你和他没有在一起之前,你觉得他千般好万般好,可从他告诉我你俩在一起的那一天起,我再也没有见过你眼睛里的光亮,从你跟他在一起的那一天起,你就再也不说自己爱他了。"

不知道这一个男的,明明是一个大老爷们,为何能如此分析自己。不管他说得对与不对,就他分析的这几句话,就一下子把恩筱也惹恼了,她心里嘀咕着,"不爱了就不爱了,这哪有那么复杂。"

嘴上还是很讲原则,讲礼貌地回:"没有,秋池,并不完全是喜欢与不喜欢的事情,没有毕业之前我们就已经开始吵架了,你知道的,我不喜欢吵架,特别不喜欢,他那时就总是斤斤计较,比如我回电话的快慢、我在什么样子的场合穿了什么样子的衣服,他都能给我提出来各种各样的意见,我又不喜欢被人指手画脚。"

"那从前他也指手画脚了,怎么就没事?"

恩筱无语,也不由得笑起来,"白秋池,我俩分手你不是应该高兴吗?你原来是一直希望我们分手,现在你倒来劝和来了。"

秋池看了一眼四周向他们观望的人群,用手轻点了点桌面,示意她小点声。

"这世界上不跟你吵架的人只有我,只有我,知道不知道。"他停了一下,"我从来没有跟你吵过架吧,是不是?那你跟我谈过吗?你还不是永远都把我当备胎,高兴时找我跟你说几句话,不高兴时你扭头就走。"

不等恩筱回应,他接着道,"哎,我白秋池这辈子,怎么就这么点背,一路给你充当垫脚石充当解语花。"

"解语花?"恩筱一愣。

"解语花。"白秋池败下阵来,这个形容女性红颜知己的词语一旦被用在一个男人身上,况且还是这个男人自己说出来的情况下,他必然是输得一塌糊涂。尽管他长了一副刚柔并济的脸,可在恩筱这里,他永远像个知心朋友似的,可以很近很熟,可就是爱不起来。

两个人哈哈大笑,跟上学时候一样。女方心里觉得这是纯洁的男女友谊,男方心里也是这样认为,纯洁的男女关系。

"如恩筱,我有一句话需要给你说。"

"说什么,你说。"

"你根本不了解你自己,你现在过的日子根本不是你想要过的日子。"

"我不了解我自己,难道还不如你对我的了解吗?"

"不如。"

"闭嘴,我不要听。再说一句我跟你急了啊。"

"恩筱……"

如恩筱突然生气了,气呼呼地站起来,"白秋池,我不需要你来教训我,一句都不行,我做什么说什么,我爱谁,我要和谁在一起都是我自己的事情,轮不到你多管我,你再给我说一句这样的话,我再也不理你。"

……

不欢而散,物换星移。

物换星移几度秋?

后来,后来的后来,她再也没有见过这个喜欢剖析自己的人,而被她堵回去的那一句话,再也不知道他想说什么。也不重要了,人死灯灭,人死的时候,最眷恋的是生命,是生前爱的亲人朋友,那些细枝末节的情绪算得了什么。

在遥远的异向时空,他还好吗?是夜,如恩筱把自己关在家里已是很久,开心不起来了。"生活不是需要向前看的吗?我为何现在笑不出来了。"站在窗边,目光望向苍茫。

可能心里都是苍茫吧。

## 文景和,还是白秋池?

雀跃过的心一直是雀跃的,无法克制,无法收敛。

迄今为止,不知道如恩筱给自己施了什么魔法。省院里的那一面,他久久难以忘怀,他觉得自己认识她,肯定认得,绝对认得,并且,绝对不存在认错这样的可能性。到底是哪个环节出的错?

心口一阵狂跳。

这样的狂跳,在一年前也曾有过……

他跑回自己的房间,在一堆一堆的文件里努力地找寻,翻来覆去地找。时隔5年还是6年,已经记不清楚了,那一页印着捐赠者名单的卡片到底在哪里?

一页殷红的卡片,红得如此透彻,多年应褪未褪的透彻。他颤巍巍地找到一行小字,是当初那个一把手术刀把自己从死神手里拉回来的陈医生的电话,噢,不是,号码是他助理的。

"如果你非想知道捐赠者到底是谁的话,你明天可以过来,我们有一套完整的测评,经过评估,也可以考虑告诉你情况。"

"小杨医生,我知道你们是有诸多担心,但是,我是受益者,我

是受益者,我有良心,我有自己的正确认知,我真的需要知道是谁的心脏,让我的人生第二次沸腾,我承担任何结果,对方给我索取什么我都给,对方需要我做什么我愿意。小杨医生?"

两周之后,文景和拿到了那个多年来,一直萦绕自己心神的那个名字。

白秋池,男,1989年9月16日生,籍贯江东市褒义区,2013年毕业于江东医学院,2014年7月因车祸身亡,按照其生前在医学院签署的器官捐献协议,捐赠身体器官。

他的眼角膜给了一个12岁的女孩,肝脏给了一个中年男人,而心脏,给了景和。

在白秋池的墓碑前,一束洁白的雏菊轻轻地颤抖着。

"应该是秋池以前的女朋友来看过他了吧,这个女孩每年都来,他们以前关系很好的,我们秋池特别喜欢她,还说自己努努力,要娶了她。"一个姐姐样子的人,喃喃自语。

南华人民医院的内科诊疗室,文景和第一次见到了如恩筱,他听到自己的心脏扑扑直跳的声音,他惶惶然在诊疗室外面坐了很久很久,往事仿若洞悉,尘埃仿若落定。

她青春美丽、微笑从容,那个曾经爱上过她的男同学,白秋池似乎是已经从她生命里消失了很多年了,已经找不到什么悲伤的痕迹。一个人消失了,就这样消失得干干净净了吧?

不,他还给这个世界留下了一双眼睛,留下来一颗心。

"你没有必要去的,没有必要。你不是我们秋池。"临别前,秋池的姐姐摇着头。

"姐,我不知道为什么,我觉得秋池的这颗心,是真的想去看看她。"

巴山夜雨涨秋池,那个名字最早来源于此,至此,不,至6年之前,秋池已满,归入何门?何门?

按捺住心跳,明白了缘由——"如恩筱,你是我的信念,下一句是,我喜欢你。你知道不知道?"

文景和的心底,突然涌上来这样一句话。文景和,把文景和吓了一跳。

文景和突然明白,这些天,纠结自己的梦境究竟是什么?他反反复复地看到一个模糊的面孔,一个影影绰绰的脸,反复地看到,可是就是看不清楚是谁。有好几次,他甚至都觉得自己要触摸那个身影了,又消失了。这样的日子太折磨人心了,他觉得自己必须要面对如恩筱了,必须把自己换了白秋池心脏的事情说出来,必须要说实话。

而不是像当初一样撒一个弥天的谎话来骗取如恩筱的同情。

她并不好搭讪,几次三番试过,直到说自己得了大病才加上她的微信……似乎对自己咒得有点狠……也没有太狠,取出来那肿物后再次病理才说的良性,开始医生的确把自己吓坏了。

## 如恩筱

"没错,流调的记录没有错,我去了新杨市,我是留宿在那里了。可那是我男朋友的工作单位,我不能去吗?回来之后,25日晚上,尹千瑜也确确实实出现在我家门口了,当天晚上,他知道我很快就要去支援疫区,专门跑过来给我强调有几个需要特别注意的事项。他之前有过一次援助的经验。"

"是的,他的确是从我家门口进的电梯,但第二天早上,他是从我家楼上离开的。楼道里没有监控,你们可以调查一下楼道,对我来说,他是当天晚上过来遛了一个弯就离开的人,我哪知道他第二天早上还能出现在视频里?"

"我们家就120平,我和外婆同住,我一个没有结婚的女人,会当着我外婆的面,留宿男性吗?"

只是尹千瑜的行动轨迹……

"楼上楼下的楼道是通的,他难道不能走楼梯吗?"

恩筱可以做到跟同事解释清楚。

这个城市里，无症状感染者已经连续21日清零，也没有必要再过深究楼上住着的人和尹千瑜什么关系。

八卦新闻中止在这初恋男友留宿如恩筱家里，还有人添加一些细枝末节的东西，把故事再编辑得完善一些，把罅漏都补上，说不通的地方，加一些联想也就通了。任凭当事女方一力如何解释也是不通了。

而尹千瑜最大的问题就在于，他缺失最基本的担当，什么事情都喜欢走走看，走走再说，不需要解释的当然不解释，需要解释的也不解释，他常说的那句话是，"我都懒得解释。"

但是，这一次，恩筱被怀疑，这一次，他不是懒得解释，而是故意为之。

男人的心，狠起来真狠啊。

也是，不是他的城市，不是他的人际关系网络，不是他被指指点点，他甚至为自己做的这件事有点得意，对于这个从前狠心不要他的女人，这点小报复算什么。

如恩筱的楼上，是尹千瑜舅舅家，她很早就知道他们住在这里。他是正巧来舅舅家，顺便去看恩筱，顺便给她说说疫区防护，顺便，顺便，就给她顺便出来个一堆闲言碎语。

…………

其实，这些才是谎言，那天晚上，尹千瑜的确就住在了如恩筱的家里。而且，那一天，外婆没有在家。家里只有如恩筱和尹千瑜两个人，流调没有出错。

路晓棠说对了的唯一正确的事，他们，大概就是聊了一晚上的人生。

从大学刚入学聊起，从两个人共同认识的朋友开始聊起，再聊到毕业之后的其他人，最终，没有逃脱那个一直想要避免开来的名字——白秋池。恩筱甚至，就在当时就想到，这么晚了，如果是白秋池就会顾及她的名声就会走了，如果是白秋池就会干涉她的自由，打死不让她明天去支援疫区，他护她护得要命——

如果是白秋池，他见尹千瑜把她说哭了，他一定会把尹千瑜揍个四脚八叉。

想起那时——分开的那天，白秋池喝了很多的酒，白秋池说，"你要是对我恩筱不好，我打你个四脚八叉，四脚八叉，四脚八叉。"他反反复复说了好多遍，好多遍，四脚八叉，以至于往后的时光，每次看到有人喝酒，看到摔跤，恩筱都会想起那个词，四脚八叉。

最早的时候，这个词，让她疼，心疼，疼得常常一个人蹲在地上久久缓不过来。那是最早的时候，后来，她慢慢地接受了，慢慢地，把它变成了一个关于他的符号。

四脚八叉，曾经有一个人，要保护你，说要揍伤害你的那个人四脚八叉。

想到这里，生活是有一点温暖的，可以微笑起来，用三十秒的时间回忆微笑。

那句话说完的几天后，白秋池就死了……一年后，尹千瑜就跟别人结婚了，没有邀请恩筱。没有白秋池，也没有尹千瑜，生活就这样继续，直到遇上周允川。

和尹之间，就是这样隔着一个生生死死的白秋池，他们再也无法以平静而没有波澜的心态来对待彼此了，恋情早已结束、友情游移不定、无法形容的关系，就连关心与热络的感觉也随着那一年白秋池离去，一了百了。

## 周允川

本以为如恩筱是应该找自己解释的，多半个月过去了，这丫头还是没有个声音。开始以为那就是自己主动发一个微信能解决的问题，可当周允川在一次忍无可忍的时间里，发了一条微信过去时，才发现，自己竟然被删除了。

死丫头,这是心虚吗?或者她真以为生活是清者自清的样子吗?如恩筱,这做派,怎么这么孩子气,需要过来解释一下的难道不是她?难道还能是这个莫名其妙就被卷入流调风云的自己吗?周允川觉得自己才最委屈,工作身份不允许他低头,男朋友的身份似乎也不允许。一想,就气得牙疼。

人性,有懒惰、有骄傲还蛮自尊,谁都是。

从方启口中已经知道事情原本的样子了,事实并不难辩,只是容易被节奏带偏。他想起自己秘书说的那句话,"也不能怪流言蜚语的乱传,有些人站在那里就错了。如医生,你看她永远那么漂亮。"

周允川也不由得又皱眉又觉得想微笑,他的这个女朋友,有一种没有分寸的美。

不管时节,不管场合,不管心态,她给自己的人生好像就定下了几个字,漂漂亮亮地活着。永远发丝柔顺,眉如远黛,永远睫毛卷翘,眼神清澈,永远时尚亮丽,精致完美。

忽然想起来,自己没有见过凌乱的恩筱,认识这么多年,她从来没有过在自己面前凌乱邋遢的样子……两人到现在没有走向婚姻的原因大概也跟这个有关系,若即若离的生疏感、如远似近的生疏感、时有时无的生疏感。也不知道是不是因为,一个是领导端着,一个太在乎外表端着。就像现在也端着,最应该解释清楚的时间,还端着,如恩筱的过错。

是如恩筱的电话打过来,"我们见一面吧。"她的言语有点沉重。

周允川的心,突然有种不太舒服的预感,可能事实不像他想象得那么乐观,"电话里说不清楚吗?我好像没有太多的时间。"

"那我们分手吧,我想分手了。"

"你什么意思?"周允川一片惊诧。

"没有什么意思,突然间就觉得没有意思了。周允川,你觉得我有多爱你,我有多爱你也经不起你的这份冷淡。"说完这句话,恩筱的眼泪轻轻地滑落着,无声无息,你若不是站在她面前,就不会知道。声音没有改变,很淡定,很从容,很温柔。

"周副市长……"周的那边有人敲门。

她自顾自地放下电话,房间里有一只玩具熊,她伸手把熊抱进怀里,歇斯底里地哭了起来。

又来的电话,挂断吧,拉黑吧,总之不想听他说话。

这世界上有一类人,所有的委屈都是自己承受,所有的眼泪都是自己承受,如恩筱就是这样的一种人。这世界上还有一类人,哪怕爱多少恨多少,都可以在不爱的那一瞬间,瞬间切断自己的感情。如恩筱也是这样的人。

而那一瞬间,是在流调出来的两个小时后到来的,那时她正在隔离室,是否感染病毒的身体状况一点也不明朗,外婆打来电话在家摔了个跤,路晓棠恨恨地笑她无法交代,她想起尹千瑜的故意,想起白秋池的离去,那一刻她的心突然凉得无法承受。

没有周允川的电话,没有周允川的电话,还是没有周允川的电话,等了几等之后,她在心里冰冷如霜地把这个男人划掉了,多爱也要划掉,这是属于如恩筱的决绝,一种可能很多人都看不懂的决绝。

她曾以为周允川是懂自己的。

## 伤口疼痛的地方

所有的故事都应该可以追溯到从前的,生活如果从最初的最初开始,你认识的人,很多可恨之人的人生,再次看起来,大概都会有所不同。

很多年前的那个夏天,当父亲还是模糊的父亲,从来看不到影子的父亲,当母亲还是匆忙的母亲,从来都是给钱给物不着家门的母亲,她就只剩下外婆了,一老一少,两个人相依为命。

那天,暴雨,电闪雷鸣的暴雨断断续续下了好几天。恩筱很害怕,外婆也很害怕,她打电话给恩筱妈妈。"孩子有些害怕,你能回来就尽快回来……"

"妈,对不起,对不起,可我回不去,实在回不去啊。"恩筱妈妈工作地有些远,她的回不去里都是无奈。

于是,外婆又让恩筱打给爸爸。恩筱隐隐约约地听出来,爸爸醉酒了。"知道了,知道了。"这是一种有希望的回答,意思是爸爸知道了,他应该就有时间了。恩筱焦急而充满期待地等着盼着。

暴雨断断续续地下呀下呀,院子里有一道矮墙,没有地基。恩筱看着它,感觉它随时要溃塌。爸爸,你快回来吧,家里的墙要倒了,你快回来看看,我害怕。她的声音里已经带上了哭腔。

"墙倒了,你就在屋子里别出来。"

"爸爸,我害怕,你快回来。"

"墙倒了,天塌了,跟我有什么关系,有什么关系。"爸爸迷迷糊糊地说。

"嘟嘟——"

电话只剩下挂断之后的忙音。

矮墙的那边,恩筱忽然发现有一只小刺猬,应该是一只小刺猬,好像受伤不能动了,她看它在雨水里哆哆嗦嗦的样子,她实在忍不住了,打着伞,想去把小刺猬抱进屋子里。

她常常遇到刺猬,常常遇到,常常要把它们收起来,就好像收起来需要保护的自己一样。

就在她走到矮墙的那一瞬间,突然间,墙塌了。巨大的倒塌声响起来的,泥水飞溅,恩筱一下子被吓傻了,呆呆地就站在雨里,站在斜风四作,泥水乱飞里。

这时,身边突然过来一个人,是住在自己隔壁的哥哥听到声音跑出来了,他看到恩筱在外面就喊了两声,雨水声太大,女孩没有抬头,也没有动,于是,他沿着自家的墙壁就翻了过来。他想拉下女孩,发现这女孩已经吓傻了,浑身哆嗦得不说一句话,于是,他蹲下身去,把呆若木鸡的女孩抱起来,送回她屋子里去。

屋子里,已稍有年岁的外婆在座位上急得几乎无法起身……那个隔壁哥哥,就是周允川。

所以很长时间里,恩筱回想起来那场令她心悸的暴雨,都是周允川伏下身来,伸手把自己抱起来,冲进屋子里,她浑身湿透了,雨水贴在身上冰凉冰凉,只有挨着周允川的那一部分有一丝丝的温暖,周允川怀抱着自己,而自己怀抱着那只冻得哆哆嗦嗦的刺猬。

……所以,如恩筱,应该感谢她的漂亮,是她的漂亮后来给自己修筑了一道墙,又骄傲又狭隘的墙,她的骄傲基本可以能够打败一些意念里的所需所求,不然,她根本对抗不了这份骨子里的对温暖和关爱的渴望。

有时很脆弱,有时又很坚强,是一个矛盾的恩筱,又冰冷又决绝,是那个凉薄的恩筱。

但今天统统都属于脆弱,她觉得周允川没做好,事实上,她比路晓婉更矫情。少年时代的喜欢,男女荷尔蒙的骚动,温柔有趣里的吸引,都不及在看到听到感受到他的一丝犹豫和怀疑后的后退……儿时里被疏远被冷落的经历令她对人的要求在某些地方很极端,很刻薄。

她是一只刺猬,揣着自己的悲伤,觉得世界上所有人也都是刺猬,当她试图靠近别人与被靠近的时候,是要求别人百分百收起来他们的那些小刺的,但她不收。还会试探着去看别人潜在的还有没有,要确定很久的没有才让靠近,可一旦感觉到了,哪怕是些许的一点点,也不行,她就会马上远离,是的,连潜在可能有一丝的状态都不允许有,一点点也不可以。这点也是脆弱以刻薄的形式,藏在潜意识里。

脆弱到不再相信他爱过自己,脆弱到不知道他到底爱不爱自己。

## 文景和

生活的残酷之于一些人是经历,是亲情、是爱情的磨灭,是精神的残酷。可之于文景和的,一直都是肉身的残酷。

他是哪一年发现自己生病的已经不重要了。重要的是从他发现自己的心脏和别人不一样开始,他的人生就没有舒服过,不是在医院,就是在医院的路上,不是在医院的路上,就是在医院的病房。生活给了他富裕良好的家庭条件,温暖友爱的家人,可是,没有给他强健有力的体魄。

在几乎绝望的时间里,他移植了白秋池的心脏,这是生活掠夺别人的生命财产,给了自己一次慷慨,对于白秋池,景和内心里的感激无法言语,真的没有更好的语言了。

又不是自己喜欢过的女孩,为什么非要去见,有什么去见的必要?景和不断地问自己。

但他的心,一直在说这三个字,如恩筱……需要去见她。

## 抵达

"文景和,我不知道我有什么和你见面的必要。"恩筱停了一下,还是继续讲了下去,"我们只是在医院碰到那么一次的一面之缘,当时你的状态看着特别不好,所以你说让我陪着你说说话,我就坐下来了,没有走。除了这个之外,我们有别的关联吗?没有。"

"是的,但是……"景和正想要辩解。

恩筱打断他,继续,"你上次是怎么知道我住哪,要去哪,干什么,这些,我不追究了,我对你没有那么多的好奇。到此为止,你不要再影响我的生活了。这个可以听懂了吧?"

"听不懂,我现在就去南华,我们见面说。"

"你真是有病!"这样的话,恩筱马上就要说出口了,她生生地咽了回去,性格里并不喜欢伤别人。"拜托,我是哪点吸引你了?

你是要追求我,还是要骚扰我?我明确地给你说,追求我,不行,我有对象,骚扰的话,你哪来的回哪去,别让我给你说更难听的话。"恩筱挂断了电话。

一肚子气。

若不是这个人,自己断不会陷入这个尴尬的境地。没有处撒的火,他这里撒一下得了,反正是不认得的人,既然他非找骂。

有一条短信发了过来,"恩筱,有一句话我一直没有说出口,五年前,我做了心脏移植手术,是白秋池移植给我的。"

……

两个人坐着,谁也不说话,恩筱的神情有些疲惫,最后还是先开口了,"事情发生得太急了,我们都没有反应过来,我到了的时候,秋池已经火化了。我没有想到他还做了这样一件事情。"

"如果不是他,我就已经死了,当时医院已经准备给我下病危通知书。"

"他怎么可以……他最怕疼了。"恩筱哭了起来。

很久的沉默。

"谢谢你告诉我这件事,我原本都不知道,秋龄姐也没有给我说,"恩筱继续说道,"他出事前一个多星期是和我在一起的,他说他还有话给我说,我没有让他说出来,我生生地给他堵回去了。"

五年过去了,以为这些疼已经随风消逝,原来,再次想起来的时候,再一次为别人所挖掘出来的时候,人心还能这样的疼。恩筱身不由己地捂了一下胸口,"你去看过他的家人吗?"

"去过了,就是秋龄姐给我说,有你的存在。"

"我的存在,我算个什么存在?我只是他上学时最好的朋友,对于死亡来说,朋友又算得了什么呢?人在生命的最后时刻,想到的是家人亲人爱人,今生的欢乐、今生的遗憾,我算不上他的什么人。"

"他一直很喜欢你。"文景和这一句话说出来,就像说一个普通健在的朋友似的,就好像他来到一个女孩面前替他表白。

恩筱轻轻地笑了一声,"我知道,我又不是傻子。但,那又怎么样呢,他都没了5年了。5年了,我的生活里没有这个人已经过去整整5年的时间了。"

景和也不知道说什么了,但是,隐隐约约觉得自己非要来见恩筱的目的似乎不只是为了给恩筱说上一句自己从白秋龄那里听来的这一句喜欢,是啊,就像如恩筱说的那样,那又怎么样呢?他活着时这份喜欢就主宰不了如恩筱的生活,更何况现在还死了,死了5年了。死亡是一件显而易见的彻底消失。

"如医生,我不知道白秋池给我的这颗心让我来找你做什么,确实不知道,但是,现在看到你的样子,我想从我个人的角度来劝劝你,你怎么可以这样凉薄。白秋池是死了,但是,对你来说,他是一个毫不相关的普通人吗?不是,他是一个曾经深爱于你的人。你坐在这里就这样平静的,没有任何感情色彩地评价他,这特别不公平。"景和有些愤懑。

"就我的感觉,你在白秋池心里,就是他生活的信念,他那么多年来开开心心的日子都靠着今天可以看到你,明天可以坐到你的身边——都靠着这样的信念在支撑,你知道——"如恩筱愣住了,文景和也愣住了,为什么,自己这样说?

"你从哪里感觉到的话?"恩筱愣愣地问出来。

"别打断我,让我继续——可以坐到你身边,你爱不爱我这事儿跟我没什么关系,我反正是一直过得开开心心的,我要是拿出你对人对事斤斤计较的生活的态度,日子就别过了。"

文景和的声音放缓了速度,好像是在一个字一个字地回忆,然后再一个字一个字地往外倒。

恩筱愣愣地呆若木鸡地看着对面这张陌生的脸,说着体己的话。

"你可能不爱尹千瑜,但你一定是爱周允川的。"文景和也停了下来,恢复自己的神志似的,"这两个人跟你什么关系,我不太清楚,我只知道有这两个人。我停住吧,我这说的是什么啊?"他的表情诧异得异常,"你给我提过这两个人的名字没有?"

如恩筱摇了摇头,"你是不是看过流调记录?"

"哦,看过。"

"我说的话,好像都是白秋池让我给你说的——原来,你在白秋池心里这么重要,信念,什么是信念,一个人是另外一个人的信念,一个人看着另外一个的快乐就能自己快快乐乐。如医生,你是不是应该庆幸生命里有过这样一个人。"文景和似乎在自言自语,又似乎在和恩筱说话,"原来,他是让我来提醒你,你是白秋池的信念,而周允川是你的信念。"

如恩筱握着奶茶杯的手,把杯子攥得更紧。

如果一定要说,周允川之于自己是什么?这个问题,自己问过自己好多遍。是的,是信念,在认识周允川之前,就是信念,在和尹千瑜谈恋爱之前之后,也都是周允川是信念,这一点从来没有改变过,所以白秋池是知道的,那时候,他从不寄希望于自己爱上他的原因就是他觉得她的感情不可靠,在尹千瑜这里一点也不可靠。她最心底的心底只有一个名字,周允川。

"不是,不是,我不是那么爱周允川,不是,没有那么严重。他身居高位,有家庭有孩子,我是因为之前得不到,够不着,所以我分外看得上,我是这个原因,是的,是这个原因。我就喜欢那种得不到的感觉,事实是这样的。后来,他离婚了,我们两个就在一起了,他对我就没有那么重要了,没有了。"

"可是,为什么还能持续?"

此刻,恩筱并不想承认自己对周的感情。分手了就是分手了,当初有多爱,此刻就有多怨。什么信念不信念,什么得到得不到,都是无所谓的事情。如果不承认这段感情,就可以潇洒地走,如果不承认深爱过,就可以痛痛快快地转身去爱新的人,去享受新的热爱。

为什么,现在会有人跑出来提醒自己,有一个人曾经把你视作他的信念,至死。为什么,他又是在提醒自己,你也有自己的信念,至死难渝。是周允川吗? 不希望是他,爱他好费劲,"我想爱一个容易的人。"

日子就这样一天天地过去,生活恢复平静,很早很早之前的平静。

## 再相逢

某月某日,晚 7 点半,市委小礼堂,省级疫情防控视频会正在召开。

确定常山、南华、新杨、吴后三市一区驰援海上东区 2 镇,新杨市副市长周允川带队。临行,周允川突然想起一件事情,问方启,"南华人民医院派人了吗?"

"派了,各市区都是人民医院,都是主力。"

"哦。"

"如医生也去。"

"她是内科的,她去做什么?"

"驰援是核酸检测驰援,主要来的是护士,但我见名单上有她。"

"好的,我知道了,别跟她说我问过。"

"哦,嗯。"方启点了点头,周允川有些奇怪地看着他,"你为什么点头。"

"如医生也给我说,别给您说她问过我谁带队。"

"呵,这丫头。"

"周副市长,你们打算在疫区见面吗?"有时觉得方启的脑袋是属于被门夹过的那种。周允川,瞪了他一眼,"我记性就那么不好吗? 还需要你提醒我?"

"不是,不是,如医生说,她把您从黑名单里放出来了,您可以打电话给她,她就原谅你了。"

"她原谅我了? 我还没有原谅她呢!"在方启面前,周突然觉得自己有点失态了,连忙说,"你去忙你的吧。"盯着电话号码三分钟,算了,等从海上回来再说吧。

……

如恩筱,那个夏日里的暴雨,如此清晰地横在心头,挥之不去,那个夏天里,那个人的拥抱那么温暖,那个人的肩头都是生活的勇气。

"我曾经鼓起勇气去爱的一个人,是童年的阳光,是心底的希望,是悱恻的爱,是的,是心底里反复纠结与终于肯定的信念,也是今生的释怀,我怎么可以轻易放弃。"

并且,他与你志趣相投,三观相似,脾性互补,他沉稳你开朗,他豁达你有些小忧伤,他总是在你难过时一句话便能让你开怀,你也总可以在他阴郁时笑着很温柔。这样合适的人,可遇不可求,踏平山海,也该把他留下来。

"他的电话还没有来……"如恩筱自顾自地笑起来,"没关系,三年前我能追上,现在我也可以,等我海上回来,等着,我不能让你这样溜走……"

# 世界上另外一个我

很多年前,我的室友小雪一个人坐夜车到广州旅行。那是她梦寐以求的第一次旅行,单位出差之外的第一次独自旅行,她说,她攒了好久好久的钱。

其实,也不能称之为夜车,抵达的时间也就在晚上9点左右。夏夜、广州、九点半,城市依然喧嚣、灯红酒绿。

她发短信给我,我可是要开始美妙的广州之旅了,今夜你就陷入无限的孤寂与羡慕吧!正在单位加班的我,简直能够想象她开心得不像样子的脸。于是,我回她,臭美吧,使劲玩,使劲疯!

其实,我俩认识的时间不算长,4个月前,自天涯论坛开始聊天。

那时候,她在天涯里写极冷极疼的文章,描绘她不肯回去的故乡,苍茫的大山,蒙昧的乡亲,从未吃饱过的童年,从未穿过新衣服的少女时代以及不断经历过的骚扰,贫穷的骚扰、生活颠沛流离的骚扰以及有关性的骚扰……而我在天涯里讲笑话,爸爸的笑话,妈妈的笑话,小时候同学们之间的笑话,今天一个段子,明天一个梗。

她只关注我发笑话的帖子,我稍微露出一点点伤感情调,她就说,这可算什么啊,你的小矫情!

她还喜欢在我的笑话帖子下面发笑脸,她说,你就像世界上另外一个我,自由自在地也懂得快乐的那一个我。她在北京很多年,安静沉稳,却不乐于与人交往。后来,她发帖子点名找我,房东无良,坐地涨价,西城地区找人合租,可愿应允?

她其实,根本就是奔我来西城。我揭榜而应,从此在京城,两个人相依相伴。

手机基本没有电了,也没有带充电器。一向喜欢在别人出门后啰啰嗦嗦各种叮嘱的我,那一天并没有给她发一条嘱咐安全的短信。很奇怪的偶发事件,包括她在火车上的时间,我们的短信对话,都在各种调侃,唯独漏下了一句,注意安全。也许在我心里,历经世事繁杂,她无所不能,我不必担心。

然后,手机没有电了,自动关机。

明天是我们出样刊的日子。延续从前,今夜,我和美编铁定是要熬通宵的。包括第二天,我也没有回家取充电器。

总之,在我关机的那一天两夜里,一桩我完全没有意料到的意外发生了。第三天,小雪关机,我找不到她。QQ、MSN、天涯以及邮箱,那时候还没有微信,一点点回复都没有。

我慌了。

其实,我是小雪为数不多的朋友。她的家远在甘肃,一个非常重男轻女的地方,她是村里十多年才出的一个大学生。父亲去世,母亲改嫁。她说,她和母亲之间唯一的联系是,半年寄回去一次钱。

那一刻,我突然发现,没有电话的联系,我原来真的是不知道能到哪里去找她。

守着不安。

几天之后,我突然接到广州番禺地区公安局打来的电话,那夜小雪遇到了抢包的,她不肯撒手,胳膊,前胸被刺了好几刀。刚刚脱离危险。我惊慌失措地拖上我的一个男同学连夜飞到了广州。

一进病房,我就看到了一个女警察,站在一个病床前。病榻上的她脸色蜡黄,面无血色。说实话,如果不是先知道她身边有警察,我根本没有认出来她。

我从未经历过抢劫、偷盗,甚至我连同学之间稍微严重点的打架事件都没直面过,而今,我的朋友正躺在医院的病床,因为一次恶劣的抢劫而伤痕累累。

我上去想要抱住她,我搂住她的肩膀,心疼地掉眼泪,我问她,你这是怎么了？怎么了？

一个女警察过来斥责我，你可算是来了，你不说她一个人怎么扛过来这些！我起身想要给人家道歉。她挣扎着给人家摆手，说不是她的错，不是她的错！

然而，她似乎也轻轻地回绝了我想要再次握紧她的意思。

给她垫上了医疗费用的不足部分，几天之后，征得医生的同意，我们一起回了北京。

其间，她始终对我有一份若有似无的冷淡，说该说的话，不多一句其他，甚至总是在我想要和她对视的时候，就把目光别一边去。

我想，可能，她被吓到了吧，没有心思跟我说什么。

她疗伤，我上班。

这段日子里，我也曾尝试着问她，事情到底是怎样的？她一再缄口，什么都不肯说。我也不敢多问，只想着等她缓一缓，过一阵她会告诉我吧。

她是一家家具公司的运营，工作性质本身似乎也不太和周围人打交道。

她就这样开始，对我，也沉默。没过多久，她发工资，当天，还清了我的钱，随即，搬出了我们租赁的小屋，没等我弄明白她这到底是什么意思，她就消失了。

就像上次一样，天涯、QQ、MSN、邮箱我都找不到她。比上次还严重，她换了电话号码。这让我开始陷入了无边的自责之中。我回忆我们之间所有的细节，我想知道到底这是为什么？那夜，到底发生了什么，让她对我都能冷淡到如此彻底。

而且，我也懊恼，我怎么就莫名其妙地被她抛弃了。然而，不久，番禺的公安局找到了我。抓住了嫌疑人，他们让我想办法联系小雪过去举证。警察说，如果定性的话是强奸未遂。她愿意举证吗？这混蛋只有其他的偷盗记录，这次是第一次拦路施暴，如果没有举证，他恐怕只会定下来个故意伤害。

我的头嗡的一声。

我在天涯里发帖子,到处找她,到处找她。我从来没有想到会有这样的事情发生。当初在广州的时候,警察询问的内容,医院住院的各种细节我逐一拆开来想,简直想要给自己一耳光子。

我给她旧帖子里留言,我说,对不起,对不起,你快回来,我陪你一起承担,你要快一点,快一点,回来!

过了好久,她才回我,她说,你知道吗？我不叫小雪。我给自己起名叫小雪,是因为,我想像雪一样活着,干净自在,晶莹剔透。

后来,她又发了一段很长的回复——

……那天,是压倒骆驼的最后一根稻草。而你,是我不能抵达的地方。我竭力想要达到的地方。我曾无数次想要变得和你一样,我想要平安、温暖、健康、快乐,却怎么都不行。我连最后的底线也未能守候。

你有家,有爱,有人疼。你的人生沿着父母设计的路线、沿着自己想走的方向,一步一步地走着,而我,在荆棘里,在贫穷、离乱、浪荡、不安的路子上已经越走越远。

我曾以为,只要我有勇气,我很坚强,我就能变得和你一样,有家有爱有温暖。压倒骆驼的最后一根稻草,活着好难。

如果有来生,真想做一个和你一样幸运的女孩,不要那么辛苦就能快乐,不要辛苦,就能好好活着……

那个帖子之后,再也没有更新,没有回复。我在这个世界上再也没有见到,世界上另外一个我。

多年后,我在网络上看到一则新闻,甘肃康乐县杨改兰的新闻,我突然就回忆起了她,回想起她曾给我说过的故乡,在地图上使劲地寻找,仔细地找,相距康乐70公里之处,我找到了她曾一遍一遍在天涯提起过的故乡……

世界上另外一个我,愿她的往后人生如愿,如愿,哪怕就如我。

## 梦里的长镜头

带妈妈去几十公里外的村庄看望一家亲戚。

我开着车驶进起伏不平的乡间马路,就像帆船在波浪里颠簸。电线杆成排地矗立在晴朗而遥远的天际边,划出整齐的黑线。刚想着晴天难得如此甚好,阳光盛世一般就铺陈下来。

这情形很熟悉——像是,梦里的一个长镜头。

还有凌乱的花朵、灿烂的笑脸、忧伤的月下、明亮的星星,片段恍惚,所有共同的点,就是,一闪而过。

妈妈去见要见的人,我自一旁黯然伤神,她回来时看到我,那眼神像看一只怪兽。

以前我也不知道自己会在这样的情境面前觉得伤心,原来我一直以为,在陌生的并没有自己故事的地方面前,只有林黛玉一样的多愁善感的人才会触景生情到落泪。

但现在看看,我好像也有点那样。我努力平复心情,我从来不知道,原来它对我如此重要。

它是童年。童年的许多美好都是在村庄里度过的。对我来说,童年就意味着村庄生活的小时光,清新也健康。

河沟、田野还有所有的树,都绿了,杨柳花絮填满空气,殷红的凤仙花捣成一簇一簇的花泥,绿叶连同胭脂一样细腻的心思一起包裹,到了夜晚芊芊细指尖绽放如绿萼,女孩子们睡得张牙舞爪、窘态百出。

夏天,是凉席、躺椅、屋顶、星星,有时也是瓜棚、菜地、西红柿、大甜瓜。过年了,爆竹声声噼里啪啦,每家每户都有不止一个的奶奶、爷爷、大爷、大娘,橘子糖、高粱饴、五香瓜子、花生粘。

姥爷家泡着浓得化不开的红茶,倒进砚台似乎就能挥毫写字。爷爷在每日的午后必定要沏上一杯茉莉香茗,到现在那依然是我无法割舍的心香之味。姥姥总是戴一副老花眼镜,她绣很多金丝边绿枝叶的鞋面枕花。奶奶藏了好多好吃的,绿豆糕山楂片道口酥藕粉还有关东糖,山楂串经常为了等我化在柜子里留下洗不净的糖渍。

　　童年,半数是祖父母一辈儿给予的,这半数还很甜腻,记忆里就尽数是他们的影子。

　　我有很多年不曾梦到爷爷奶奶,还有姥姥姥爷。其实,经常会想他们。他们没有留下很多照片,影子就只好藏在回忆里,后来变淡,变浅,变得很沉默,很久远,好像也很不实际。

　　"世间最美的诗,皆由各种形态的沉默组成。"逝去的亲人、时光,也许就是一首首沉默的赞美诗吧!

　　……

　　我其实一直不知道童年的意义是什么。书上说,现实生活里处处碰壁的人才爱追忆过去童年,才爱把失去了的岁月当作很完美的一段存在,反复掂量咀嚼——"说得好有道理,我竟无言以对。"

　　我们现在的时光,陷入一场胶着,平淡无奇,停滞不前,也或者,看起来都在稀里哗啦地向前推进,四平八稳,一览无遗,再或者说,时光日日如此,周而复始。而我们,真的可以做到永远昂首阔步,乐此不疲吗?

　　某一刻,会以为起码自己想要的方向是如此。某一刻,前生与今世同在,顺从与逆反同行。某一刻,慌乱得像一棵新生的麦芽儿。

　　繁忙拥挤的时代,耳听爱恨情仇声嘶力竭,目熏教诲指点庖丁解牛。可是,很多时候,一颗心所需要的沉静还是没有路数可寻。

　　总是说要好好爱自己,总是说要好好待每一天,遇到节日一定要好好庆祝,新年,春节,生日……其实,有时被这些眼花缭乱的日子弄得手忙脚乱、晕头转向,但如果真的淡漠了,又觉得还有什么意思呢。

沿着日渐荒凉的乡间小路,麦苗儿沉睡,田垄上的树吐尽旧日的浓烈,色彩棕暗。迷茫中,我们穿过了繁忙的马路市场,巨大人群,一路飘摇而过,最终,却与自己的国度背道而驰。

## 送我一场爱恨

　　轰鸣,轰鸣。蓝白色的鸟起飞了。所有的桨停止滑动,所有的车轮停止前行,所有的目光凝望远方,只有人群异常安静。不如,嬉笑这呆傻吧,嬉笑这无助吧,嬉笑这离别吧。

　　你随蓝白鸟起飞,我与你并排一起,我随蓝白鸟死去。死去,踯躅海,死去,忘川水,死去,春暖花开。原知有今日,结局必如此,如此冷清。我悲恸而哭,但我比你更早开始,我比你更早知道。我们明明什么都懂得。

　　所以,从来惩罚,明知故犯。我远在旅途,我一直在旅途,我乘坐的蓝白鸟,永不到站,永不归航,永不反省。开阔的旅程,静寂的旅程,似是而非的旅程,虚弱的我,从来不在途中醒过来。我醒来,世界空空如也,前尘空旷无有人烟,我醒来,一分钟失去全部欢喜,一分钟坠入深海。我注定一生都不能清醒。

　　熟睡的我,有多种调皮的生存之道,快乐如叮咚泉。熟睡的我,觥筹交错,呼朋唤友,活泼还淘气,我一直都淘气,如一个孩童,永不长大,永不成熟,也永不懂懂。熟睡的我,俯瞰人间,世事繁华渐渐迷人眼花缭乱,我不独善其身,我不从谏如流,我不既往不咎。但我身怀寂静,我不被是非打扰,我的孩子,温柔安宁。醒来的我,凝视熟睡的我,觉得她很真实。她凝视了一路,一路。她的睡梦是春暖花开,她醒来是凛冬将至。

　　被探视得太久,熟睡的我以为醒来与我同行。她很忧愁,要不要背离来时的路。她在醒来和熟睡之间忧愁,有时要走,有时又不舍得走。并没有人问一声,为什么走。为什么不走。小心翼翼地避免撩起一个久远的故事,一个久远的,久久远的旧人。

我熟睡之时,他都在做些什么?

蓝白鸟穿过层层云海,看不见脚下的一切。洁白如洗的云,遮掩了来时的尘世间。有一个声音一直在倾诉,倾诉不停。跟透明的蓝天,跟飞行的飞行员,跟永不能相交的航线,细细簌簌说个不停。所有人都不耐烦。她深吸一口气,闭上眼睛,计划要自己来迎接。周围却瞬时安静下来。所有人,都安静,都沉默,关于过去,只能自己判断对错。

所以,去走如星云。

一无所有,是一场静默。静默的我,是将要熄灭的火焰。油尽灯枯,结局这样肆无忌惮。褪去他眼中的光彩,褪去你的脸,我无时无刻地守着自己的衰老,我毫无头绪,一无主张。但我曾经,那样聪敏,机智,古灵精怪。

我不停给自己借口、理由、主张。我的头脑掉在地上,碎得一片一片。醒来的我,与熟睡的我,如此明朗一切,却还是不肯离开。谁也无法把我从旅途拉回生活。我不停说爱你,也不停说不原谅你,我不停离开,也不停归来,我不停见不到你的时间。

我在离别之后,从来没有过见到你的时间。心有哀怨,冥顽不灵,我在我的旅途,一路衰老,一路贫穷。

手心触碰天空的温度,我已没入云海。假若安之若素,我已满目疮痍。如果允许,请让我在云海里写下一个人的名字,我渴望许多年后,再去寻找那一片镌刻了的掌心。夸张的悲伤,唐突冒昧的境遇。我原以为不会是我。印记和氛围,却总是激活从不曾掌管的心情。岂止是特别从容?在很多事情里充当始作俑者,至今想起来,危险重重。

有一天,我再次没入云海,云深之处,有往事迸裂的缝隙。许多人的心就悬在那里。把尖尖的神经埋进切口,敲入裂隙,我会不会发现,阳光透过所有的云翳,补上缺憾,连我想要的,连我不想要的,一并补上。有一天,我仍在云海里沉没,一直到底,到底的沉没。远远的,我也把一个名字沉没,一直到底,到底的沉没,沉没云底,沉没苍穹。

还有一个名字,还有一棵神经条,背对着沉没的方向,攀升,不断地攀升,那是,活着的另外一个沉默的我。世界上最煎熬的时刻,世界上最无助的一个人。只有搭乘的这架飞机,还在时空海里穿行,穿行。没有人知道,它迷路了,没有人知道它后悔前行。

栾川只有一次,百鸟因飞翔而沉静,月光太亮,星辰只是弥漫,柔弱,消失……只有她一个人至今还在那里,守着旅途的最后一个夜晚,饱满、充盈、干涸、凋零……逃跑吧,这漫漫行程,飞奔吧,这暗暗前尘。这世上是否还有和她一样的人,此刻,要向天空袒露伤痕。

当我还是个小孩子的时候,梦中有很多紫蝴蝶。有时,在漆黑的夜晚,蝴蝶飞成一树闪亮的叶子。深夜时分,把心放在那棵特别的蝴蝶树下,一片雀鸣。我们很欢喜哦,在这里悠然地做着自己,怀抱着夏夜的香气,喃喃入梦。

晨星静寂,相对无言,他的沉默没过山峦,抵达三万英尺之上月夜的光明。于是,遥遥河川的风吹过,蝴蝶坠落一地的紫色金属,空气里,干脆浩大的崩塌。光明也是无语,黑夜也是无语,风也是爱她,夜也是爱她,天地回归寂静,我们来早了,来得太早了。

星芒恍惚,最远的距离,最远的行程,最远的两情,任飞机飞了很久很久,很久。创伤是不需要理由的,愈合也只是早晚,于是,飞机继续飞行,在春之首,夏之末,秋之四野,冬的高空。直到有一天,翅膀挂满了冰霜,尾翼噙满了忧伤,所有的消息密不透风,所有的乘客一无所知,所有的方向凌乱慌张,所有的我们,告别过往。

送我一场爱恨,比对世事要洞明,送我一场爱恨,比对消亡要仁爱,送我一场爱恨,宛若一颗子弹,与心擦肩,从此清清楚楚。

第二辑

旧时雪

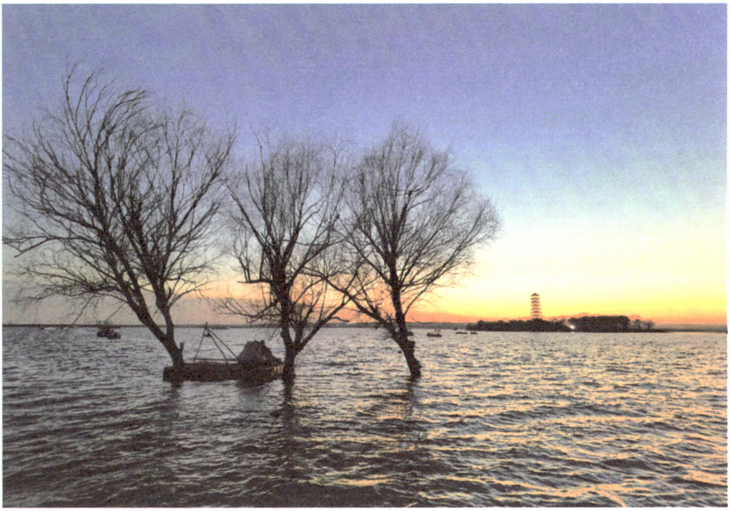

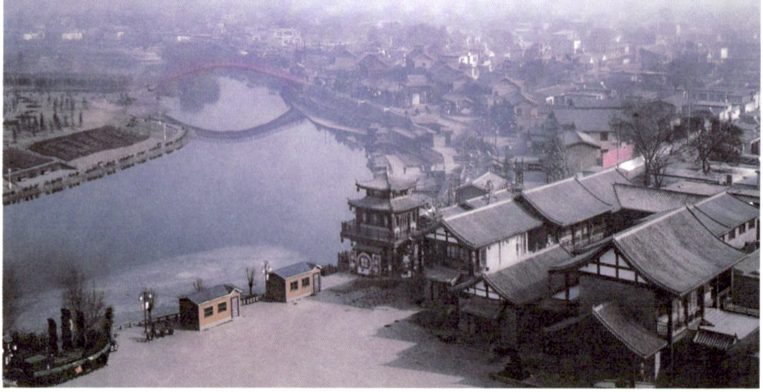

# 白云飞过苍狗

开着车回家,把音响开到了最大。广播音乐频道反复地放着——"And I'm doing nothing wrong, riding in your car, the radio playing, we sing up to the eighth floor"。只是这样的一小节在重复,虽然是我并不熟悉的旋律,可是词汇太简单,轻易就能翻译过来,"我没做错任何事,坐在你的汽车里,收音机在播放,我们唱到了第八楼。"

打开车窗,以保持清醒。

道路两旁,浅粉藕荷白色的小花以水彩画的形式存在,修剪整齐的、深绿的隔离带在灰色的马路上闪动。对我而言,这画面就在手边,却如他乡的明信片一样陌生。前视窗里,是这个秋天里见到的最蓝的一次蓝天,虽然也有白云,但就像简单地几个轻薄的棉絮。以前,我见过很多山的形状的云,非常厚重,就像新弹出来的棉花褥子,想象里就很暖和。而现在,很清冷。

……我没做错任何事……我们唱到了第八楼。

没有做错任何事的时间,大概得追忆到十多或二十多年前,想想那是一段恬淡的时光,泛着静静的光泽。什么也没有去做,自然也没有做错事的时间。

那时候,我们家在城外还没有划入县城的区域里,我每天都从一个村庄步行到城里去上学。我们班里有很多家境良好的城里女孩,穿着符合她们年龄的色彩鲜艳的裙子,我总是穿着一身藏青色的运动衣在她们中间晃荡。也不完全是因为没有钱去买裙子。大概是,妈妈希望我是个男孩子的脾气秉性,于是,就按照她的想法装扮我,也不让留辫子,也不让穿裙子。通往校园的路,每一天都很乏味,我从家门口踢一块石头,一直能踢到学校门口。有一段时间经常把鞋踢破,破损处在脚尖,妈妈就以为是疯长的脚趾钻破了鞋面,买足足大两号的运动鞋给我穿,我就哐哐当当地穿着39码的鞋子在学校里逛,到现在我穿37码的鞋子时,真不知当时是怎样拖沓地走的。

13岁的时候梦见7岁时候的故事。我家新盖的房子孤零零地杵在村庄的最南边,右侧身是大片的枯黄的野草。我不止一次地点着它,终于有一次,空气里有风,我还没有觉察自己有多危险,已经完全置身在火海当中。草是不经烧的,在我周身烧出不规则的黑晕儿来。听见爷爷喊,着火了,快来人啊。我赶紧露出头来给他打招呼,告诉他我是安全的,只是这火往后再烧成什么样子估计我就控制不住了。很多人都来了,很多人都在喊,我觉得自己慢慢地就昏倒在地了。醒来时,睡在自家的床上,我记不得自己是怎样到这里,唯一担心的是肯定要挨骂了,一直不敢睁眼,直到听到晚饭锅碗瓢盆响动的声音,我知道可能安全了,他们都有心思吃饭了,这才揉揉眼,径直就从床上坐起来去吃饭。

劣迹不再被追究,我亦自觉不再玩火。彼此不担心。

13岁梦见时,野草变作了葡萄园,爷爷变成了一个有着花白长胡子的守候葡萄园的老人,大火燃起来之前,我在偌大的葡萄园里奔跑,我大声喊着,爷爷,爷爷,救救我,救救我!妈妈过于严厉,挨着她的那一部分我都在挨训,爸爸什么都不管,所以记忆里我总是避开妈妈,没想起爸爸,然后只有疼爱我的爷爷。

看过一出黄梅戏,祝英台抬起玉指在梁山伯的额头一点,"呆头鹅。"我把这个词掺和着动作学给妈妈。妈妈便每次烦我的时候在我脑门上一点,"呆头鹅,一边待着去。"那却是亲昵的时刻。中学后就不再这么暧昧烦我了,换作直接用眼神让我滚一边去。草不经烧,人不经长,人一告别童年,稍一长大了就变作了人见人烦,谁也不待见。

那时光只是被消磨。

班里的女孩都开始收情书了,即使我不是班主任老师的孩子,我可能也收不着吧。学校不远处驻着一个武警部队,我每天从那里路过,从那里收到过人生的第一封情书。而我秘密的心思里也隐藏着一个人,至于我和那个人的距离,打一个比方说吧,关公战秦琼。所以,二十年后,我跟密友热情似火的聊起他,柏拉图似的爱人。密友问我,这样的人存在吗?我说,不存在吗?存在即被感知,你都从来没有触碰到他的存在,你怎么就觉得你爱他?好吧,那我不爱他。

回顾那些日子,我发现它们被整齐地划分成"狭窄的光明"和"充实的黑暗"两部分。属于狭窄光明的那一部分就是在学校里和同我一样没有心智开化的女孩玩,也不怎么学习也不怎么捣乱,单纯的就是孩子似的玩耍,丢沙包踢毽子,跟各科老师斗智斗勇,想学学不进去,没有疼痛感就让时光淡然消失的慰藉。属于黑暗的那一部分就是,你是一个腼腆的女孩,既不活泼也不文气,毫无特点、毫无心机、自尊又自卑,而你关注的那一个人,风华正茂,景美智华,他哪里有眼光撒下来看一眼你?但是你的内心却因为这黑暗的好感充盈了恬静的欣喜。

我没有做错任何事,只是错过了一个自己。

九月,天上浮云似白衣,斯须改变如苍狗。湛蓝的天空,在白云渐渐聚拢之前,一切都在旋转、飞舞、相爱、分离、挥手、告别。有一个13岁女孩从拥挤的火车上下来,满怀希望的给列车挥手,她的声音巨大,仿佛从地底下发出,你一定要回来,我等着你。尘土就在她踮起脚尖的石板上飞扬。人生如梦,世事无常,白云苍狗,忽然间我就看到了自己……坐在你的汽车里,收音机在播放,我们唱到了第八楼……在那天,我为你送行的时候,洛丽塔就倒在我致意让你离去的石板上,她蜷缩着身子,腼腆忧伤,十一月的雨水打在她黑密的睫毛上,双眼闭合,就像你希望的那一样。

白云飞过苍狗,之后,我就33岁了。如此是了。

# 月亮在白莲花般的云朵里穿行

小时候,我们家门前有一棵巨大的杨树,树干笔直,枝叶繁茂,遮阴效果极好。我们一家人经常在夏天的夜晚树下乘凉,听故事,看月光皎洁,群星点点,照亮大地。

还是在我记事都不太清楚的时代,我却一直记着一个场景,妈妈坐一把椅子,我坐一把椅子,妹妹坐一个小板凳,爸爸去哪了,大部分时候都没有他,谁知道他去哪了。

妈妈就给我们讲故事,天上的银河、月宫里的玉兔、吴刚、桂花树。讲着讲着,她就被我一句接一句"后来呢?"拷问地熬不住了,开始想方设法地添加内容。于是,我便听到无数遍内容不尽相同版本的牛郎织女王母娘娘八仙过海,至今让我有些迷信加混乱。

再后来,天上的故事她不够说了,把我的注意力从天上引下来,给我讲我们村庄的故事,讲我们这个小县城以前的样子,讲国家的故事,讲朝代的故事,战争时候的故事。故事热烈,讲述者真诚,听众热泪盈眶,母女关系和谐融洽。

我在学校学会了一首歌,可喜欢唱了,"月亮在白莲花般的云朵里穿行,晚风吹来一阵阵快乐的歌声。我们坐在高高的谷堆旁边,听妈妈讲那过去的事情,那时候,妈妈没有土地,全部生活都在两只手上,汗水流在地主火热的田野里……"

月亮、云朵、晚风、歌声,我家旁边还有个土堆,一切都符合歌曲里的意境,我就对妈妈说,"妈妈,该讲地主了!"她一脸烦我又没有办法的样子,从姥姥姥爷小时候的地主讲起来……现在想一想,那画面好温柔啊,那时候的妈妈也好讲道理啊,一点也不凶。

后来,我也负责给我儿子讲故事,但时代进步,我就比我妈省事多了,我拿故事机对付我儿子,每次都能成功把孩子讲睡,也不用担心他反复追问。

让我们乘凉的大杨树早已被砍伐,配合我联想的土堆也被推平了,我们家的那团院子没有舍得卖,租给了外地人,我回过一次老家,院子被外乡两个带着孩子来城里陪读的妈妈收拾得干干净净。石榴树每年结果,香椿树每年发芽,燕子每年归来筑巢,只有丁香花不见了。我妈说,一年一年,除了人老了,都没有什么变化。

不曾离开家的人就看不到变化。我开车带着我妈满磁县城地转悠,她才肯承认,其实一切变化很大。

小时候要精心准备两天假期才能去的东武仕水库,现在是开车15分钟就能到达的溢泉湖公园,沿着塑胶的环湖绿廊步行道散步跑步,空气里都是湿润清新的。水的尽头是大雁与野鸭子的栖息地,从前我只知道雁子躲在水库的深处,现在它们在我眼前怡然自得。

我干妈的娘家是开河的,那里现在修了开河马头,复原宋元时期漕运时代开河码头的盛况,青石板路、乌篷船、古戏楼、船家吆喝着开船了,遮不住唱怀调的老艺人。夜晚华灯初上,开河码头的河道之上,开河村的沿河小路上,几百年前的灯火辉煌的盛世之夜再现,杂耍、走马灯、糖葫芦、古船、油纸伞、摇橹声、扎起发髻穿着汉服的少女,提着红灯笼的孩子,红尘一场梦一场,美轮美奂。

水声台阶还在,孤零零地在城南,保持着从前最质朴的庙宇和墓穴高台的样子,这里出土的很多文物,连同王家店、岳城那边很多深埋土里的故事翻了出来,在城北建了规制高企规模相当的北朝考古博物馆。推翻了从前我们知道的磁县历史,这里不只是曹操七十二疑冢所在,这里的土地下面更深埋了北朝那个百战之朝纷飞的战火和无数杀戮的灵魂,民族融合之地,故事烦琐冗长、男人剽悍善斗,可女子曼妙美貌。

变化之年的人、物、风景、故事,对比少年关于这个小县城单薄、刻板而幼稚的记忆要丰润很多、美好很多。但我需要把自己记忆里的写下来储存,献给我自己吧,不敢说献给自己的妈妈,妈妈看了,只想跟我生气。

还是那首歌,"月亮在白莲花般的云朵里穿行,晚风吹来一阵阵快乐的歌声,我们坐在高高的谷堆旁边,听妈妈讲那过去的事情……"

这么多年过去了,她反反复复地回荡在我耳蜗里,我的回忆里。那是什么样的岁月呢?我还记得吗?我隐隐约约还记得,隐隐约约地还能胡乱想起来……

1

我的家在县里。

翻开所有的百科类书籍,在提到我家乡的地方总是以"地理位置优越,地处河北省最南端,位于晋冀鲁豫四省通衢,历来是兵家必争之地"开始,这个说法多少让我心里觉得有些宽慰。多少年来,我们耳边常听的一句却是"南安阳,北邯郸,中间夹个穷磁县"。

县城很小,记忆里只有两条像样的街、像样的路。东南西北四个方向的城门划分出东南西北关,连接的是九里十八步的城墙。在我还没有出生的年代,城墙就已经很沧桑。妈妈说,不管怎样,那时城墙的两壁还是青石砖筑起,还有一份儿威武。

20世纪60年代末,轰轰烈烈的"破四旧"运动中,炸药轰,铁锹撮,几天的工夫,一座有着800年历史的古城墙就消失了,只剩下破败不堪的城墙垛子,上边长满了杂草。炸下来的青石砖加固了各家各户的土坯房,被剥了皮的城墙只剩下一圈烂土。后来,为防止土墙被雨水冲刷,政府陆陆续续种上了很多树,铺上了荆棘。80年代,住在城墙两侧的居民一到刮风下雨的时候就胆战心惊,生怕墙上业已成材的树倒下来砸到自家的房顶,于是,不断有人挖掉自己头顶上的定时炸弹,不断地向墙推进,越来越挤占土城墙的地方。

月亮在白莲花般的云朵里穿行

我是80年代初生人,就是人们通常说的80后。我喜欢强调自己是80后的第一梯队。我略懂人事之时,已经看到有人往土墙上倾倒生活垃圾,有人随时来这里拾柴取土。昔日威武过的护卫兵似的"城墙"已经变成了一道不足两米宽的"土篱笆"。

可这土篱笆几乎承载了我整个寂静的童年。城墙脚下100米左右的地方是护城河,那里一年四季流淌着印蓝纸一样色彩的水。护城河上本有石桥,记载了我童年的是北关里,那桥叫做北关桥。

从北关桥口向北,狭长却繁杂的街道,务本街。90年代初,各色小手工作坊在这条街上悉数可见,做涂料的、搞服装加工的、贩水果的,还有绞钢丝球的。还没有看出来这些"实业"给这里带来了怎样的实惠,倒是那些崭新的广告牌和破旧的老招牌夹杂在一起,晴朗里看着是希望,阴霾里看着是颓唐。沿着务本街径直走下去,在第一个丁字路口的一面墙上刷着四个白底蓝色的大字"振海涂料",每天上学时我都一直要看见它才知道到了该转弯的时候,读过它无数遍。左转穿过窄窄的小巷,到底儿会到达我们的学校。小巷两旁都是旧房子,好像没窗口没有门似的,长年泛着黑灰色,而上学路上的一半乐趣都来自拿着白色的粉笔在这幽暗的墙壁上一路划过,最后,在学校正对门的小铺子门前停下来。

那小学是一幢三层楼,我们在四年级时候搬进去的,再往前,我的记忆已经模糊了。隐约是漏雨的土房、烂了边角的木头门、破损不堪的窗棂框了四个方格,却只笼着两块塑料布,赤贫时代的标准模样。所以在升入四年级,一下子过渡到崭新的教学楼时,我还有些不适应,我记得我在作文结尾写道:"如今,坐在宽敞明亮的教室里学习,我觉得我们的生活是多么的幸福!"甄老师给了我一个红红的29分,满分30,再没有谁比我的得分更高。

其实,我喜欢我的小学校。这个小学唯一让我感到耻辱的地方是每当到了去镇里参加季度抽查考试的时候,都有外校的男生大喊着:"你是哪个学校的?噢,我知道了,'妖精'小学!"然后他大笑起来,这个时候我很尴尬,但也只能在试卷上老老实实地写上"跃进小学三年级——"连几班都不用写,只有一个班。搬进新楼以后,校名也跟进,在我似乎更难以启齿了——"务本小学",又被一些臭小子唤作"日本小学"。可能那会儿很多人都喜欢用谐音起外号,他们觉得好玩有趣,连我妈妈也说,那有什么,大惊小怪的。但我就是觉得很难听,一点也不好玩,很讨厌。

可我一点也不讨厌我们学校里的人。学校里我只认识三个老师,全是女教师。她们的名字分别是贾美芹、尚美芹、孔美芹,很多年以后,我读到辛弃疾的"美芹十论"时,我才意识到,这泛了众的"美芹"二字不是俗气的符号——"铁板铜琶继东坡,高唱大江东去。美芹悲黍冀南宋,莫随鸿雁南飞。"正是这三位美芹老师给了我最朴实、最真诚的爱,比此后所有日子里我从任何一位老师、朋友或者长者身上学到的都多。她们是我童年温暖的回忆。

务本街是北关里唯一的"大道",北关里是连成片的农村。我的同学都是北关里长大的孩子,而北关里住着的都是没有工作的农民。虽然他们中很多也不是那么很"务本"的,但,你总都能感受到他们的勤劳与努力。我的童年就在北关里开始,也在北关里结束。

从北关桥口向南,沿着起伏不平的石板路走下去,500米处是我的家,阜才中学所在地,我的母亲是这个学校的老师,我在这个学校住了很多年。

那时候,阜才中学的木头楼还没有拆,明显的衰败痕迹让很多人望而却步。它不是教学楼,不是办公楼,只是,一个很久以来就一直矗在那里的一个死寂沉沉的所在,没有人在里面上课。寂寞,寂寞得荒芜,荒芜得就像聊斋里的旧宅子。

木头楼之外,学校所有的房子墙面都用洁白的石灰粉涂过,看起来很干净,却怎么都像战争时期收容伤病人员的卫生室。坐东朝西的学校早先是一个梁姓资本家的大染坊,公私合营时改成了

"红星中学",教的是高中生,后来也开始招收初中学生。八几年前后划为街道中学,坐落在阜才街,就此改名"阜才中学"。可是连大门都没有换过,一直用的人家大染坊两扇两米高一米多宽的大木板。也许,从前它呈现的是富贵发财的朱红色,现在却褪成了驳杂破旧的、需要仔细辨认才能猜出的干枣色。木门上侧,均匀分布过的铆钉留下了一个又一个圆印儿,隐约里沤出一点赭黄,窟窿眼似的叹息。平时学生一上课,校门就会用一根粗木销子锁住,到了放学点儿才慢悠悠地打开,大家蜂拥着冲出去。偶尔上午的大课间里也会打开,但绝不开展,一截又短又粗的铁链高高地搭在两扇门之间,开到最展时容得下一个瘦子穿梭来去。

校门里面正对的是新茹阿姨的小卖铺,三毛钱一包的五香锅巴、六毛钱的火腿肠,还有两毛钱的雪人雪糕是我奢侈的零食。小卖铺的后背是开全校大会的地方,露天的一米高、一百多平方米的砖台子,在夜晚是属于住在学校里的教师子女的欢乐舞台。

学校有两个院子。前院儿破旧无用的木头楼相邻着排了四个教室。到了晚上,一边明亮嘈杂,一边漆黑幽静,对比明显。院中间是大操场,有砖头砌成的乒乓球案子和天蓝色的篮球架子,经常听别人说妈妈是乒乓球高手,可我并没有看见过。对面是老师们的办公室,门前还种着梧桐树,一扇门一树梧桐。春天,梧桐树开花的季节,满院子都是甜甜的清香,一场微雨过后,我就到处去捡起那洒落一地的桐花,噙满露水的桐花闻起来像蜜一样。

后院儿是老师们的住所,一间房住一个家。后院儿最深处,藏了两个教室,而那两个教室夹着的尖尖的一间大瓦房就是我的家,我们的房子。我们一家在这里度过了整整6年的光阴。这6年,闭上眼睛,好像梦一样专供回忆,不确切但完美。有人说,如果你看到了完美的一切,那请你相信它一定是假的。这6年是假的吗?

嘿嘿,这么多年过去了,真的假的,又有什么关系。

## 2

喜欢我的小学,喜欢去上学,喜欢上学的路上,一路安静开心地走着笑着也闹着。享受这平静无奇的生活,生命从未被打扰、从未被干涉。即使那一天遇见一个小插曲,亦是一个小小的略有美丽的小段落,在我的后来会不断地被回忆起来,勇敢可爱的陶子,温暖的甄老师,而对于另外一个人,我掺杂了复杂的感情……

这一天下午刚到班里,陶娟就举着一封没有署名也没有邮戳的来信给我看,她显然有些激动,又不太好意思似的给我说,也不知道这是什么,谁写给我的?

我也很好奇地等待着她撕开信封的那一瞬间——"下学以后,你不要和方迎迎一起走了,我们负责送她回家。"陶娟的肺一下子气炸了,拍着桌子就在班里骂了起来,"谁放在我这儿的,有本事给我站出来……"这信是告诉我,下学路上有人要对我说些什么。会是谁?我有些不安。一下午的时间我都在猜测和慌乱中度过,好不容易挨到放学了,我拉着陶娟的手就往学校外面跑。放学时一般我不和妹妹一起,年级差开了,多多少少在时间上不是很合拍,所以我放学的伙伴只有陶娟。而陶娟是一个侠女。

这是一个毫不夸张的称呼,曾经有一次,其他班里的一个男同学叼着烟,跑到我们班里站在课桌上跟一个男生叫板,那男生吓得钻到了桌子底下,也没有人敢替他出头,陶娟刚从教室外进来,二话没说,就把桌子给那家伙抽了,扫帚疙瘩紧接着就上去了,叼烟的男生叫得跟狗一样地跑了,从此,陶子就成了我们的英雄。我们的侠女,成绩虽不算好,可是大家都很喜欢她,我也喜欢。我们像逃避强盗似的一路狂奔。

可是,没跑多远还是被一伙子人给拦了下来,明摆着就是躲在那等着我们路过。陶娟在前面,我躲在她的身后,有一点害怕。双方对峙着。陶娟从人缝儿里认出一个人:"赵宪,还有你呀,看我回去不告诉给你妈去,长本事了,还学会打劫路了。"那个一直试图躲开视线的赵宪只好点头哈腰地出来了,他们是姑表亲,"姐,你不要生气啊,我是路过的,你别给我妈说啊,我马上走马上走!"一个人一退出,剩下的几个凝聚力果然不强了。很快,就剩下了梁小飞和张卫平两个人了,显然梁小飞是主角。他是我们学校以前的学生,早毕业走的,现在好像是早不上学了吧。听说他没有父母,和爷爷奶奶一起生活。张卫平是我们的同班同学。无论他们谁,我都和他们没有交集。

梁说,"他们都说数你学习最好,我想和你做个朋友。"我没有说话,陶娟怒气冲冲地,"你们两个让开,别挡住我们的道儿。"

梁小飞瞥了陶娟一眼,呛道,"我又没有问你!你凶什么!"他的表情看起来有一点点的厉害,想打架似的,可这厉害惹急了我的同伴,陶娟立刻翻脸了:"梁小飞,别以为我害怕你,你也不去打听打听我陶娟是谁,敢在我跟前横,找死呢吧。"少年人最大的本事是无所畏惧,天塌下来,塌下来了再说,谁怕谁?我们的争执声引起了路人的注目,我正觉得难堪之际,身旁的一扇黑门打开了,太巧了,班主任甄老师从里面走了出来。我和陶娟立刻向甄老师靠近。

"我听见外面闹闹哄哄地就往外走,我当是谁在这里闹啊。梁小飞、张卫平,你们干什么。自己不上学不说,还给别人捣乱……"甄老师厉声斥责他们,在有路人看过来,她又微微地压了压声音。

张一见甄老师出现,转身就跑了,而梁的脸变得通红通红,杵在那里像一根电线杆。他磕磕绊绊地争辩,"我没有别的意思,就是觉得她人好又学习好,就想,想交个朋友!"我的心腾地跳了一下!——是吗?他说的是实话,我成绩还不错,性格沉默不张扬,从不与人争执,从不与人吵闹。可我从来没有获得过这样的称赞。

"那就应该拦女同学的路?这行为太恶劣了,难不成长大了你还拦路抢劫吗?以后别让我看见再做这样的事情——你也给你奶奶争点气,你奶奶把你养这么大,她容易吗?走吧,走吧,你赶紧走吧。"甄老师的样子有一点点哀其不幸、怒其不争!

梁隔过陶子看了我一眼,我低下头,不去迎接他的目光。

我们松了一口气,有些不好意思似的看着老师。老师望向他们远远走开的背影缓下来口气,对我们说,"你俩也回去吧,路上小心点——方迎迎,你以后得学得勇敢些,你看陶娟她就什么都不怕。梁小飞也没有什么可怕的,你弱他就强,你强他就不敢欺负你了。"我被老师说得不太好意思抬起来头。陶子趾高气扬地拉起我,跟老师说了声再见。甄老师点点头转身,却又回过头来补充道,"其实小飞也不是什么坏人,都是这条街上我看着长大的孩子,就是因为没有爸爸妈妈管了,也没有学校上,才没事找事的,你们躲着点就算了,用不着害怕!"

陶子一副不以为然的样子,我点点头——梁其实没有带给我多少恐惧,应该只是一些不安,或者说手足无措。他拦下我交个朋友,其实我觉得很搞笑,我们素不相识干吗要这样交个朋友。朋友,朋友,朋友?像我和陶娟一样,我们本来就是同学,然后还整天在一起玩得好,我们才是朋友吧。噢,不对,他是个男的,男的和女的怎么能是朋友?想着,想着,就想起来了查建林——我倒是挺想和他交个朋友啊。——回到家里,镜子中我的脸突然火辣辣起来,脸颊潮红。

妈妈从门外走进来,问我在干什么。我连忙回答,没事,什么事都没有。她狐疑地看了我一眼,明显的不信任,"赶紧写作业吧,今天晚上可能会停电。""为什么啊?"我着急忙慌地问。

"停电就是停电,哪有那么多原因。"

······

真停电了。隔壁的两个教室点起了无数根蜡烛。昏黄色的小火苗在一张又一张的桌面上晃动着,连成了线,映照一张张年轻的面孔。

其实吧,我还真喜欢这停电的夜晚。

我搬着小躺椅躺在梧桐树下,静静地仰望星空。地面上没有了平时的光亮,却映衬着星星比往日光明、璀璨,这漫天的星光!

不过,梁小飞的称赞还是取悦了我。其实,我从小就是个好孩子,成绩好,性格也好,可我似乎很少得到表扬。我学习好,因为我一直学习挺好,所以妈妈根本不夸我这点;我在家里总是想起来什么就去做什么,从不闲着,可妈妈从不夸我勤快,她说女孩子好像天生应该如此;我安静沉默从不多嘴多舌,可妈妈从来没有说过这是文静矜持的表现,她好像更喜欢女孩子活泼乱跳的性格;我试图做过很多想要获得称赞的事情,可我从未在妈妈这里赢得称赞。我总是想,大概还是我不够好。我赢不到妈妈的称赞,因为我还不值。我不值吗?妈妈在我心里是一个完美的所在,完美而严苛,我以为她所有的判断都是正确无误的——我做得可能真的还不够好。

今天,梁却给了我一个礼物,这六个字,人好又学习好,赢了我的好感,我都懒得去计较别的了——他让我看到了自己的优点,他让我觉得我起码是一个看起来知道学习又知道分寸的小姑娘。这样的小小的一点肯定竟让我的心底有些许的小得意。这人是莽撞,至于拦我要跟我说什么,我也懒得管,可是他说的这些呀,又实在让我感觉心里美美的,嗯,臭美臭美的。

凝望星空,静静地凝望着,生命陷入一种遐想……遥远的夜空,那是属于我的浩渺世界,温柔而安静,一个女孩,托着下巴,在冥想,在遗忘——星星是人的灵魂,每一个小星星都对应一个生命,总有一颗是属于我的,也许还是最亮最亮最亮的那一颗……

愿时光停驻不前,留驻这里,留在这被夜色噙满的星空,留在这温和淡然的时光里,我带着复杂的情感记下他说的每一个字,任时光荏苒,岁月温柔,而人生契阔——

## 3

又听到对面屋子里杨明唐老师家传出噼里啪啦的摔东西的声音,紧接着是他爱人老许浓重的带着鼻音的嚷骂声,我上辈子瞎了眼了,跟了你这个窝囊废,一辈子活该穷死饿死……隔着窗户,我不用看就知道,老许一定穿着她那一件黄色的半截袖和深蓝的半截裤,双手叉在腰上,一副气急败坏的样子。别人都被称为老师,只有老许,她不是学校的老师,但在学校食堂工作,大家都喊她老许,我也就跟着这样称呼。

我说,妈妈你听,他们又吵。妈妈坐在屋子最靠里的床沿上,正在给我织一件毛衣,温柔的粉色,头都不再抬的,"写你的作业吧,操心不少!"床和写字台之间挂着一面白底蓝格的床帘,妈妈就坐在那帘子的旁边,织好的一半毛衣搭在写字台上,双手还在一刻不停地织啊织啊,眼睛一秒也不离手里的长针。"我妈妈可真漂亮。"我本想说这一句话告诉她,但到嘴边又咽下去了,省得挨嚷。她是我在那个时代里见过的最漂亮的女人,不仅仅因为她是我妈妈。一直到现在,她依偎过的那一抹蓝色还是我心底对于美丽的一个代名词。

嘈杂声总是发生在晚自习之前,因为起码要避免让学生们看笑话。晚自习的预备铃声一响起,无论老许之前有多少愤怒,有多少不满就立刻刹住车了。再嚷的话,妈妈说,李校长就该听见了。很喜欢那个慈眉善目一头浓密白发的校长爷爷,他总是穿一身藏蓝色的中山装,体态微胖,但很魁梧,每一个晚自习,李校长都要逐个班级的巡视一番。路过我们家的窗户时要是看见我在窗边写作业,就静悄悄地站在玻璃窗外面,直到被我发现才会推门进来,检查似的问,妈妈去班上了?

我说,嗯。他便很高兴地拍拍我的头,"好好学习,将来像你妈一样当个好老师!"这话如果是换成对妹妹讲的,一般都是"别淘气,不然扣你妈工资。"所以妹妹打心眼里是害怕他的,她经常想,真扣了妈妈工资,我们可吃什么呀。当然,有条件让他说这话的几率并不高,妹妹是个串门精,不到晚上睡觉的时间很少回到自己家里。我总是在学校晚自习下课之后,被妈妈强迫着派出去挨着屋子寻找她。

她通常的去处有三个,一个就是对面杨老师家,杨老师有个女儿叫做真真,和妹妹一般大,每到中午小姑娘就端着一大碗面条来我们家,一路吃面一路喊,琳琳,琳琳,一声接一声的崇拜感。第二个是小卖铺的新茹阿姨家。阿姨家里是彩色电视机,每到晚上都有一大堆人跑人家家里看电视,遇上节目演的好了,他们家人都睡不成觉。关于此,我妹妹有个经典的段子,据说有一天晚上,主人全家都钻被窝了,只有我妹妹还坐在小板凳上聚精会神地看电视。阿姨说,琳琳,该睡觉了。妹妹摆摆手,特别有礼貌地说,你们睡吧我一点也不困。阿姨又说,琳琳,咱明天再看吧,今儿都这么晚了。妹妹依然没有听出人家的逐客令,"你们都还没有睡着呢,哪晚呀,我还不睡!"

还有一个她爱的去处,是一个神秘的所在,车棚里一堆烂木头下面的地洞。那是杨老师的儿子杨勇最早发掘出来的小根据地,学校大院里别的孩子大概都参与过它的建设,我嫌脏,从来都离得远远的,但是我就一直很奇怪这个洞到底能有多大。妹妹说,他们在里面分享过烤咕隆肉,香着呢啊。那个,那个是蝉的幼虫,对我来说,多看它一眼都觉得恶心。可是,他们竟然吃了……

当我眉飞色舞地说起这些的时候,其实这些离我有些远,它只离妹妹很近,只离阳光快乐的人生近。而我和妹妹虽然只有两岁之隔,可是我们是截然不同的两个人。我不爱串门,也从不大喊大叫,绝不会去别人家看彩色电视,哪怕是我们家的黑白电视成月地坏着我也忍得住不去别人家里看上一眼。

妈妈说,是我胆子太小。旧的中学的课本上有一篇文章《伏尔

・099・

加河上的纤夫》，里面有一个词我印象深刻，就像是专门说我的一样，"腼腆"。也许，像妹妹一样，像所有温暖家庭的孩子一样，应该快乐的童年我并没有缺失过。可是，我性格里面的懦弱与腼腆让我过分地胆怯，我甚至不相信自己也曾经拥有过那样快乐的时光。我很少和别人交流，我总是低着头，我只在我自己的世界里，不言不语，不欢不喜，不爱不憎。现在想起来，曾经的那一个我，是那么无趣的一个人。

我选择在一个周六的傍晚登上了思虑很久的那幢充满传说，长满是非的木头楼。没有晚自习，前院空无一人，我却不知害怕。我最感兴趣的是傍晚时分，大院子里所有的蝙蝠都是从这里飞出来，又在天亮的时候飞回去，我只是想看蝙蝠而已。木质的楼梯在我的脚下咯吱咯吱地作响，这空气处处黑暗。我手碰了一下扶梯，满是很干燥的尘土就赶紧放下。楼梯拐角处从木板墙龟裂处透过来一丝日落时分的微弱光线，借着那一丝光亮，我似乎能看到楼梯，很宽很宽的土灰色木质台阶，宽到我的身旁还可以并肩走几个人而不被我有一丝觉察，只有木头空洞的声响。我追随的那只蝙蝠就住在不远的地方，我已经闻到它的气味了，说不出来的气味，这是只有天生孤独的孩子才能感受到的那些相似的群居着又孤独着的灵魂。

我突然感受到了恐慌，还有一点点的压抑，很想要叫出来的时候，一只蝙蝠突地冲我飞过来，我急忙用手臂去挡去拍，动作太急，一下子就把那个毛茸茸的东西拍在墙上。手指尖迅速把它测量了一下，即使在那一瞬间我已经撒手。我还是确定自己摸到了一只蝙蝠，小小的，柔软的，竟无一丝余温。是我杀死了它吗？甚至可能就是那一只总在傍晚和我做伴，飞起来左摆右晃像喝醉酒一样的那一只。很多年后，我触到墙的那只手上还能强烈地感受到当时的冰凉，毛茸茸的冰冷，像死亡一样的冰冷给我带来濒临的恐惧。

我的眼睛开始适应这黑暗，我看到灰色的走廊在拐弯处有一点亮光，很惊讶我不知道谁还会住在这里。推开一面半掩着的门，一张熟识的脸突兀地出现在我面前，我惊恐地后退，被门槛绊住停那儿。那真是我认识的面容，我一直一直以为已经死掉的一个人，我不知道他还活着，他失踪了好像有多半年，其实，没有人关心他的死活，就像当初没有人关心他的来无影去无踪一样。他和这个学校没有什么联系，他不是学生，不是老师，不是后勤，不是家属，他只是从前经常来学校转转的一个人，他只是过客似的。他来与不来，死或者生，与我，与这个学校没有关系。

蓬头垢面，仿佛几个世纪没有洗澡的严对于我的到来竟然一点都不惊讶，惊讶的还是我，严在画画，浓浓的墨汁味，屋子的地面、墙角到处都是涂抹过的白纸，一团一团的涂抹，就是涂抹，绝对算不上画画的涂抹！

"看见我的画儿了，我画得好不好？"严站在铺满画纸的桌子前，手里还拿着毛笔，笔尖滴答，"这是艺术，一般人看不懂。"他语速很快，声音很沙哑，充满凌乱。他又指指地上那些乌七八糟的"作品"，"你不知道，我就是梵高。"他停顿了一下，看向我，"你过来！"最后一句，是命令，是激动地命令起来，他好像马上就被自己的才华激怒了，又好像是被我的无动于衷激怒了。

这时的我，刚刚回过神来，我必须赶紧逃离这个地方，我虽然好奇，可我更是害怕，我似乎是个怯懦的人，我还承受不住一个我以为死掉的一个人，一个如此邋遢肮脏的人号称自己是梵高。彼时，我想我根本不知道梵高是谁，我只是听出了一种狂妄，而这狂妄不同于我以往生活里的任何人，这狂妄让我头皮发麻。我暗自里迅速地判断，这个人危险呀，怕是一个疯子，我要离开，我害怕！我的脚步却迈不开了。我很勉强地退出门槛，摸到一个栏杆慌慌地顺着它走，左脚刚踩到楼梯，呼地就踩空了，像球一样骨碌了下去。不存在晕过去，像电视里演的那些很容易就晕厥的情节。哪里就那么容易晕过去,虽然我简直期待那一刻我直接晕过去,然后就什么也不知道、什么也没有遇到,多好。

我几乎没有受伤,抓住楼梯的拐角刚刚能坐起来,严就下来了。黑咕隆咚的地儿我真是不知道他怎么飘到我身边的,就看见一双很亮的眼睛已经蹲到我的一旁,"摔着了没有?"他的问话很正常。我看不到别的,只能看到那双眼睛,我一向寡言少语,现在更不愿意回答。"我把你背下去吧!"说着,他背过了身子。这时,一个久未洗澡的人的臭味熏了过来,我站起来后退了两步,让自己微微地镇定一下。什么也没有说,越过他,我自己扶着扶手一步一步地下楼去。其实我站起来向前迈出那一步的瞬间已经后悔了,因为直觉告诉我,他也站起来了,紧盯着我。

楼梯好长好长,我怎么也走不完,时间好慢好慢,我怎么都走不出来。步子开始有些哆嗦,我想我的恐惧恐怕要激怒他。就在我下了一层楼梯正要拐过去的时候,突然一根木棍狠狠地投到了我的肩头,疼得我一下子摔倒了,嘴巴磕在扶手上,热乎乎的血立刻涌了出来。我有些生气,不知道这木棍哪里来的,即使不是他故意投过来,感觉也是他整过来的。我摸起地上的木棍就回头朝楼上扔去,很用力地扔去,楼道里响起了严疯子"啊"的叫声和木棍在楼梯上滚动的声响。发软的脚步这才警醒过来,恢复力量,快速地跑,跑出这危险的木楼,跑回自己家里。

委屈的泪水终于像泄洪似的哗哗地流淌起来。我做错了什么,他这样伤害我。

跟跄着跑回家里,家里却没有人。爸爸、妈妈还有妹妹都去看电影了,一公里之外的电影院,电影7点半开场,他们已经走了半个小时了。我转身插上门,开开灯,心还在扑扑地跳着。按住胸口,我尽量让自己平复下来,洗脸盆里舀上水,先把嘴边的血迹洗干净。

这一段受伤的历史,我却决定瞒下来。

上嘴唇肿了,我给妈妈说是我自己在外面不小心摔了一跤,就在平坦的没有一块凸起的砖铺的院子里。我也不知道为什么要瞒下来这些,好像那委屈与自己无关似的。也许,讲得太详尽了,听起来过于可怜,我不想让人看笑话吧。妈妈很生气地给我抹了厚厚的红霉素软膏,训我不肯去看电影,自己给自己找罪受。爸爸盯着我哭得不像样子的肿脸,故意哈哈大笑还扮着鬼脸儿逗我开心,我更哭笑不得,委屈慢慢地烟消云散了。

而妹妹,同情地看了我两眼就瞌睡得不行睡着了。我心想,不能说,我什么也不能说,我要是说了,明天全院子里的孩子、大人都会知道,我会被当做一个笑话讲过来转过去!

严疯子走了,在伤了我之后就离开了那个木头楼。新茹阿姨亲眼看见他背着乱七八糟的东西从大门的铁链子下钻出去。大家都很惊讶,这人没有死呀?大半年的时间他都在哪里了?有些鄙夷也有些好奇,甚至还有同情。而我,沉静地听着所有的谣言,心想,难道我摔这一下,白摔了,不行,我得仔细去打听严疯子家在哪里,我想着等我问到了,我要拎着棍子找上门去。然而,我就那样想了想,想了又想,几次之后,忘了这件事情。心里想着,可能就是我自己摔的吧。

生命里有一些东西无法解释清楚。恐惧?自尊?还是伤害?这算是什么?伤害了我的"骄傲"?后来我觉得,他不过是个疯子,不过是个精神有问题的人,病人,一个用眼神就有可能激怒的坏蛋,我似乎犯不着用太多的精力去理会。我嘱咐自己,这样的人与你无关,离得远远的吧。唇角里面留下了一道深深的疤痕,别人看不到,我自己触碰着。也许,一定还有什么让我从潜意识里不愿去追责他吧。

4

"五星红旗迎风飘扬,胜利歌声多么响亮,歌唱我们亲爱的祖国,从今走向繁荣富强。越过高山越过平原,跨过奔腾的黄河长江……"

我们没有专职的音乐老师,兼职的夏校长一人担负了全校的音乐课,大家都很喜欢她。她每周四下午第一节来给我们上课,就夹着薄薄儿的几张纸过来——有音乐课本,但是好像不够用似的,每个学期不到头儿,课本上的歌儿,夏校长基本上都已经给我们教了个遍了。

这时候已经是花白头发的老校长就会高高兴兴地找出她喜欢的好多歌曲教给我们。她总是先把歌词写在黑板上,让我们抄下来,然后给我们讲这个歌曲背后的故事,最后再一句一句地教唱。像"红星闪闪照我去战斗""英雄赞歌"等等好多热情洋溢的爱国歌曲我都是在这个时候学会的,而歌曲背后的故事更是把我们幼小的心灵震撼了又震撼,感动了又感动。我们一个个摩拳擦掌,准备"为实现四个现代化而奋斗终生"!

到现在,每当我走过务本街的时候,脑海里依然是夏校长领着一群孩子用稚嫩的声音真诚而激昂地唱着祖国的赞歌,那旋律比任何一场演唱会都美妙,都值得我用一辈子记住她。

而那个时候的小县城,大街小巷里早已飘起了各种各样的流行歌曲——

"苦涩的沙吹动脸庞的感觉,像父亲的责骂母亲的哭泣永远难忘记,年少的我喜欢一个人在海边,卷起裤管光着脚丫踩在沙滩上,总是幻想海洋的尽头有另一个世界,……寻寻觅觅寻不到活着的证据,都市的柏油路太硬踩不出足迹,骄傲无知的现代人不知道珍惜,那一片被文明糟蹋过的海洋和天地,只有远离人群才能找回我自己,在带着咸味的空气中自由的呼吸,耳畔又传来汽笛声和水手的笑语……"

终于在郑智化推出他的第二首歌曲《星星点灯》的时候,夏老师板书了满满一黑板的他的成名曲《水手》。

我被这歌词惊艳了——父亲为什么要责骂,母亲为什么要哭泣?弱不禁风孬种的样子,怎么可以这样贬低自己?寻不到活着的证据,什么意思,为什么这么说?还有,那一片被文明糟蹋过的海洋和天地,既是文明,又怎能说"糟蹋"?

轻轻地哼着,心想,原来,心情也可以这样表达!

回到家,我正想给妈妈讲讲我们今天学的这首新歌,就听见妈妈在和妹妹说着什么。妈妈问她,那你们平时都学些什么?妹妹如数家珍般的讲给妈妈时,妈妈笑起来了,"呵,还有爱国的、有流行的!不简单呀,你们听得懂吗?"哦,她们正聊着我想说的话题耶!

"那当然了。"我骄傲地插嘴,"夏老师可好了,她教我们唱之前每次都给我们讲故事,就是这个《水手》她没有讲上来。"妈妈看到我也回来了,开始招呼我们写作业:"好了,我知道了,赶紧开始写作业吧!"

我和妹妹一边从书包里往外掏书,一边饶有兴致地接着聊我们的夏老师。妈妈在一旁听着,说道:"让你们去务本上学就对了,幸亏没有去阜才小学,阕三胖那张脸我是真不想看……"

阕三胖?这个名字惊了我一下。

我知道妈妈说的什么意思,那件事情以前她讲过。妹妹不知道,我还记得!那时我刚刚上一年级的时候,妈妈原本是把我送到阜才小学去的,那是离我家最近的最好的小学,教学环境、师资力量都比务本小学好很多。只是有一天因为那个学校的校长找到妈妈让她介绍一个分数不足的学生到阜才中学来,她觉得自己办不到就拒绝了。结果,第二天一大早姓阕的就跑到我的班里,喊着名字把我赶了出来……

这件事情,我就是记得。只是,那时候我才6岁,实在太小了。但在今天突然提起阜才小学的时候,我的记忆一下子特别清晰起来。想起来了,那个脸上白肉横横的老女人,扯着鸭子一样的嗓子喊我:"方迎迎,出来,文秀丽的女儿以后谁别想来这里上学!"那种被人叫着名字轰出来的感觉,在我往后的日子里时不时地也会冒出来,自尊与自伤交织的委屈感强烈地刺激着我,我甚至发誓,总有一天,我要把那个姓阎的踩在脚底下,狠狠地踩在脚底下。(可是,儿童的愤怒做不到什么,我就这里骂一骂。)

我突然很烦躁,"妈,我写作业了!"大喊了一声,妈妈看着我不再说话,她转身出去了——跟和蔼可亲的夏校长相比,姓阎的也算为人师表吗?我对她充满了厌恶和鄙视。

"苦涩的沙吹痛脸庞的感觉,像父亲的责骂母亲的哭泣永远难忘记……他说风雨中这点痛算什么,擦干泪不要怕,至少我们还有梦,他说风雨中这点痛算什么,擦干泪不要问为什么……"风雨里有些痛也许真不算什么,当时你会忘却。可他划拉在你心底的那道重重的伤痕会有多深,会有多疼,除了自己,没有人会懂得。

## 5

星期一的早晨,我像往常一样拉着妹妹的手上学去。妹妹梳着一个马尾辫,我剪着很短很短的"飞机头"。路过一个卖百货杂物的商店,我停下来偷偷地照照摆在门市外面的镜子,活脱脱一个假小子,头发短短的,衣服是灰突突的,而妹妹留着漂亮的长头发,还扎了一个红红的蝴蝶结。我不开心,我给妹妹说,"妈妈偏心眼,光给你梳辫子不给我梳。"妹妹看了一眼我的头发,"你头发那么短,怎么梳?"我气呼呼地回答:"就不给我梳起来,我怎么留长!"

一上午的时间都在为这个问题而纠结着。是不是因为我长得太丑了,妈妈才不打扮我的。同桌陶娟今天穿着新买的洁白的公主裙,一层一层的纱纱像蛋糕一样,真好看。我喜欢得不行。我问她多少钱啊,她撇了撇嘴说,"六十,我说不要,我妈非给我买。"看着她得意的样子,我心想,回家我也让我妈妈给我买一件。

我的计划却落空了,虽然妈妈对我提出的要求答应得好好的,可是两个星期过去了，我还没有得到那个洁白的裙子。而那时几乎班上所有的女孩都穿上了款式不尽相同但风格相似的公主裙，唯有我是一个例外。我已经不再给妈妈吵着要了，给她讲了两次都没有要到手的东西，我想她是不会买给我的，我不能再说第三次，我不想看见她不耐烦的样子，我似乎都不是她喜欢的孩子。

微风吹过的夏天傍晚，我一个人第一次放学没有回家，沿着北城墙，一路向东走去。我不知道东边有什么，也许什么也没有，我也只是随便走走，我没有打算做任何出格的事情。何况，一个12岁的女孩的反抗，能有怎样的反抗？

那城墙好像走不到边似的，让我晕晕的。偶尔有蚊子"嗡嗡"地追在耳边，不及驱赶，那一侧的脸便发麻，发麻。**城墙脚下是一排昏黄色的灯光，隐约地传出家家户户吃饭、洗碗、听收音机、看电视的声响，很生动。我走了很久很久，没有人来找我，没有人关心我，是不是我的存在与否并不重要？**开始，有一点点的泪水在眼眶里打转。蛐蛐却在脚下唱了起来，月亮升起来了。我的影子在城墙上拉得长长的，那些凌乱分布的树，枝杈投影在地面，一片宁静。

即使再糟糕的心情绘制出来的也是灿烂而生动的场景？这一点让我很怀疑自己性格内外的一致性。那一刻我真的沮丧吗？还是我根本沉醉和享受于这样的孤孤单单自怜自哀的状态？

湛蓝的天空里，星星像碎碎的水晶撒满了苍穹。

恬然，是属于旷野的安宁，人心安定下来。有些喜欢这星光投影的夜，是属于心思细腻而微妙的人生。

一只蛐蛐的叫声突然停下来。我也停住向前的脚步，"我得回家了，再走下去也没有用，也不会有人关心我，也不会有人追到这里找我。"

……

回到家里，才发现回早了。妹妹串门去了，爸爸串门去了，连妈妈也串门去了，又是一种被忽视的失败感。洗刷完毕，早早地上了床,搂着毛巾被呆呆的什么也不去想,慢慢地睡着了。

第二天早上醒来,妈妈问我昨天下午去哪了?我说,去同学家。妈妈疑惑地看了我一眼,没有再问。这一刻,我很希望她再追问我一下,起码不应该追问我去哪个同学的家了吗?然后我就准备号啕大哭,告诉她我昨天一个人沿着城墙走了2里地的路,我不高兴,我生气了,没有人管我,我特别生气。可她什么都没有再问。我咬住舌头,也没有再说。

一次失败的离家出走。

很多年来,我都经常想,如果将来我有一个女儿,我一定不能这样,我得关心她,我得好好地关心她,更重要的是,我还得告诉她我关心她,我爱她,我在意她,是很爱很爱很在意很在意的那一种。

终于有了今夏的第一件裙子,妈妈去邯郸开会的时候给我买回来一件。我一放学,她就从柜子里拿出来一个包包扔给我要我自己看看。可裙子一拿出我就失望了,根本不是我想要的纯白色的公主裙。

一件我说不出颜色的连衣裙,说黄不黄说棕不棕,晕染过似的,腰上还穿着一根儿同色的带子。我欣喜地拿起来,又失望地放下。可是,她连我的失望都没有看出来,还在催促着我。我慢吞吞地换上新衣服,站在穿衣镜面前,镜子里是一个陌生的不开心的少女。我是个什么模样的女孩?在我的少女时代我从来不了解自己。

和妈妈一起为数不多的逛街,总会碰到熟人,她们都说,"这是迎迎啊?怎么这么瘦啊,脸色也太苍白了,快带孩子去医院看看吧,是不是贫血?"每个人都好像医生似的会给人看病。被说的次数多了,妈妈也真担心起来,就带我去了一次医院。化验的结果很让人放心,什么贫血不贫血的,我一点儿事都没有,健康的很,就是看起来比一般人苍白点。

打破了那毫无根据的揣测,谁再说我的时候,妈妈却还是给了我一个意外的答案,"没事,这个孩子天生的白萝卜片儿脸儿!"她的回答好几次都让我专门盯着白萝卜看了好半天,我心想,妈妈你就不能用个美点儿的词语来形容女儿吗?你可是个中学教师,还是教语文的。每到这个时候,就想起奶奶的好,并不认识几个字的奶奶说,我们迎迎是个白玉娃娃。

镜子里的我,还是那一张几乎没有血色的脸,白皙而单薄,鼻子平平的,唇角有一颗很淡很淡的小痣。妈妈曾说过,等我长大了,把它起掉。可我一点也不觉得它应该被起掉,因为它实在小小的,又长在我的酒窝里,让我看起来还有一点点调皮的味道。

而我实在是个安静的女孩。

除了用"安静"这个词语之外,我也实在想不起来其他的什么词可以形容自己。"静女其姝?"很想把这个词儿拈来放在自己的身上,可是,连自己也并不相信。我虽安静,却没有那一份娴雅,也许,我只是属于那种呆呆的不出声响的静。是没有心思、没有涟漪,完全平静而没有生机的一汪止水。

我更不明白的是,为什么别人的妈妈脸上总是挂着迷人的笑容。而我妈妈,在我的少女时代,我几乎没有见过她的笑,起码没有对我笑过。我不知道是不是生活的忙碌,让她忘记应该如何微笑,还是我不值得赢得她的温柔、她的赞许?

我拎着裙子问,这算是个什么颜色?妈妈盯着衣服看了半天才说,是琥珀色吧!

琥珀色!

多美妙的说法,听起来,像暖色调的水晶一样,像温柔的眼睛一样。我没有见过琥珀,但在自然课上老师说,琥珀是松脂滴答在小虫子,或者花朵身上,天长地久包裹起来的树的宝石,还有淡淡的香。

这个美丽的词语,竟让我有些感动。那一刻,我觉得自己就像一粒珍贵的琥珀一样,被美丽的光泽包围着,笑容也洋溢起一种暖暖的幸福。妈妈看着我,突然说,不能只知道臭美啊!

啊,我就照了一下镜子我就臭美了,我看向妈妈,有点不满意她的数落,可是人家也没有再理我,转身出去了。穿着这件越看越喜欢的琥珀色连衣裙,我在镜子前面转来转去,仔仔细细地臭美着,暂时忘掉了原本做梦都想要的白色公主裙。

少女的心,也许就是这样一种突如其来的长大。比如一个发卡,比如一朵花,比如这美丽的琥珀色的连衣裙。

## 6

这一年的夏天很长,而成长也是一个拖沓而冗长的离场。

这一年的夏天,妈妈迎来了她调入阜才中学的第二个毕业班。她每日紧锁的眉头和日渐严厉的表情比以往任何时候都更让我害怕。52班,就在我们家的隔壁,我每天早上睁眼看见的就是52班的学生,每天晚上闭上眼睛看见还是52班的学生,让我又爱又恨的52班。

早上五点半,隔壁的两个教室就开始有了木头桌凳咣当咣当的声响。很快,背诵课文的"嗡嗡声"就连成了一片,还没有从梦中醒来的我隐隐约约地就觉得自己像在梦里读书一样,迷迷瞪瞪。突然,不知道是哪个班里的板凳"当"的一声倒下来,一下子惊醒了我,我又气又急地坐起来。身旁是没心没肺的妹妹依然睡得香喷喷的,哈喇子都要流出来。

醒来就再也睡不着了,起床洗漱,然后搬一个小板凳坐在门前的梧桐树下,拿一本书,《少年文艺》《儿童文学》或者郑渊洁童话,我的课外书大都在这样的早晨里静静地翻过去。

我待的地方有意错开52班的教室门,他们不出教室我就不会被发现。偶尔,也会有正上着早自习溜出来的学生,看见我了,就专门蹲到我跟前。我一抬头,鼻子被捏一下,人跑了。

只有一个人,他有一次从我手里抽过去书,翻了几页很认真地问我,你看《少年文艺》看得懂吗?我不置可否地看了看他,伸手夺回自己的书,转身回去了,那一页是短篇小说《孤雁》。我看得懂与看不懂都与他无关,其实,他也就随便问问,只是我在乎。因为,他好像是我很在乎很在乎的一个人。

　　他叫查建林,是妈妈的学生,个子高高的,清瘦而安静,经常看见别的男学生下了课咋咋呼呼,成群结队地又打又闹,他从不。他的嘴角总是带着一丝淡淡的微笑,虽然安静,可是就是像一道阳光,有些许的温暖,偏偏又有棱有角的冷淡。那个时代的男生一般都很邋遢,衣着不整,而他经常穿的衬衣,从来都熨烫得平整而干净。我在心里偷偷地喊他哥哥——

　　如果他从我手里拿走那本书的时间再往后错十年,也许我会处理好,可当时不是,我抢似的拿回了别人根本没有想要抢夺的东西,跑回屋子。隔着门缝与竹帘,我看见他讪讪地站起来,有点奇怪地看了看我家,然后走开了。

　　这是二十年前的琐碎小事,却是我懵懂的少女情怀。

　　昨天晚上就觉得妈妈在生气,今天早上一醒来,看到她的表情明显带着愤怒。除了她的学生不会有谁有这个能耐把她气成这样,我心想,不知道谁要倒霉了。果然,早自习刚刚开始几分钟,朗朗的读书声还没有来得及传出来,就传出了妈妈厉声斥责的声音——

　　"说了三遍,你们还错,没问题,我的原因,我再给你们讲。昨天下午我又讲了第四遍、第五遍!就这样儿还有人错,我今天倒要看看到底是哪个不带脑子的——胡海方、严文英、谢军全,你们三个的耳朵,响水亮赶庙会都搁那了,没回来是不是……"

　　教室里特别安静,我在门外就能感觉到里面紧张的空气,从自己的小凳子上站起来,我略探着身子往里看,脚下踩着一个气泡似的小东西,发出微小而清脆的一声"啪",特别轻,特别轻,可还是引起了注意。站在讲台的妈妈,手里正拿着一摞子试卷在训大家,她扭头看见门外是我,立刻示意第一排的学生"把门关上去"。一声"啪"我被关在了门外,彻底看不见教室里的样儿了,我恨恨地心想,"谁稀罕看你!"

妈妈这臭脾气!

等她训完了学生从课堂上走出来时,我已经搬着凳子回屋了,妹妹也准备起床,她卷在一块浅粉色的毛巾被里露着一个小脑袋,让我给她找衣服。我蹲在地上翻箱倒柜的。妈妈问,"你干什么呢?"

"我正给琳琳找裤子穿。"我站起来,端端正正地回答她。每当妈妈发火生气的时候,我都很乖,一点也不敢摆出一副嬉皮笑脸的样子,那样太容易引起她的第二轮轰炸。

妈妈紧绷的脸略略松弛了下来,一只手伸向妹妹的小被子,撩起来,"这都几点了,赶紧给我起来。"妹妹懒懒地哼唧着,向床里面骨碌过去。我把找出来的绿色的小短裤扔到她头上,她立刻叫唤了起来,"我不起,我就不起!"

"不起是吧,好,那你就别起来,你爸爸去端豆沫儿去了,起晚了全让你姐喝了!"妈妈向里一伸手就把妹妹的脚丫子给抓住了,拖小狗似的拽到了自己跟前,搂在怀里,拿起衣服开始给她套。"都多大了还给她穿衣服,"我心里忿忿不平,"老偏心,见狗亲,狗长大了没良心!"

隔着竹帘,远远地看见爸爸端着锅回来了,我赶紧迎上去,替他拿下来手里的油条、咸菜。"爸爸,咱家的煤球火又灭了?"

"啊,谁知道怎么回事,说不定就是因为我们家闺女儿想喝豆沫儿了?"每到早上醒来发现煤球炉子熄火了,爸爸就跑到学校外面的北关桥口给我们买早点,焦香的油条、热乎乎的豆沫儿,上面还撒着一层喷香喷香的芝麻盐,比起平时的稀饭不知道要好喝多少倍。

妹妹一边喝,一边感慨,"这煤球火要是天天灭,该多好啊,我就能天天喝豆沫儿了!"我瞪大眼睛看着她。爸爸妈妈却大笑了起来,爸爸笑得连筷子都掉地上了。其实,妹妹就是比我可爱,这个我也知道。

吃完饭准备上学去了,妈妈抓起一个头花给妹妹别在头上,拍了一下她的小脑袋,"上学去吧!"然后转过头来对我说,"路上看好孩子。"我"嗯"了一声,拉上妹妹出门了。这是上个星期三姨给她新买的,小妮儿又有得美了。

而我再摸摸自己的头发,还是原来的样子,短短的,短短的,短短的,十年如一日似的短短的,别说我三姨不给我买花,买了我也没头发好别住它。一出校门,我就把她的手扔一边去了,自己大踏步往前走。小姑娘在身后开始追,不一会就气喘吁吁的了,看着她累得呼哧呼哧的样子我正觉得解气。却听见妹妹说:"姐,要不咱跑吧,跑着走才舒服嘞!"

……

北关桥口遇上他,他骑着车子正匆匆地向学校走,我们是相反的方向,我停下脚步,目送着他的离开。

7

杨老师和他爱人老许的争吵又在进行,杨真跑到我们家里避难,她告诉我们她妈这次是因为梁老师把她家的面筛子用烟头烫了个洞引起的。我妈说,就这么点的事情两个人吵了一个中午?真真无奈地回答,他们就愿意这样,我也没有办法。

我问真真,那你爸爸妈妈吵架的时候你害怕不害怕?真真摇摇头,我才不害怕呢,吵离了我跟我爸,我哥跟我妈。淡定的表情不像一个十来岁的少女。

庆祝"六一"儿童节,学校发了电影票,《宝葫芦里的秘密》,这是我的最后一个"六一"儿童节,过了7、8月我就要升初中了。这部电影按说,对我来说像一个句号,以后我再也享受不到儿童节发电影票的待遇了,妹妹也有一张,不知道为什么真真没有,更不知道为什么我突然很不想看,也许是我不想点这个句号。我慷慨地把电影票给真真,让她和琳琳一起去,我说我根本不喜欢看电影。真真根本不相信我说的话似的,追问我了半天,真的?你真的不喜欢看电影?我点头点的头都疼了。妈妈在一旁笑话我的慷慨,后悔了别找我要票啊,这个我可没有地方买去。

不就是一张电影票吗?我现在真的不稀罕,我就是想送给刚刚听了父母吵架,也许憋了一肚子委屈的真真。我,我就算是想看电影,我也不承认我想看。看着真真举着电影票高高兴兴地走了,我心想,这《宝葫芦里的秘密》一定是瞎演瞎演的,一定不好看,不看就不看了。

同龄人都去看电影了,我在家里看爸爸写东西。爸爸在编纂一本书。我还没有介绍过他的工作,因为我不知道这该叫做什么工作。和妈妈一样,他的本职工作也是一名中学语文教师,可我不知道他是什么时候离开学校讲台的,但也没有获得什么升职,他调到我们县的文化馆里做事。

他最近一段时间的工作就是编书,我见过他编的很多书,有诗歌有散文还有历史小故事,可是封面粗糙,一看就不是正宗的出版社出来的东西,为此爸爸连名字都不会署在上边,一方面(其实是主要方面)是不太可能轮得到他落款,封面上署的是某领导的名字;另一方面我想我了解我爸爸,即使自己没有本事出本书,可在那样粗制滥造的书籍上他也不屑于署上自己名字,这一点不屑,好像我和他很像。这一次他整理的是《磁州八景》,我悠悠地念着——"炉峰朝霭、漳渡晴澜、响堂晚钟、方洞珠泉、滏桥秋月、官路荷风、台城烟柳、贺兰积雪。"听起来很壮美的"磁州八景"。事实上是,这些我一个也没有见过!

从我懂事的时候,这些壮美都已经淹没在各种各样的垃圾海里几十年甚至上百年了。所以,每次当我看到爸爸费尽心思地从旧书里摘,从乡村里淘出那些又精美又空洞的词语时,我总是诧异地问他,"有意思吗?"我在心里窃窃地认为,他就是个只能教教课本的老师,迂腐得没有一点自我的、典型的小知识分子,语文教师做到无趣了就去做小编辑,一辈子和"文化"打交道,恐怕也一辈子没有弄明白什么是文化。

我嘲笑他这一点,偶尔也挺喜欢他的迂腐。他工作很踏实,服从领导,从不去质疑任何安排,虽然不一定喜欢。可是喜欢的不喜欢的都会认真去做。他从不肯求人,即使是在有关自己升迁或者别的任何涉及自身利益的事情上,他的脖子都也一样硬邦邦,舍不得哪怕低一点偏一点。他也从来不说这些,但我能感觉得到。这一点即使在将来的某一天甚至影响到了我的人生的一些选择时,我内心里也从来没有因此责怪过他。

突然想再说说自己为什么不去看电影,可能是我不喜欢热闹的原因吧。我总找着各种借口避开嘈杂,我喜欢独处,不喜欢与人交往,甚至厌恶地都有一点点病态——我不聋不瞎也不哑,也不缺任何的一只胳膊腿儿,可是,我知道自己的这个要命的缺陷——与人的交往各种恐惧。

走在大街上,我经常在碰到外人,有时也包括自己家人的时候,就会突然地陷入一种特别茫然的状态,完全不知道自己应该说什么,做什么。我没有办法和人家打招呼,有人和我说话时,我就看着他,看着看着就过去了,连一个微笑都不会给予。有长辈因为这个在和妈妈闲聊的时候小小的告了我好几状,我被妈妈批了,可是以后变得更加茫然,我为什么要和你们说话,难道我不说话就犯错了吗?然后更不说话。也许这就是妈妈不够喜欢我的原因吧,一个时不时地能把自己变成木头疙瘩一样的女孩怎么会招人喜欢呢。

有时候觉得这一点就像是上帝给我关了一扇门,关得我固执而局促,可也打开了另一扇门,我认识了一堆书。好笑的却是,我的爸爸妈妈并没有阅读习惯,我们家简直没有一本值得拿出来一炫的名著。我一遍遍地读我能在书店买到的我看着封面有些喜欢就死缠着父母买回来的——各种孩子喜欢的画册、故事书,还有就是中学的教科书、参考书、成语典故以及"毛选"。简直是对任何有字的东西我都充满着热望。

后来,终于有一天,爸爸把我带到他的一个朋友家里,告诉我,这个叔叔家里有整整两书架的各种各样的文艺小说,包括世界名著、漫画,你想怎么看就怎么看。那一刻简直把我惊喜死了。我几乎把脸贴在了人家的书架上,紧抓着把手,久久地不肯挪步不肯松手。

一反常态,我变得又会说话又有礼貌。"于叔叔,让我拿走这三本回家看看吧,我过几天就来还给你!"那个在外贸公司的于叔叔立刻大笑起来,根本就不考虑地答应了,还许给我以后可以随时过来更换,只要不丢书,每次都可以拿三本旧的换走三本新的——天上掉馅饼一样的好事,这简直就是上天赐给我的礼物,太让人兴奋了!县里的图书馆都没有这儿的书好,又新又有趣!

就像做梦似的,有这么多好书让我随便看,连带着觉得于叔叔真是个文化人,而他工作的外贸公司也在我心里有了一个渊博而宽厚的形象。

第一次从这里借走的三本书中有一本书是漫画书,讲过的一则故事到现在依然让我记忆深刻。说在一个市场上有大力士在比赛力气大,他们用手攥挤柠檬汁的方式来比赛,很多人都再也挤不出来一滴了,可是一个干瘪的老头上来说,让我试试,他一下子竟然挤出来一大片柠檬汁。大力士很震惊,请问这位先生是做什么工作的?老先生回答,哦,我是税务局的。这个笑点,二十年后我才明白。

于叔叔不仅给我翻遍了他所有的藏书,还时不时地更新自己的藏品,带给我新的惊喜,我局促不安地接受着他的慷慨。而他则像父亲一样很开心地看着我的欣喜,我对爸爸说,你做对一件大好事,就是认识了这么一位有书的叔叔。爸爸也笑了,我和他之间在这样的时刻觉得分外亲近。

而书籍,却是会让人孤独的东西,看到得越多,越不想与人接触,我沉浸在我自己的小小空间里。有诗歌,有传记,有《红与黑》,有莫里哀的书,有莎士比亚的书,还有三十六计,唐诗宋词……最喜欢的是小说,它们总是能把我带进一个充满遐想的世界。而我,时不时地就会把自己幻想成小说中的人物,悲多喜少。隐匿在书里,隐匿在故事里,或热烈或安宁,这似乎是我逃离自己,逃离简单,逃离无知,逃离苦恼的唯一的路。

"我的世界满满的,可是没有人,就像孤零零的一叶随时会倾覆的小舟……"从前的一个笔记本上找到这么一句,不知道是不是我写的,也不知道看到或者写下这个的时候我几岁。这是我的读书心得吗?那些乱七八糟的书籍也许终于把我自己读成了一个孤孤单单的灵魂。我也不是很喜欢这样的孤零零没有朋友的感觉,可又似乎又很沉迷于斯,沉迷到不可自拔。

静下心来时我总是在揣测自己。我到底是为什么总这样郁郁寡欢、怏怏不乐。我有多讨厌自己这样的性格脾气,连我自己也不知道。我喜欢看阳光灿烂的少女在风中大笑的样子,一遍一遍地看着,心里充满着艳羡,我什么时候才能够变成那个样儿?而最基本的却是,我更想知道我怎么就快乐不起来,我那个针眼一样的心脏里到底隐匿了什么,为什么我好像一直都是沉重、沉重。

8

阜才中学发榜的当天,两个法院制服的人骑着自行车站在我们家门口,大喊爸爸的名字,来送传票!正在扫地的爸爸不知道发生了什么事情,听到自己的名字,从窗口向外张望了一下,放下笤帚,回头看了我一眼,站起来出去了,顺手还把门关上。

我疑惑地跟在身后,也想出去看看,但门是从外面被带上的,我打不开。心想,出了什么事情,爸爸犯了什么罪?

窗外,爸爸低头看了看递过来的单子,似乎就明白了,他开始向人家解释。玻璃窗是展开的,屋子内外只隔着一层窗纱,我能听到他的话:"……他跑了我有什么办法,我也不知道上哪里找这个人去,他这不是有家有单位的,为什么找我……"来人不耐烦地打断爸爸:"你给我们说这些说不着,拿上传票,明天到法院说去!"穿着制服的两个人一前一后扬长而去。爸爸追了几步,想拦住人家再说些什么话似的,但没有追上!

我从窗口的椅子上蹦下来,躲在门后,假装什么也没有看到。他做担保给人从信用社里贷款出来,而那个人跑了。这件事情妈妈曾经一再警告过他,他不听或者说妈妈警告他的时候他就算是听进去了也迟了,他已经在担保书上签过字了。妈妈说,看着吧,迟早有一天你在这个事情上吃亏,王志伟那种人,我信不过他!真的让妈妈说中了。

大中午,谁也没有心思午休了,两个人坐在沙发的两端,爸爸向前倾着,双手撑着头支在腿上,妈妈靠在沙发上,两臂交叉在胸前,望向窗外。妹妹拿着铅笔在窗口的椅子上跪着画画,嘴里轻轻地呢喃,一旁假装看书的我用胳膊肘碰了碰妹妹,示意她别哼哼了,妹妹瞥了我一眼很不高兴地继续,但声音还是乖乖地放小了。

这件事情后来没有了结局。在爸爸去法院解释过后没有多久,跑掉的王志伟就回来了,他是去外地筹钱去了,并不算是跑路。可是这件事却狠狠地给了爸爸一个巨大的警告,我简直可以明显地觉察到,这之后的爸爸变得异常的胆怯。略有出格的事情都不会去做,也不许我们去做。妈妈有时候就拿这个事情出来取笑他的胆量,然后妹妹就不愿意了,"妈妈,那你到底想让我爸爸干什么?"我也扬起脸表示自己赞同妹妹。这太明显的是姐妹两个都在向着父亲,于是,妈妈的笤帚疙瘩或者抹布就向我俩扔过来了。

可是,我的心里似乎也和妈妈敲着一样的鼓!

胆量是需要有合适的度的,太大了也许会犯错犯罪,可太小了就失了做事情的魄力与能力了。那时候的爸爸在我心里开始一点点靠近后者。他原本就是个文弱的教书匠,被法院恐吓一次,胆子更有些吓破了似的。现在想想,那个时候的我,恐怕是对爸爸有些失望。可这失望不能说,我不像妹妹一样有什么话都会清楚地表达出来,这些我说不出口。与其说是怕伤害了爸爸,不如说更怕伤害的是我自己敏感而脆弱的自尊心吧。

开始渴望一面墙,可以有力地为我们抵挡风雨,而不只是教给我讲文明懂礼貌爱学习。不得不说,这点点滴滴到后来影响我对男人的判断,我爱过的男人都和爸爸有着截然不同的脾气性格。当然,这也许应该说是我的认知太浅显了——我没有对任何一个有着斯文气质的男人有过好感,好像"文人"二字在我的意识里简直成了怯懦软弱的代名词。

那种外表斯斯文文,看上去就有些怯懦的男人显然是保护不了我的,这是后话了。

9

终于,终于要提到一个地方,一个让我非常反感而排斥的所在,尽管和我似乎没有什么关系——20世纪80年代末法院的审判庭,那里似乎永远忙碌而警戒。七八岁时的我不只一次地听到大人们讲,某月某日去看法院开庭审判。并不是因为我们家里有什么人摊上官司什么的,但是,那个时代,我们总是无法避免去看一些法院的审判。

审判庭就在阜才中学的大门南面,百米之遥,阜才大街上一个并不敞亮的院落,斜对着当时县第一中学的后门。经常在去审判庭的路上遇到一中下课或者放学的时间,那些貌似已经成年的高中生集聚成群,那规模看起来就像很多人都跑来看审判似的。一直过了好多年我才弄明白,这不过是碰巧。可这份巧合在我心里却扎下了根——庭审也许是每一个人生命里都无法避免的事情。

比庭审更"高一规格"的审判是公审大会。每逢"严打",一群剃着光头身穿深蓝色囚服的人就从看守所里被押解出来了,反绑着双手站在老式解放车的后卡里,一路晃着就向着县城西南我们常去的电影院开去,那里的台阶无数次地充当了公审大堂。脖子上插着长长的令箭似的牌子,行草黑字,写着诈骗犯、强奸犯、盗窃犯,犯人们耷拉着脑袋像斗败的公鸡。

也许从犯罪的那一刻他们就已经没有了作为人的基本尊严。也有昂着头、趾高气扬的,这样的人却大多是杀人犯,牌子用红笔大大地圈一个圈,再打上叉号,鲜艳的触目惊心! 这个世界上会有多少邪恶纠结成犯罪,这个世界上又有多少坏蛋因他如何恶劣的行径须从这里被他人惩戒、被制度主导生死。

这里让我觉得世界可恶、混沌、厌烦。

看热闹的人群把皁才街挤得水泄不通。审判庭里的审判不一定会有人组织观众,可是公审大会一定有,高中生、初中生都会被派过来。那时候不明白,现在想起来,估计是两个原因,一是壮壮声势,二恐怕就是对年轻人的以儆效尤了。公审现场,穿绿色制服的人在台阶上宣读那些令人发指的罪行。

所有人都在紧张地听,犯人们在台阶下一字排开。因为那些人是犯人,想当然地就觉得他们面目狰狞。偶尔有一次我见过一张脸,虽然被剃了光蛋儿,可眉目清秀的就像戏曲里的青衣花旦,我倒吸一口气,默默地想,就连这样的人也会犯罪。

看着那些年轻的不年轻的、狰狞的不狰狞的面孔,一个个被反剪双手,自由自尊也许还有生命的自主都被狠狠地踩在脚下,我经常会有一种绝望而窒息的感觉。而人群里有大快人心似的叫好,也有扼腕痛惜似的捶胸顿足,更有随时随地可以看见的面无表情,这些人是把感慨都压在了心底吧。冰冷的宣判、乌泱泱的嘈杂。

也是从这里开始,我对人群有了一种本能的反感,我不知道这人群里会隐藏着什么——暴动、骚乱还是坏蛋,无论怎样,这都不是什么好东西,都会伤害人,都会伤害我。出于本能,我就想保护自己,本能地就想躲避。

还好,好像是九二年之后,就再也没有见过公审大会了。不知道这是法制理念的一种进步还是人本理念的一种出现。说不清楚,或者说社会发展到那时,已经没有那么多的犯罪、也没有必要用那么严苛的方式来警示社会了。而这对于我,对于我认识的大多数人来说,不用被迫地看到公审大会,不用被迫地知道某年某月某日曾经鲜活地站在你面前的这个人将被活活用枪打死,才真是件幸福的事情! 慢慢地慢慢地,这些在我记忆里变淡了。可是潜意识里,对于国家法律机器的敬畏与恐惧似乎并没有远离我。

住在我家斜对门的张老师搅进了一桩公案。

那一段时间,陆陆续续的一直有带大檐帽子的人光临学校,张老师家的门槛都快被他们踏破了。张文明老师和他的爱人焦兰老师,男的英气逼人、女的利索漂亮,更让人羡慕嫉妒的是二人眉眼里就透露看出来的机智、灵气,学校里的一对璧人儿! 他们是不久前才从一个略微有些偏远的镇中学里调到到阜才中学来,还没有孩子。虽然才来学校不到一年时间,可是男的教数学、女的教英语,综合素质业务水平已经很明显地就看出来了,一级棒,谁见了都忍不住地夸奖两句的聪明人!

张老师有一个哥哥,先前我们都知道是在税务局上班的,也因此张老师就比别的老师都看起来更"能办事"一些,他好像就是通过这个在税务局里上班的哥哥结识了些政府机关、公检法什么实权部门工作的人,他常常能办到别人绞尽脑汁也办不到的事情,比如购买到款式最新的衣服、减省掉一些门面莫名其妙的费用等等,大院子里的人都觉得张老师将来是块料子,他绝不会像其他老实巴交的老师一样一辈子就窝在这个大院子里,虽然说是教学育人,实际上却是与世隔绝似的度过半生。但是,他的哥哥突然有一天出事了。

先是突然失踪,接着税务局发现他虚开了 20 万的增值税发票。这是一个什么性质的犯罪概念?我到现在也不是很明白。但是一个强大的"虚"字就切切实实地放在了他的行为前面,"虚"就是假,即使我什么也不明白,我亦觉得假了还不就是犯罪吗?接着有传闻在县工商银行里上班的一个名叫晓梅的女孩拿了银行五万的现金和他一起失踪了。张的哥哥、晓梅,两个我从来没有见过的人就这样一下子成了耳边的熟人,每天我们都能听到有关他们的各种传闻。有人在山东好像看到他们,他们可能去了哈尔滨,他们又偷渡了,他们虽然那是为人不齿的私情,他们也有爱情,他们从前就认识,阴差阳错没有结婚,他们无法做到敢于离婚,却又明目张胆地私奔,他们跑路了,他们依然在一起……但总而言之,他们消失了,一起彻彻底底地消失在所有人的面前,给了信任他们的单位、社会以及家人重重的一记耳光。

警察总是来找张老师询问他哥哥有没有回家的情况。我心想,这你们能问出来吗?听说,他们如果回来了,几乎应该会被判死刑的。张老师自然是说不知道,可能开始他真的什么都不知道。一段时间之后发现,面对警察的时候,张老师的脸上已经不再是害怕了,而是一种很淡定的期待,似乎每次警察上门找来都给了他一个大大的好消息,那就是他的哥哥到底也还没有被抓住,还不用被押解回来判死刑。这样的事情,换了我,也许也是欢迎警察随时上门暗示一下的。

真正受苦的是张家哥哥丢在家里的妻子,听说原本是娇生惯养的女儿来着,性子原本也是要强的,而这委屈又受得太重,没有多久就服毒自杀了。我听到这个消息的时候,因为不认识倒也没有认为多可惜多恐怖,觉得就像演电影似的。就是某一天的傍晚,我看见焦兰老师在和我妈妈说话,听到她讲,嫂子死的时候憋了一肚子的冤屈,眼皮最终都没有合上,一下子人物形象在我心里鲜明起来。那阵子,天一黑下来,我就不出门了,连上个厕所也要千方百计地拉上一个做伴的。

　　这些与我无关的事,无关的人,总是这样轻易地就打乱了我的生活。

　　而我生活里的阳光似乎只有在查建林出现的时候才能亮亮地闪烁起来。总是想看到他,总是在看到他时,觉得人生充满希望。总是在打那么几天眼睛没有晃见这个人的时候就觉得好像缺失了点什么。我不是爱上他了,只是这一点,二十年后的我才发现,我和他之间的那点微乎其微的关联,和爱情没有任何关系,和青春的悸动没有任何关系,我只是习惯性地看到他的阳光,他的灿烂。他身上有我缺少的,很严重很严重缺少的那种健康、正确、向上。

　　夏季之后,他初中毕业了,我都没有想起来向妈妈打听他去了哪里,上了什么学校,就像突然的某一天,我每天路过的一个商店橱窗里陈列的玩具熊不见了一样,都没有和我商量一下,就毫无征兆地消失在我目所能及的寻找里。我茫然地面对着那个空缺的橱窗,不知道发生了什么。

　　他原本就是被陈列在豪华的商店里,我不及询问他的不菲的价格,可一样从未想过他会离开,像落叶似的离开我,那么决裂。尽管不曾拥有,我却是第一次感觉到了人生里的分离与惆怅。十多年后,我初恋的恋人也是这样从我的人生里突然蒸发,消失得无影无踪,就像从未出现过一样。

　　十多年后,我彻底地痛恨上了这种莫名其妙就被孤独笼罩了的感觉,像死亡,像流浪,像一切没有希望的黑夜,我一直在寻找我痛恨的出处,我知道不是查建林的原因,可对于13岁的我来说,那已经是很多年之后的答案,太遥远,太遥远了。

## 10

阜才中学从前是有后门可以走的,升入初中后,我们离开学校大院搬回北关后街的老家。我从学校的后门上下学。必经路是一条小小的街。

街道虽小也有大庙,后门斜对着县公安局。上学的时候,有胆子大的同学就把自行车停放到公安局的大院子里。有一次一个同学说自行车丢了,而且还是在公安局院子里面丢的,大家都哈哈大笑了。真有这猖狂的贼,会偷到公安局去?公安局对面是一排火柴盒似的小房子。一直觉得那排房子盖得又低又小,但就是不明白它明明与其他街道的房子高低一般无二,究竟低在何处?

某一天,春光明媚的早晨,我从那里经过时,公安局那两扇带轱辘的大门正吱吱呜呜地打开,自门前半米高的斜坡看上去,觉得这门一下子阔得都不能招架,对面的小火柴盒立时矮小到骨头缝儿里。那一刻突然明白,从前的深宅侯府为什么一定要建得高大威武。不过就是为了一个"威"字,而威慑是会浸入骨头里去的。

"火柴盒"再往西一点,经过几间民房有一个过道似的大门洞,是间看守所,从前的公审大会,犯人就是从这里押解出门。同时,这里还悬挂着另外一个牌子叫"海后"。不知道祖国的军队是怎么分布的,在我们这个距离大海十万八千里的小城里,驻扎着一个小小的队伍,大家都习惯把他们称之为"海后",海军后勤的简称。我分不清谁是海后的谁又是看守所的。

有一段时间在我放学回家的路上,挂这两个牌子的院子里总会跑出来一个穿着绿军装的小青年,他有一些流气,丝毫不是严肃的军人范儿。如果门前没有碰到,十有八九,在我转角经过看守所深牢大狱的高墙时就会听到一个人轻佻地吹起的口哨。我想,所有的女孩在她的成长过程中一定都听到过类似的哨音。又薄又轻,让人觉得即使只是入耳也有堕落感,可是,学校正门口在修路,华山只此一条路可通。年少的我也并不懂得选择什么得体的途径以回避。

在升入初中后,我就变成了独行侠,一个原因是没有特别合适的女伴儿,另外,可能就是,当你有意无意地接受了安静自在不被打扰的行走方式后,就会形成一种基本的生活习惯、态度,最后就演变成了这样,静静地守候着孤独与安静这对既矛盾又融洽的欢喜冤家。

那天晚自习放学之后,又一次路过"海后"。天色已经晚了,小街上只有几个公家单位还亮着并不明亮的灯光,是有些闪烁其词似的昏黄色,就像稀稀疏疏的说谎的眼睛。只有街道的尽头有一盏高高的大灯,悬在又长又细的电线杆子上,打下来的人影也是惶惶不安。也许总是有风?

有人在看守所临街的墙头上咳嗽了几声,我知道是那个家伙,连忙加快了脚步。他却转眼间就从里面绕出来了,追上我,"你走这么快干什么?"街道上没有别人,我有些害怕。第一次这么近的和一个陌生的男人说话,声音有些含糊,内容仿佛如此那般。

他横到我的面前,挡住我的去路,"我给你写了一封信,你回家看看。"不太方正的普通话,说着递来一片折起来的纸,我没有接,越过他,再走。他就紧随在我的旁边追问,"你怎么总是一个人,黑灯瞎火的也不说害怕。"我还是没有理他,只是向他那边略略地偏了一下脸颊。

路灯下,他的面孔轻浮而张狂,眉毛上挑,嘴角带着笑,张扬着一股子浓浓的青春的气息,面庞和鼻翼都是比我们这个北方小城还要更北方的宽阔的样子,呼吸就在我的耳畔,些许熟悉。

需要再偏一偏头才能避开他,"你别跟着我,你跟着我,我害怕。"说完这句话,我的脚步就紧紧地走开了。"那这个信你必须回去看看。"他突然拦停我,不由分说地把一个东西塞进了我的手里。我被吓了一跳,握住它还是往前急走。身后,觉得有一双眼睛微微地侧着,在揣测我。

那大概是"情书"吧?无所谓的情书,不是没有收到过,所以无所谓在意不在意。拆开——这字真难看,还潦草。当然这都不是理由。即使没有任何、任何的理由、原因,我想我也会否定他。因为我只有13岁。

信上说,他叫付强,今年19岁,张家口人,到我们这里当兵两年了,然后絮絮地讲了一些部队生活的琐事,信的末尾讲,今年年底他就要复原走了,临走前希望认识一下!

多少年后,当我们的人生转过了一个又一个的弯道,我依然难以忘却他笑起来时张扬的面容和浓浓的青春的气息,以及从我耳边略过的那挥之不去的呼吸。他的青春太激昂了,是那时的我还不曾拥有的。而那时候的我13岁,和同龄人相比,其实我的心智并没有开化,或者说,早已滞留在多年前那个夏日的早晨,手中的书被人抽走的一瞬间,没有离开,也没有归来。顺手把信压在了床铺底下,这件事对我来说,我不觉得我应该有所回复。

## 11

第二天下的瓢泼大雨了,晚自习没有上。

第三天,同样的时间里,我再一次见到他时,他站在"海后"的门前,用热烈的眼光迎接我。我扬着脸,假装视而不见,他失望而诧异地用目光追随着我。我紧张着转过街角,觉得这里应该是走出了他的视线,暗暗地松了一口气……

脚下,模糊的影子像细长的悠远的梦。

水泥路,小石子都快要磨穿出来,有小水洼的地方,暗夜里闪着亮光。一个陌生的影子突然就跟在我的脚下。

我靠左他也靠左,我偏右他也偏右。我的心揪了起来。

那时,或者说那个时代,我们的小城不算是个安逸的所在,这条小路的尽头就是法院,白日里听人说有一个女人来这个告状,告到没有希望了就在法院门口的铁栏杆上系了一段绳子将自己绞死了。四周围大大小小的房子,代写诉状的,替人索赔的,散乱着,也有号称律师事务所,听起来还不错,就是这样一条坐落着公安局法院律师事务所的小街,抑郁森森,盛满了不可说,盛满了对法治安定不够信任的凌乱恐惧感,那是旧时代的印记了。

那个影子离得我太近了,我不得不回头看看他到底是谁。一个明晃晃的东西在我眼前闪过——我觉得他手里有一把刀,吓得我惊叫一声,头一下子撞到了墙壁上。噩梦似的,我又一次看到10岁的那一年严疯子那张近乎疯癫的脸——我从那双对我充满着愤恨的眼睛里认出了他,就是他,几年前用棍子打伤我让我从楼梯上滚下来的那个疯子。在我还没有反应过来这是怎么回事时,另一个身影就冲过来猛地推开了姓严的,挡在了我的面前,把他自己就像待切的鱼肉一样直板板地竖在了刀子前,伸开双臂护我在他的身后。

我躲在他的身后,不知所措,梁小飞,我认出了他。那个在几年前放学路上拦住我对我说,听说你学习很好,那个除此之外完全和我素昧平生的梁小飞。

这是一个完全不对等的关系,梁手里什么都没有,疯子抢一把明到灼人眼睛的刀子。

我心想,我们死定了。

梁护着我往墙角里退,早已退到无路可退,严疯子一步一步向前逼我们,他的眼睛在月光下发出逼人的恨。这一刻,我突然意识到他不是疯子——他的恨太明显了。梁突然侧着身子冲过去,显然他想就此把严疯子推倒,可是这时一道光就从他的耳边略过,他"啊"地叫一声,歪倒在地上,抱着头抽搐打滚儿。我尖叫一声,吓懵了,严疯子的刀应声掉地,不远处,有人大声喊,干什么的。那个疯子立刻举着手做出不太明白当前的情况的样子。付强和三个穿军装的人急匆匆地跑了过来。付强去看倒在地上的小武,那几个人把严围住,突然,付喊道,"……他耳朵被砍掉了!"

我的头嗡的一声。

隐约中,付在到处找耳朵,那几个人在狠狠地拿脚踢疯子,小飞在地上抱着头打滚儿。来了别人,来了骑警用摩托车的人,拽起来小飞走了的人,付拿着耳朵的手到处都是血,他就跑到刚刚下过雨积起来的一个小水洼里把耳朵涮洗了涮洗,然后抬头看了一眼吓呆了吓傻了一动不动靠在墙壁上的我!一切悄无声息的,好像是我失去了耳朵,好像是我的耳朵失去了知觉。

等我从意识消弭的状态清醒过来的时候,付已经不知道在我怎样稀里糊涂地指路之下把我送到了家门口,他推推我,到家了,快进去好好睡一觉,什么都别说。我木讷讷地点了一下头,扭开我家虚锁着的大门,然后转过身来又在木讷里看着他,直到他再三示意着离开。严疯子想杀死我!

这一切宛如做梦,脑子里反复充斥着严挥舞着匕首,小飞惨叫着倒下去的瞬间。我的头就要爆炸了。我简直不能确定发生了这样的事情,我弄不明白到底发生了什么事情。严为什么在那里出现,严专门等在那里想杀死我?太可怕了!

第二天一大早,我跑到"海后"去找付强。他说,梁小飞的耳朵恐怕是接不上了,断得太彻底——我问那应该怎么办,去北京的大医院能接上吗?他摇摇头,不知道。我摸摸我的耳朵,凉冰冰的,心想,难不成我要赔一个耳朵进去?

严疯子倒是关了起来,可他似乎真是一个疯子,显而易见的疯子,公安局正在到处找他的家人!小飞还在住院,也许反倒是他会进少管所——他身上搜出了另外一把刀子。付强说他给公安局的人说了,他们几个战友也都知道,我就是路过的,他们都不认识我。而地皮流氓刺头打架斗殴的事也根本不关我任何事儿,一个小姑娘路过那里看见一场血淋淋的打架本已经够倒霉的了,就不要再把她牵扯进来了。

我争辩,小飞是出于保护我才和严打起来的。付说,难道你非要弄得别人都知道两个男的打架跟你有关系,你觉得好听不? 我又恼又急,可是我不知道该找谁去把这个事情解释清楚。这两个男的真的不是因为我打架。"这话好说不好解释,"他继续说,"那别人会问严为什么不砍别人就砍你? 他是疯子,可你叫得上来他的名字,他是一个你认识又认识你的疯子!"

我沉默了,三年前楼梯上那根棍子砸在我头上的那一幕重现在脑海里,他为什么伤害我,为什么,我,没有答案。

那之后的第三四天,上午的第三节课时间,我突然发作急性阑尾炎,被送到了医院里做急救手术。手术床上,我疼得发着冷汗,小飞是不是也经历了这样的剧痛? 默默地想着,他会怎样,他会不会因此住进了监狱? 会不会因此判了刑? 给我开刀的是一位中年男医生,他已经做好了麻醉的准备,要开始做手术了,为了缓解我的紧张,絮絮叨叨地和我说着闲话,你今年多大了,在哪上学啊,你和同学们关系好不好啊,你的成绩怎么样啊,我有一个儿子,比你可能小两岁吧,很知道学习的,天天都起早贪黑地念书……慢慢地我睡着了——黑暗漫无边际,夜在延伸,一直在延伸,街道走不到尽头,我看不到眼睛,我感觉到的一双眼睛,小飞的眼睛,小飞在梦里冷冷地看着我,忽然就抬起了自己的右手,摸向耳朵,那一边是付强拎着血淋淋的耳朵,来回张望着,找到一个水注冲过去,拿着耳朵在里面涮呀涮呀,还拎起来看了看有没有洗干净那血迹……

当我从手术的麻醉里醒过后,刀口开始疼。越来越疼,我觉得就要把我疼死过去了。可是,如果有这疼痛能够还上小飞的耳朵,我情愿就这么疼下去,疼下去也比让我这么欠着他要好上万倍万倍。

妈妈似乎隐隐约约地知道了校外的那场动了刀子的案件和我在某种程度上有所关联,她觉得我可能是路过看到了,吓着了。她拐弯抹角地询问我,我接受了付强的建议,什么都说不知道,什么都讲没见过,以沉默回应她所有的疑惑。

现在再想起来这件事情,我常常想,当时的我固执而愚笨,我原本可以借着这个根本怨不得我一丁点儿的事儿把严疯子两次伤害我的情况原封不动地讲给家长,让家长帮我找到原因,找到解决的办法,开脱了自己,也开脱了梁小飞,可是我没有,我什么都没有去做。我选择了最蠢最蠢的沉默,而正是我的沉默不语带给了梁再也再也无法挽回的创伤以及更重要的——清白,也使得,使得我的人生在多少年来一直停留在血淋淋的耳朵上边久久地、久久地没有安宁。灵魂不得安宁,还有什么会安宁?

还有一种我沉默不语的原因所在,那公安局的大门太高了太阔了,我以为走进去的所有的人都是坏人,都是会受到惩处关起来也许还会打一顿的,我怕我走进去就出不来,我以为我只是一个怯懦的孩子,即使是一个有可能改变别人命运的证人,我也只以为自己是一个孩子。可是,孩子迟早会长大,长大后迟早会面对自己灵魂的审判,这一点我早该懂得,却早不懂得。

小飞会被判刑。付有一次专门出现,跑过来告诉我。他不是未成年吗?被人打伤了,而且耳朵都掉了,怎么还要判他?我很诧异。付说把他送到派出所才知道他身上竟然是有一桩因拦路抢劫而伤人的案子在,并不是因为这一回。而且,他上一次拦路打伤的那个人,就是严疯子!他抢了严疯子百十多块钱,而且是拿着刀子划伤严之后抢下来的!

他竟然是个拦路抢劫犯!我心里惊呼一声,简直接受不了这样的事实——少年时他拦截女同学,不曾想现在他竟然可以做出拦路抢劫的恶劣行为——那几年也还是"严打"时期,很多人都知道,拦路抢劫的性质比偷盗、诈骗严重很多倍,此事无关金额,单说性质。

这显然,他们两个人之间是有他们的恩怨故事,显然,这应该和我没有什么关系,他们的争执早已在此之前,我只是这回才无意介入的一个局外人。我反复咀嚼着,付告诉我的那三个字,"局外人"。为什么我是局外人,对呀,我没有理由是那个局内人啊?我的人生,从我记事起,就跟这两个人没有什么交集,没有什么联系,他们打他们的架,我只是过马路不小心撞上了两个打架的吧。

我的心,我想它在最深的意识里惊异不已。可是它很笨,也很软弱,它没有胆量追问下去,不敢再追问下去,也不知应该从何追问起。这么说,这一次只是一个导火索,这么说,他进去了,这一件事情怪不到我的头上,这么说,我可以轻松地选择离开?我偶尔冒出来的丝丝疑窦也随着付强的复员,再也没有机会找到答案。

这一切既然和我没有完全必然的联系,那么,我最自然的选择当然是离开,沉默也坚决,似乎毫无感情,因为,没有关系。

这个夏天,静悄悄地过去了。所有的秘密,所有的疑惑,如浮云消散,无迹可循。

我们的从前,太过于自怜自伤,懦弱无力,我们以为这世界的张狂从来不在我们自己手里,我们抓不住,什么都抓不住,一直过了很久,我才知道,不是我们抓不住,而是,我们的怯弱,让你我早已从灵魂的最深处自顾自地以为我们什么都不能做,我们什么都改变不了。我们只是这个时代最微小的一层,却又是最顽固的一层,不改变,不肯改变,什么都不能改变,微小的、平静的、顽固的、低沉的。

然而,到后来,我们突然又张狂起来,不知道从何时起又张狂起来,又以为自己不平凡,以为自己只要用力,只要拼一把就可以改变这个世界。多好笑嘛,做人怎么就这样,少年时走懦弱的极端,青春后走肆意的极端,这就是我们的生命吗?这就是在这世上,活了好久之后总结出来的新的人生心得吗?就是觉得很滑稽,很好笑,不自量力的好笑。

心里有一句话,我生来平庸,怎么又生来骄傲。

## 12

某日,一点阴差阳错,我还是找到严疯子的家。他叫严福,很早就知道。我也不是故意,但既然找到了,就希望弄明白,我的胆量有时有点离奇。

西城街一个落寞到极点的巷子,严的奶奶在巷子口摆了书摊,靠着往外租书维持生计,爷爷有严重的风湿病,我见到他的时候,手上的骨头都已经变形了,突出的关节像骷髅似的眼睛,整个人却像被抽去了骨骼一样蜷缩在屋子里的一张钢丝床上,身上盖着脏兮兮的被子,眨巴着眼睛使劲地看我。严的父母不知何踪。警察已经几次三番地来过他的家里,严的奶奶对警察说,愿意拿什么就拿什么,反正这个家就这个样子。一个人最后实在看不下去了,反过来给他奶奶留下了几十块钱。

那一句话说,可怜之人必有可恨之处。在我小的时候常常从妈妈那里得到的却是可恨之人也必定有他可怜的地方。我要同情这个疯子吗?反复想要伤害我的疯子?

一个抽旱烟的奶奶。从我见到她的那一刻起她就在不停地抽着,看起来就像一个巫婆。我从来都不知道女人还能抽烟,而且还是个老人,我很震惊地看着她吞云吐雾摇头摆尾的样子。从前屋里穿出来,有一个小院子,我张望一下,找到了一个马扎和一个木头凳子,摆放好,自己先坐下,等严的奶奶也坐下来。我说:"你给我说说吧!"

"我们福也真不是想伤你,他那是中了邪了!上辈子造的孽遭报应了这是,作孽的!"她布满皱纹的脸上全部都是泪水,攥着烟袋的手使劲地捶打着自己的胸脯,烟灰飞得到处都是。我不懂得她恸哭的理由,却跟着心软了。

严的奶奶给我讲了一个漫长的故事,我竖着耳朵专心听,生怕有一点遗漏了。让人惊异的是严的奶奶竟然是一个讲故事的高手,而且充满了浪漫的色彩,一个偷情输理的故事被她从头到尾当做一个爱情传奇华丽丽地秀了一场!每一个小章节里有一句话总是在不断地被重复"就跟那书里说的一样",以致我自始至终都在怀疑我到底是在听事实真相,还是在听评书。

那时候的收音机里天天在放一出评书——《三女乱唐》,我每次刚刚听出来一点趣味,都会听到一个女声悠然地说,听众朋友们,今天的评书《三女乱唐》就给您播送到这里,欢迎您明天同一时间继续收听,"明天同一时间"是一个多美好的期待!

而现在,我正坐在一个企图杀死我的人的奶奶身旁想要听一段评书,听一段与我相关,并且肯定并不美好的过去时间。

我去掉了她的"就跟那书里说的一样",书里的故事从来不都是美好的吗?我觉得我可能要听到的故事并不美好,并不像书里一样。

1976年的春天,县城还没有醒来的早晨,一个男婴的啼哭声打破了巷子的宁静。疲惫不堪的母亲在自家的土炕上平安地生下了她的第一个男孩,她利索能干的婆婆正在一旁欣喜地包裹小婴儿,小姑子也在一旁满心欢喜地拾掇。满脸疲惫的新手妈妈沉沉地入睡了。即使在梦里,世界上也再没有比得到一个健康圆满的孩子更让人觉得幸福、更让人觉得美好的事情了,她甚至忘记了她曾经拥有过的那些个孩子。

她的丈夫在离家很近的制锹厂上班。很近,可是也很忙,全国都在建设,到处都在大干,好像到处都很需要她丈夫厂子里生产出来的那一把把明亮的有力的铁锹。每天全国各地来制锹厂拉锹的车都排成一个长长的纵队,她的丈夫把着出库的金钥匙,大笔一挥就可以拉出一大卡车的铁锹。

他急匆匆地往家里赶。早上上班的时候媳妇还好好的,刚到单位就被邻居赶来通知生了,生了,三下五除二,你媳妇就给你生了一个大胖小子,速度快得都没有来得及上医院。儿子,儿子,我有儿子了！和三年前他第一次做父亲怀抱着一个小小的羸弱的小女孩的感觉明显不一样,这三年来他每时每刻都在期待这个生命的降临,这个小生命的意义对于他们夫妻两个来说太特殊了,好像远远地胜过了孩子本身。

儿子,再也不会是一个女儿了。从过去的某一刻起,从当初那个小小的生命从他们的人生里消失的那一刻起他就知道了,他们再也不会拥有一个女儿,她的体质里有一种基因,相当恶毒变态的基因,这个基因决定了她只能生儿子,她生女儿会死掉,生一个死一个,而且那个死亡的过程痛苦而决裂,这三年里她怀了三个女儿,死掉了两个,做掉一个,而她的世界里已经再也容不下任何一个孩子的来去了。

他安慰她说,没事,我们光要儿子,传宗接代的儿子！终于等来了这个姗姗来迟的儿子。他们会有多宠这个来之不易的孩子,简直无法想象。

然而很快他们发现,在生孩子的这个问题上,上天还是给他们开了一个巨大的玩笑。这个孩子时不时地就会把自己憋成青紫色,一个在医院工作的亲戚来探望,赶上了孩子发作的时间,亲戚目瞪口呆地看着这一切,简直都无法开口面对他们夫妻。最终,人家还是好心地提醒了他们,去医院检查一下吧,这个症状和先天性心脏病太像了。

一个山一样的玩笑,在先心病几乎等同于绝症的年代,在手术费据说是天价也不一定能做好的年代,夫妻两个人在孩子确诊后的第一个夜里绝望地号啕大哭,生活是怎么了,真的每次都在给予崭新的希望,而后又都要无情地带走吗？

他们决定为这件事情赌一把。在孩子 4 岁的那一年机会来了。

那天下午,有人要订 20 万的铁锹,想要在四个月之内拿到。事实上,订单已经排在半年之后,单位收货款一般只收三个月之内的。那个采购员从前和他打过几次交道,塞了他一些零钱说,兄弟,往前些,给想想办法。他没办法,但鬼使神差地收下了钱。20万订金,加零碎。

孩子的手术,迅速在北京做好了,而他也迅速地消失在了这个小城里。就连孩子的母亲也不知道他去了哪里。而跟他一起同时迅速消失的还有一个人,我的姑姑方小曼,那一年,那一年姑姑刚刚高中毕业,没有考上大学,她给家里留下一封信,就离家出走了。

三年后的某一夜晚,在我的母亲和父亲还刚刚成为一家人的一个夜里,有人敲了敲了我家的大门,她抱着一个只有几个月大的小女婴进了家门,来人说,这是小曼在外面生下的孩子,一个月前她在武汉无意碰到,就把孩子托付给了自己,托她务必把孩子带回去给她亲哥哥嫂子,然后她就又一次消失了。

严的奶奶说,福就是那个做了心脏病手术的孩子,而我就是被人从武汉带回来的小女婴。我的世界在那一刻崩塌得片瓦不存,"本质上,你们两个是亲兄妹,一个爹,两个妈。"

我傻在了那里,为了弄清楚若干年前与若干天前两件事情的秘密,我收获了一个更深的更难以化解的秘密,而这秘密简直要把我压倒……怎么可能,为什么,会有这样的事情发生,我简直无法相信,可是,我似乎又不得不相信。不然,这个老太太为什么要这样撒谎骗我,她有什么必要可骗我的,没有吧,好像是没有的。

我想起,妈妈说的话,不要像你姑姑那样只知道臭美,她话中有话,而我怎么就没有听出来。

我去家里搜索关于"姑姑"的一切,关于"方小曼"的一切,我用颤抖的手在抽屉里翻找,一个抽屉、一个抽屉地翻找,我什么都没有找到。大概是因为当初她离家出走的事情太不光彩了吧,也大概是因为我们家里从前都是稀里糊涂地过,我没有找到一张她的照片,其他两个姑姑都有照片,只有她没有。

背地里我也曾偷偷地问爸爸,我是不是还有一个小姑姑?爸爸立刻黑下来脸,"不要提她。"当我再鼓足勇气去问妈妈的时候,妈妈叹了口气说,等你长大以后再说吧,我也没有见过她,我结婚之前,她已经跑了。

我忘了在哪一本书里看到过,"人是需要有出处的,如果一个人从前不知道她从哪里来的,如果那些故事一直就隐藏在尘土里,那她的心就永远悬着,永远没有落脚的地方,永远受伤,永远疼痛,永远没有家。"

我觉得这个事情不能不了了之。若还像从前我对待别的事情的那个态度,我的脾气是爱怎么样怎么样,可这事不行。我翻来覆去地想,到目前为止,这个事情里受伤害的那个人好像就我一个。不行啊,不可以是这样,我不能是这样一个惶惶的来历不明的孩子,也不能生活在这样一种未知的迷茫里。但,到底如何开口,如何开门见山地问我妈,你到底是不是我亲妈,这点我还没有想好,我还没有十足的勇气。

13

我酝酿了太久的情绪是在一个月色明亮的夜晚爆发的。妈妈做了晚饭招呼我们吃饭,我看着电视磨磨蹭蹭没有去厨房。"吃饭,迎迎,是说你呢不是?"妈妈声音里都是不耐烦。

我白天刚在学校跟同学还闹过一点矛盾,你不耐烦,我还不耐烦呢,我就没有回答,坚持不言不语地看我电视,对喊话置若罔闻。

我妈急了,我听着身后妈妈走过来的脚步声都充满了"杀气",我今天又要当了她火爆脾气的牺牲品了。我做好了接受这一切的准备,坦然地,唉,真坦然啊,现在想起来,我修炼了多久修炼到如此坦然。但是,那一天,我还是高估了自己,那天,我被妈妈训到又一次冲出了家门。

月色明亮,万家灯火,我是那个回不去家的孩子。那一个问题又一次萦绕在我心头了,怪不得从小到大就能无数次地吼我骂我,怪不得一点点都不心疼我。原来,这个家,本来就不是我的。而我的家又在哪里?

我拖着满心的伤,在路上走着、走着,此时的我14岁。我好像活在了自己的人生岔路口一样,我在外面久久地徘徊,我想着自己将来该怎么办?我要去找她吗?我要去找他?那两个完完全全将我抛弃得没有音信的两个人?

皎洁的月光洒在脚下的小路,树影婆娑,有时明有时暗,我抬头看那明月,那是一首诗,一句词,月亮在白莲花般的云朵里穿行,晚风吹来一阵阵快乐的歌声……

晚风拂面,我决定这件事情要和家里的那两个不疼我的父亲母亲谈一谈。该怎么谈呢,我一边走一边想,不知道自己应该选择什么时候开口。明天吃早饭的时候,还是吃午饭的时候?还是吃晚饭的时候?人生好麻烦啊,一直在吃饭。可每次我吃饭的时候,我妈都不让我说话。肯定,还没有等我说到核心内容,我已经被她血脉压制到不敢吭声。

不知不觉我走远了,走到了离家四五里地或者更远的地方,我认得又不太认得的地方。渐渐人家稀疏,道路有点黑灯瞎火了。身后,突然亮起一片昏黄的灯,接着摩托车的声音"突,突"把我吓得一下子定住了。

那人停到了我的身边,"小姑娘,大半夜的你怎么在这儿?"

我看了一眼来人,他戴着黑色的鸭舌帽,低着头,脸被什么遮住了,只露出来一双眼睛,在夜里这样的装扮,很是瘆人。我似乎完全看不清楚他,一个口罩,鼻子嘴巴都藏在里面。这是初夏,没有人应该是这样的装扮。我在恍惚里看到他眼睛的那一瞬间,觉得他绝对不是个正常的路人,他比我以往看到过的任何一个人都危险。那一刻,我甚至想到,我今天能不能活着从这个人身边逃走。

"我家就在前面,我回家。"我说,脑子里迅速地在想,我这是走到哪里了?隐隐约约,我知道这里好像是距离我们家并不太远的地方,刚刚没有多久前,这里好像断断续续在盖房子,这里应该有工地,有工地就有看工地的人。

他骑在摩托车上,不太方便开,也不太方便停,更不方便离我太近。我看向那个摩托,心想这上面要是挟持上我这个人走的话,事实也挺难,也没绳子,我觉得他得靠骗才行,其他的情况带不走我,一时我心里稳住了。

"你往哪里走啊,是不是你的车没有油了?我爷爷在前面工地上住着,他那里有油。"我撒了个谎,我之前在工地上看到过柴油机,有柴油机的地方想必应该有油,至于我说的爷爷,我爷爷好好地在家打牌看电视呢。

"噢,是吗?那我跟你一块过去看看啊,我带上你吧,能走快点。"

"不用,挺近的。"

就这样一前一后,他紧紧地跟着我走。路越走越远了,还没有工地,没有看工地的小房子,我突然认出来了,我这是走了相反的方向,这里走下去是大片的麦田,突然我有些绝望了。

完了。心想,这下子,我要被人贩子带走了。

前面突然出现一个一米高的方方的大黑影,我一下子认出来这是一间荒废的机井房,对,是,而且就是我白天经常来玩的地方。这是到了我熟悉的地方,我不迷了。那里有一口井,两米深,没水,上面原本覆盖了一块大石板的,后来没了。

他说话了,"迷路了吧,还说要回家。"

阴冷的笑声。

我硬着头皮,瞎说起来,"没有迷路,我家从这里可以拐过去。"

十来年之后,当我再给别人描绘这件事情的时候,别人都会觉得不可思议,一般人怎么能说出来这样的话呢,正常人也不应该相信吧,他一个20岁的青年,怎么就那么容易地上了我的当了。但是,这是真的,当时他不一定是相信,但他一定没有想到我能那么镇定自若地坑他——对他来说,是坑,可是对我是自救,我当然能了。

这里显然什么都没有,只有那间半截的小房子,若说可以从这里拐过去,只能说能拐到鬼地方去……

我就越过田间的沟,直直地往那个破落了的机井房里走去,心里紧张,脚步并不忐忑,我知道这是我唯一的机会。他骑着摩托停下来,他的车后来一直都没有开火,大概怕惊动人吧。

我还装作催促似的扭头,"你快来吧。"他大概也想看看,我往后怎么演下去,停车向我走了过来。我觉得自己距离死亡应该很近、很近、很近。

我闪开的路,带他直接跳进了井里。

这里是我从小玩到大的地方,周围几里地的孩子没有人比我更了解这个被荒废抛弃的机井房,确切地说,我闭着眼睛都知道这里面的井在哪里,石头在哪里,不用了的那个巨大的大粗井管在哪里。

唉,直接把他摔得疼晕过去了,半天没人吭声。废井无水,我确定。我坐下来,开始害怕起来。

他缓过来的时候,在井底破口大骂,"你想死呢是不是,等我上去我弄死你。"反反复复,难听的漫骂……

我渐渐听不到了,那一天,我的智商感觉到了我的人生极限,我还拽走了他摩托车的钥匙,撒丫子我就往回跑了。也不伤心了,也不苦闷了,也不迷路了,我朝着家的方向一路飞奔,飞奔,我要赶紧远离这个危险重重的地方。

脚下一个趔趄,我掉进了田间的沟里,这一跤,我多少是磕破了一些,疼痛,让我体会到了被我骗下井的那个人。我是有点疼,想必他一定是真的巨疼,听他掉下去的声音,都是与石头的撞击。我的头似乎也磕撞着了,额角发烫,有些眩晕,渐渐的,渐渐的我觉得自己好像睡着了,又好像是晕过去了。

听到有人在喊我的名字,"方迎迎,方迎迎。"是妈妈,远远地听到了妈妈的声音,我终于彻底地委屈起来了,我大声地在沟里哭,"妈,妈——我在这里,在这里。"

"迎迎,迎迎,怎么回事,摔着了没有?"妈妈循着声音过来,终于找到了我,爸爸在她的身后,我在沟里,上气不接下气地哭:"妈,我抓住一个人贩子,我把他扔机井里面去了……"

拉上来我,我们没有去看那个人,赶紧离开了这里。爸爸回家的第一件事情,去报了警。

那天晚上,他们抓到了这个在邻县,就很近的河南林县跟人打架伤了人的逃犯……抓到他的当天,被他打伤的人死了……我遇事就会发烧,就像小时候的那一次一样,我这次又狠狠地烧了起来,烧了又退,退了又烧,反反复复。

这么多年过去了,我终于可以轻描淡写地陈述这件事情,可是,在当时,我缓了很久很久,都是害怕、害怕、害怕以及后怕。如果当时他从井里爬出来了怎么办,如果当时妈妈没有及时找到我怎么办,如果他没有像我计算的那样准确无误地掉到井里怎么办,每条如果里面,都包含着我可能送命的结果选项,我一想起来就不寒而栗。

14

我和妈妈开诚布公的谈话是在那次他们把我找回来之后。没有这样一次时机,我好像永远开不了口。我就是那种活得无比拧巴的人,我一直在寻找自己和妈妈之间最亲密的那个点,不光是和妈妈,好像越是亲密的关系,就越容易让我生疑,我比谁都在乎这些,可是我似乎又永远在怀疑,不敢讲太多,不敢问太多,不近情理,盲目自伤,只有清楚地看到自己被坚定的选择,才能说出来。

妈妈被我的心疑和胡思乱想震惊到半天说不出来话。她反复地确认,你真的相信了那个老太婆的话?此刻,我也只有点头。虽然我并不确认,并没有当着那个老太婆的面说,我信了,但事实上,我在心理上是接受了她的说法的,我似乎只是来让妈妈求证点头来了。

妈妈有些哭笑不得,"我白养你这么多年了,白生你,白养你了?伺候你吃,伺候你穿,到头来你给我怀疑是不是我生的你?你给我找你亲妈去吧。"她顺手拿起床角的扫床的一个小笤帚隔着被子在我身上拍打。这份亲昵,突然有些熟悉。

我依然在傻傻地痴痴地询问,"那方小曼到底是谁啊?你们谁也不给我说。"

那个夜晚,夜色精美,月光是要清洁我百般思绪的童年与少年,离近一点看,是儿时懵懂无知的呓语和少年不知愁滋味为赋新词强说愁,离远了看,是他人的撞伤,与我自己的剐伤……

这世界上的确有个名叫方小曼的女孩,但她既不是我的"妈妈",也不能算是我的姑姑,那是曾经在我家隔壁借住过的女孩子,那一年,她也确确实实与人私奔,那一年,她也确确实实带回来一个几个月的小婴儿,那一年,爷爷奶奶在一片流言蜚语声中帮着她抚养这个小小的娃儿。

我打断妈妈的话,"什么叫帮着抚养?方小曼也一直都在孩子身边吗?"

妈妈看了我一眼,"这世界上能有几个不养自己孩子的人,能有几个狠心的妈妈?小曼带着那个孩子在家里大概住了有半年的时间,当时你奶奶看见她一个人带孩子不容易,都一直在帮忙,还想着给她张罗找个正经人家结婚嫁人,她也不应,可能是觉得孩子太小,没法应吧。"妈妈顿了一下,"你的爷爷奶奶,待她很好,因为同姓邻居,不由得伸手帮了一把,但是又不是自己家的人,也不能像训斥自己家人似的说你应该结婚,离开这里这样的话,也没有说过。可她生的那个女孩,天生就不是个健康的孩子,从生下来就没有好过,9个月的时候,孩子死了,方小曼姑姑,姑且应该喊姑姑吧,跟着孩子的死就跳河自杀了……"

妈妈用几乎完全平静的语气简短地给我讲,讲一段故事,寥寥几句话,那竟然是一个女人的一生。我愣住了,"孩子死了,她就跟着死了?"

"她跟咱家不是亲戚,咱们不了解她家的具体情况,你奶奶还因为这件事生了一场病,她照顾那两个人时间长了,有感情了,后来,后来在咱们家里就不愿意再提起来小曼了。都没有见过小曼的亲人,一个都没有,你奶奶常说,那个孩子太可怜了。确实很可怜,连下葬都是周围邻居这帮一把,那帮一把的……"

"我结婚嫁过来的时候,她已经去世一年多了,一年以后,我才生的你,你说你跟她能有什么关系?傻妮儿。"

我若有所思地"哦"了一声,心里说不上来的滋味,欢喜也悲伤。这个简短悲伤的故事里,我并没有出现过,我不是其中的那个悲凉的牺牲品,完全和我没有关系的故事,可是,那个叫小曼的女人,和她的孩子好可怜啊。

"是觉得妈妈见你不亲,让你胡思乱想了?"妈妈托起我的脸,我有些不好意思起来,"对不起,妈妈不是故意的,昨天晚上,妈妈想了想,是不是妈妈平时太凶了?嗯?"

我忽然意识到这或许不完全是妈妈的错,作为一个十来岁的孩子,我的判断力实在是太差了,别人一个拙劣的表演就轻而易举地让我放弃了对母亲这么多年生养的信任……但,这老太婆为啥这么骗我?我疑惑地问妈妈。

妈妈微微地抬起头来说,"我也不是很清楚严家跟小曼的关系,那也许他们真的曾经是一家人吧,也许,现在他们什么都没有了,就只剩下活在自己的世界里胡说八道了——却来坑害我的孩子,可恨。"

我若有所思,明白了一点点。妈妈又说,"这可怜人啊,自有可恨之处,无语了,骗到我孩子头上了。"说着,她伸手拍了拍我的脑袋,"傻不傻?"

我只好在心里说,"有点。"

回想我的家庭,这些年,爸爸妈妈带着我们两个人长大,妈妈从早上在五点左右就要起床,要做饭要收拾屋子,每隔两天,她还要赶往几公里之外的姥姥家住上一个晚上,照护生活已经不能自理的姥姥,几乎整晚不能睡觉。可是,学校里的早课晚课以及日常的课程,她一天不落的不耽误,年年月月日日如此,年年月月日日如是。

她那样辛苦奔波的一个人,到后来脾气越来越不好,想想有一半是生活的辛苦以及冬日奔走的寒冷给冻出来的。而我却一点也不懂得体恤她,反而用听来的乱七八糟的故事去揣测她,把自己生活当中本来微不足道的小事无限放大,放大,放到自己收不住……

这世界上互相关爱的亲人之间其实没有什么解决不了的矛盾,妈妈抹去我脸上的眼泪,掐着我的脸问,"自己看看表几点了,起床不起床?"

"起!"

"我是你亲妈不?"

"是。"

"小丫头!"她拽了一把我的耳朵,又在我脸上重重地亲了一口,"起床了,乖儿……"

## 突然的大雨

我撑着伞从静的车上下来,那些着急忙慌的雨就从四面八方向我扑过来,白色的裙角做了细藤似的准备,拧着拧着就把人卷裹了起。我慌慌张张地解它,细高跟鞋陷进了雨水里,泥沙在脚趾间游转,这一幕,突然好似熟悉地发生在很多很多年之前。

原来我已经失去了描绘它的兴致。

绮丽之年,原本是我在红袖里写过的一篇文章,七月,七月烟火123,七月812烟火,我尝试着将这几个数字组合来组合去还是没有拼出密码,那些可能注定要让我忘记。

回望广场,人影攒动,下着这么大的雨,你们怎么还不回去?不由得暗暗嘲笑他们,也似嘲笑着自己。

谢牙牙的,终于给我找到了。我有一个蓝色的小豆侠,通透晶莹,树脂做的小玩意,却是儿子送给我的精美礼物。我把它挂在包上,一荡一荡的,心里很美。

3路车穿过整个城市,我坐3路车跑到江水去看物是人非,你骑着单车穿过整个城市,拎着一碗老豆腐,敲醒我们整个宿舍的早梦。

十年,陈奕迅唱着,"我的眼泪不仅为你而流,也为别人而流"。

我从来没有将你写进我的任何一段字,我以为你不值一提。

红茶馆和式屋里,那个骄傲的母亲说,我从来不希望我的儿子带一个邯郸的女孩给我,他的风水里邯郸不利。我突然站起来,冷笑着回她,那太好了,你以为我想站在这个位置?

"他不羁的脸像天色将晚,她洗过的发像燃烧的火焰……"

突然的大雨,淋湿了我的骄傲。

原来，我沉静孤单的青春里，你并非从未经过。

我的心太小了，装下了一个针眼的疼，便再也装不下一个含笑的眼。

元元说，她现在和彭楚在一起，彭楚一个人带孩子。元元还说，去新之前，你找彭楚，彭楚讲早知道你是这样的人还不如把你还给我，你扇了人家一耳光，彭楚说，看见了吗看见了吗。元元讲，她从不知道你是这样的人。我也震惊，你从前不是这样的人。但，你有别样的不好，总之没有长在我性情里。

红茶馆外，你拉住我的胳膊，用近乎哀求的口气说，我妈妈就是这样的人，你别和她斤斤计较。我推开你的手，对你说，"话都说到这个份上，你也应该明白，我不将就她，是因为我从来没有喜欢过你！从来没有。"

如果，有一天我的儿子带了他喜欢的女孩过来见我，我会不会也对她讲，你家乡的方向对我的儿子风水不利？然后听到她以同样恶毒的语言还我，而后绝尘离去，让我的儿子在几年几年的时间里缓息不过来，迷失了自己。

我撑着的伞被风吹得翻了个个儿，像一朵多嘴的喇叭花。隔着玻璃，我看见我5岁的儿子在沙发上和他7岁的小表哥蹦跶来、蹦跶，老公倚在一旁低着头摆弄他的手机，不时地自己乐着。婆婆的卧室里传出电子钢琴的声响，婆婆叫儿子，宝贝儿，你妈妈回来了。两个孩子立刻从沙发上跳下来飞奔向卫生间里隐蔽。而我，一边换着拖鞋一边大声地喊着，孩子们都出去了吗？天哪，这么大的雨天他们去哪里玩了？好像没有看出他们小小的把戏似的。

生活生动得像一面镜子，清清楚楚地看到了自己。

我安静地沉下心，把你写出来。在那一场突如其来的大雨里，无论你讲的，我说的，还是别的其他的，都已经无关紧要。不过一场雨水汇集的河，过了连绵泛滥的季节，统统流向四下，远方也好，下水道也罢，各自江湖，各自欢笑，各自悲戚。

# 布谷海

我做了一个冗长的梦。

我知道是哪一条路通向麦田,春天的阳光下还有些冷,麦苗确是足够的成熟和香甜了,那一片片从南头一直黄澄澄地绵延到北头的土地上,我只能看到一垄一垄的分割线,一个人也没有,一个鸟也没有。后来就起了一阵风,麦粒被风就刮了起来,我心里无限地慌张着,怎么没有人收割这里的麦子呀。它们分明已经饱满的成熟了,却好像寂寞似的被遗忘在荒野上。人们都没有赶来这里,只有我这样一个外人焦急地等候在春天里。

是呀,春天里麦苗怎么会成熟,是呀,春天里我怎么会在这里。我还要等多长的时间才能够等到收割,我还要等多远的距离人们才会开着他们的马车、拖拉机、人力小排车儿零零碎碎地来。我蹲在地上哭了。可我早知道这一切都不会来。

我从初夏布谷鸟的第一声鸣啼就知道了。它放下了所有的桎梏给别人的怀里,它自由自在地走了,它根本不要这一季收获的小麦。后来,我才知道它连小麦、水稻、高粱都不要,全部都不要。

而我也傲慢,如果她不爱我,即使回头又怎么样,我是不会心甘情愿为她所驱使。所以,我不可以要一个女儿,她会如我一般杀了我自己,像杀死一个匪徒一样。我是过了好多年后才明白这种逃亡,一个终生只肯做女儿不肯做女儿母亲之人的逃亡。

我满身是鲜血地匍匐前进在我自己的葡萄园里,胸口的那一片鲜红把地上的泥土都染红了,沤进泥土里。而后,我站起来,是一个着了白色衣物的游魂站起来,我的身旁则是一群笑容灿烂的白衣少年在歌唱,总有一个人看到我吧,但又没有一个人低下头来看我一眼。我又如何在一个世人面前解开自己的心胸。

　　我爱上的那个人,是这个世界上最寂静的一个人,要是他发出一点声响,我便无法爱上。

　　当我对着镜子看自己脸的时候她就出现,而当我拿起一本书走入某种岁月当中的时候她就消失了,一点也不肯承认这种存在。

　　我问自己,你是否同意我把一双洗得干干净净的手伸向你的胸口,解开那一个幽暗的纽扣,但我又哪里有一双干干净净的双手。

　　囡囡,有些话只能我自己听到,它们轻微的沉重的在我的一生里弥漫,我在很长时间里是不想把它们捡拾起来的。我为这些话、这些镜头,准备了很多很多别人的经验教训,甚至包括几百年前的死去的老人的格言,我以为是可以的,但是,我不知道它们又变成另外一种语言,重新在我的生命里生根发芽了。使得我,只好枯萎了,在反反复复无法说服自己的时光里枯萎。其实你应该发现我,连我自己也是一样的不爱。

## 西林有雪

在一个富丽堂皇的宴席上,母亲遇到了一个人。她伸出手,轻轻地握住母亲,说,阿姐,你还记得我吗?我是青梅。

母亲一片愕然,将目光投向那人灰白的额角。呃,青梅?

"是的,阿姐,我老了。"

"我们都老了。"

我们认识的时候都还很年轻——

夕阳落下的西林村口,晚霞映红一片天,惊起点点灰雀。老树的枯枝,形如摊开的麋鹿的角,旁开侧出,奇石嶙峋。乡野的人间烟火,与喜鹊的巢,在村庄的最高处,闭着眼睛,摇摆。

逆光中,那个名叫青梅的女子,嘴边含着一根稗子草,一抖一颤。她苗条美丽,荣灌秋菊,颀长的身量遮住身后一半的光芒,另一半却像急行军一样奔向远方。

17岁,水光潋滟晴方好的季节。她在牤牛河畔浣洗衣物,青衣蓝裤,眉眼俊俏。翠色花朵的布帛,在水里轻轻地招摇,映绿了这河畔溪水,也看呆了对面汲水的画匠。

牤牛之畔有庙殿,四月头,和尚化了三年的金钱缘,请来湖北的师傅给寺庙画壁。据说,善众为寺庙为佛法绘画者,得福无量,天增加持力,佛家称之为"入识"。收工钱的并不在此列,那只是讨生活。

24岁的画匠,一见到这女子,顿时失了魂魄,他结结巴巴地跑过来搭讪,"真的,你是我见过的,天底下最好看的姑娘。"半块肥皂不能拿紧,滑进溪水,她抬起头,慌张地看了一眼来人,就赶紧低下去,低下去,一对红云却飞上枝头。

在画匠出现之前,青梅还没有和陌生男子说过话。在画匠出现之后,青梅再也不想和陌生男子说话了。

相爱,在西林之地,紧锣密鼓地展开,美好,就铺天盖地而来。

浓情吃吃,甜到发腻。

夏秋在更替,晚风刚刚褪去热力,从炎热至微凉,从凉爽到清冷。凛冽秋水,就带着一路落花无情之物,溢过忙牛河。

在一个阴沉的夜晚,闪亮的星星关了天灯,村庄一片死寂的黑。就连看庙门的中华田园犬都如被下了药似的诡秘、安静。

天下不尽的犯罪,都因白日已经用尽,黑夜不肯作为,未来就跌跌撞撞地被暗算。

画匠悄悄地卷了自己的铺盖,干干净净地消失在茫茫夜色中,没有一声预警。

这世间最不缺的东西有几件,寡情的男人、潦倒绝望的女子、看不清的迷雾一样的未来、不谙世事终不能全身而退的过去。以及,狂浪的飞短流长。

寂寞的乡村,终于有了茶余饭后的一大爆料。再不用说张寡妇、王寡妇、赵寡妇,没有一个讯息抵得上一个明眸善睐如花似玉的大闺女被始乱终弃来得更畅快。闲言碎语长了飞奔的腿,东家窜到西家,村东窜到村西。左脸是同情,右脸就是看笑话。人嘴是一张八卦小报,它不疼,它不痒,怎样说都行,管她是不是自家亲戚,风生水起,热热闹闹。

——长得那么好看就不要随便犯错——天哪,那是多不容易等到你出丑。问候与探秘,在入夜之前终于离开,黑夜渐渐爬上窗。

青梅一个人坐在床头,无法说话。她把铜床的一个角盖拽下来,紧紧地握在手里,用力地攥着攥着,痛,是要把手心刺穿。

白天里,南郊寺的和尚,大惊失色地说,他在湖北打架伤了人,怕被寻仇报复,这才出门绘画,他有妻有子,工钱全都寄回了家……

卫生院上班的堂姐,在下午来过,狐疑地看着一窗台的酸枣核,在没人的时候,把手伸到青梅的肚子上面,吓得花容失色。

青梅从她的眼神里,隐约感受到一种被极力掩饰的惊讶和恐慌。她用手掌拂去穿衣镜的微尘,一丝女人般的暗光就突兀地表出来。原先那个熟悉的、少女一样的清澈气息似乎在那一瞬间,消失殆尽。

突然,她也发现那种恐慌,恐慌的来源。

可是,抓不着,抓不着,空气中什么也抓不着,就像从未有过的暗影,让原型彻底败坏……

二十多年前的故事,母亲却把它讲成半桩凄美的爱。我讪笑,在我看来,这只不过又是一桩野地私情,犯不着如此形容词、名词、假设、比拟的一块儿上。"只是因为是你认识的人,你就要美化它,你就要修饰它。你这样让潘金莲怎么办,你这样让李瓶儿怎么办,你这样让秦可卿怎么办?好吧,还有王纯。"我趴在桌子上,手心托着下巴,言语轻佻地戏谑她。可是,那神情,褒奖一下,就像朱茵,紫霞仙子说,我的心上人是一个盖世英雄,有一天他会踩着七彩云霞来娶我。

"你那么无情,到底跟谁像?"母亲也只有叹了一口气。跟谁像?

23岁,命运赐给我一个俊逸的男人。但是这男人,太遥远。我跟母亲商榷,你说,我到底要不要他?母亲回答,这恐怕你要好好地问问你自己。离不离得开他?

我坐在山顶的晨曦里,任朝雾扑朔迷离,往事一嗒一嗒,化作眼泪淹没了自己。我明白,他不是我的人了,我无法欺身上前。

就像小说里说,前尘往事,只够观瞻。

我们再不曾相见,也因这不曾相见,他日渐龌龊成一个仓促的中年男人。我很美好,他很卑微。我不愿意看见他美好如初,他散了算了，日子过惨了，我会觉得，那很好哦，就应该是这样。晨钟初鸣，我像一个恶妇，诅咒他的人生，也扭曲自己的世界。而母亲紧闭着回忆，不肯让我撬开。我才不会轻言不追，我是天蝎座，这个不地道的星座属性里有包青天的一面，锱铢必较，秋毫必查。

况且，我本来也知道一点。1983年11月22日。出生记录上是这么标注的，但是你俩的结婚证是在1984年8月。你们当我傻，还是当我真傻，我只是没地儿理论去。

"你一定要知道，那我也是可以讲给你的，但是，你要明白，无论当时怎么样，大人的苦衷，在当时是解决不了的。"一生在悔恨，半生在怅惘。青梅17岁时撞上的那束桃花，在冬天里，碎了一地。17岁，碧玉年华，还没有来得及揽镜自赏，婉转蛾眉，就硬生生地见弃于人，一个人，变成一团蒲扇，而秋扇见捐。

她又倔又急，还很自以为是。三个月内，堂姐已然看出了她的不堪，她却佯装没有，编出吃胖睡肿的各色谎言，把自己藏起来，骗起来。她仗着自己瘦，仗着是秋天往冬日里坠，密密实实地扎紧自己的腰身。

直到有一天，她去卫生院里借扫把，新来的女医生不明就里，一口一个这肚子六个月七个月了，欢天喜地就拆穿了她。羞耻与委屈如同浸泡了河水的棉衣，又沉重又黏冷。她扶着女医生写病历的桌角，突然跪下去，"你要帮帮我！你一定要帮帮我！"

女医生来自县城，比她大五岁，净白的脸热情而亲和，看起来普度众生、云泥不凡。未婚女撞见未婚女，原本是青瓜撞上青茄子，成双配对的青涩。但是，遇见一个学医的就大不一样。她默默地听完青梅哽咽难言的陈述，同情的眼泪，雨丝风片。

算算日子，七个月了。女医生是来这儿学几天赤脚医生的土法儿，根本待不到她的预产期。承诺好了，谁也不推脱给谁，日子快到了，她就过来，给她接生。村里人是不能信的，你这边生孩子死去活来，那边她们骂你狐媚贱货、赔钱赔命。

那时怎么想的?

母亲抬起脸颊,若有所思,当医生的胆子都大,那会儿,人的命也刚,生个孩子并不当回事,她孤苦伶仃地挺着大肚子跪在那求你,心都让她哭碎了,可怜死了。爹娘都嫌弃她丢人败坏的,扔着不管,我也不管,她只有死路一条。

我凝视母亲的脸。年少时,觉得她性情风火,热热闹闹,甚是吵吵。她不是那种温润如玉的小家碧玉,她拿产钳,操手术刀,划开别人的肚皮,宛若给一条鱼开膛剖肚般轻车熟路,孩子就掏出来。

她对我意见很大,嫌我不听话。期末考试不及格的试卷被她看到,伸出手来噼里啪啦的都给你撕了。我跟她作对,跟她打。有一次,我像牛一样撞在她身上,她半天没有缓过神来,瘫坐下去,喃喃地说,好像打不过你了。然后,她就精明地再也不拍我一巴掌。

但我又跟她很亲,会打我、会疼我、也会拥抱我,她把我养得又热烈又冷淡,而且还不悲天悯人、心慈手软。她一直不明白,我为什么这样,青梅柔得像清风里的竹叶,而我怎么就脾气拧得像吊桥的钢丝绳。

上了年纪之后,她变得分外能体恤于我,和风细雨地帮我收拾物件,温温柔柔地嫌弃我嫁不出去。

她为了看懂我,也为了好好搭理我,去学心理学,去研究哲学,买回来弗洛伊德、黑格尔、叔本华、毕淑敏。噢,原来,是这样,噢,原来,是那样。她为我沉静的牺牲了自己生儿育女的权利。她结了婚,又离婚,只带着我过。"原本是想晚几年生,谁知道,计划生育就管那么严,给你上了户口,却死活不让我生了。那时候,公家单位上班的人,都不让生第二胎,你爸爸的干部身份,正义凛然的。再后来,看见别人在背地里偷生,我们也动了心思,可你大了,我也生不出来了。"

她矢口否认她的离婚和我有关,"是我跟我丈夫离婚,不关宝贝女儿什么事。"那一刻,她伸出手抚摸我的脸,温柔得像一片海。

她,是怎样把我给你的?我艰难地问出最后一句。

母亲的神色有些迟疑,她沉默了好久终于开口。

那一年,初冬,西林就一直在下雪。

村庄形如羊肠,龙葵、苘麻、苍耳、牛筋草、田旋花、泽漆顺次生长,热烈得踩蹦过一春一夏一秋。在冬雪到来之时,遍爱全部的村落,枯萎的层层叠叠。

漫天大雪,不知来路何处,像无可依附的陌上柳绵,染白了岁月俏丽的枝头。

青梅的肚子再也藏不住了,七个月,在往八个月里跌落。女医生还没有来得及离开。她心里恍惚有一种预感,孩子怕是想出来了。"七成八不成"的俗语,让她心头一直悬着,要走的行程拖了又拖,眼看着就像专门留下来,专门要收容这小人一般无法离去。

母亲的子宫已经容不下我了。带着先天不足的气息,羊水混着血水、血水含着泪水,我在新历年即将到来的前夕呱呱落地。她连看我一眼都不想看。

"生下来就是为了离弃?"女医生气急败坏地质问,原来,你就只是想把她生下来,自己痛快,没有负累了,是不是。我有簇新的棉包裹,我有红线头做胡须的虎头鞋,我还有豪华奢侈的龙凤大氅,敞开了就像饕餮的大口,可是它却不想咬住我。

准备抱走我的人家临时改变了主意,如果养不活一个七月生产下来的孩子,对于他们来说,是平添一份晦气。礼品裹上了,没有办法拿走,女医生赌气自己掏钱买下来。那家的婆婆讲,也不是没情面到拿钱,但是实在想要的是男孩。

而我所有的至亲之人,都下定了决心,维护贞烈的道德水准,触及法律的底线,坚决要让这代表了罪恶一样的孩子,有的生没的养。女医生是真没有办法了。

她,22岁,也不比那躺在床上奄奄一息的17岁的母亲强悍多少,理智多少。你们不要我要,你们不养我养的豪言壮语,在被眼前的无情挤对得抖抖颤颤之后,脱口而出。

母亲说,幸好我不是个文艺女青年,要不然你还不把我愁死。她轻轻地拥我入怀,轻轻地对我说着细糯的话,"不要责怪你的母亲,她,她是真的没有办法了。她躺在床上,活着跟死去一样,只能用沉默给我设了个局。我跟她,之前相处了三个星期。那三个星期里,她心心念念的都是你,想着你的模样,想着你的安置,想着你的前程,她知道我父母可能比你的家人更能接受你——我是顺水推舟地做了个未婚母亲,说来——还是我抢了你。"

她的眉眼细润,泪光点点、灯影斑斑。用一个顺水推舟的成语,改变了自己的生命轨迹。


那一年,西林的雪比一生都长。

如果没有遇见你,我将会是在哪里。

纵是这样的接纳,爱,这样的细稔,饱和柔烈,最终也要演变成一场对抗。

2003年的冬天,我在大学的宿舍里玩塔罗牌。大阿尔克那与小阿尔克那刚刚分开,过去、现在、未来,结果都还没有呈现。没有别人,四张床铺卷起三张,就剩下我一个,灰突突光烈烈的自我欢娱着。皂色的书桌摆满了狼藉的英汉词典、牛津词典、计量经济学、线性代数二,百无聊赖地堆作一摊。

母亲突然推门而入,我的惊喜不及张开,一记响亮的耳光就落在了脸上。我惊恐万分,她怒发冲冠。英汉词典、牛津词典、计量经济学、线性代数二哗啦啦、哗啦啦散落了一地。紧接着,是母亲,绝望而无助的大哭,起起落落,声声合合。

一天前,有人把电话打到家里,控诉母亲也不管管家里的那个小娼妇。一个悬壶济世救死扶伤的行医家庭怎么出了这样忤逆不要脸的女儿,仗着肚子里怀了不知道谁家的孽障,为所欲为、嚣张跋扈,还想着借腹上位,还想着李代桃僵,真是不要脸到了极点。污秽的语言把母亲砸的几无招架之力。

塔罗牌的情境在嘲笑,它凛然大笑,哈哈——哈哈,命运,在轮回处反复,性情依然乖张。

孩子是扯淡的,但那男人存在。想上位也是虚假的,但那男人还是存在,"心中一刺未除,又凭空添了一刺。"王熙凤对着尤二姐,眼见这又来了秋桐,头都大了。

"你把江青梅找出来,我就乖乖的。"我泪眼婆娑,惺惺作态,若安陵容之委屈万状。到哪里要去找一个有心藏匿的人。

正如旧时隐逸的岩穴之士一样,如果一个女人记得若干年前,她无心犯下的弥天大错,但又可以瞒天过海不作声张,好好地过完下半生之时,她恐不愿意再顾盼生辉,恐不愿意再歌声嘹亮,恐不愿意再额外生事。

她的十七年苍白无力黯然收场,除了这一小桥段,剩下的生命里却是自由了。她想开一朵花就开一朵花,想敲一根弦就敲一根弦,没有人可以约束,没有人可以替她做主。她匿得好好的,不能被发现。

《时有女子》里有一段:我一生渴望被人收藏好,妥善安放,细心保存。免我惊,免我苦,免我四下流离,免我无枝可依。但那人,我知,我一直知,他永不会来。

母亲说,青梅后来是遇见了把她悉心收妥的爱人,要不要去惊扰她的人生,你自己决定。

这一切痛之源的她,被妥妥得收藏好了,那我怎么办。母亲悲伤地发现,原来,单是她的感情,其实还是不足够的。细细想来,她在22岁之时,把我从农村抱回城里。这期间,到底承受着了多少诧异和流言蜚语。开始,她还耐心地与人解释,她计划的是期许一段光阴之后,这个孩子的家人濯日通达,定会把孩子接走,毕竟是一个生命。

怎料想,最终也未曾有人来到。而这小妞儿,生性敏感、焦虑,在自觉不甚得被爱怜的分分钟里,终日大声号哭,终日悲伤冰冷,终成一棘手之山芋,死死活活地砸在手心。

有一颗慈悲心,但还没有做好作现世菩萨的准备,又被牢牢地按在了莲花座上,动也动不得。况且,到了后来,她在谈婚论嫁的日子里,自身条件被按是个单身妈妈而作,甚至一度找来离异的男青年。而后,开始盘算生育之时,这更发现,那权利,无声无息地已被剥落。

她的人生终因我而改变走向,她的气愤,她的懊恼,可想而知。而给她带来这份莫名其妙的烦扰的我,她又怎能甘之若饴地去爱?她爱我,但又不能全心全意地爱我。我跟她很亲,但又不能全心全意的亲密。

爱,终究还是辽远,渴望,终究还是沮丧。既然得不到,不如就关上。人生苦海,广大无边,不是每一朵浪花都能勇敢面对。尚且还无法平心而对。2011年,我开始出门远游,足迹遍布祖国的山川河月。我听过布谷鸟在丛林深涧中哀婉清绝,亲过山顶深夜凌厉的疾风,取回戈壁滩一片荒芜的骆驼骨,惊醒于海上月光的满目清辉,密林中孤注一掷的狼嚎把我掩藏得很好很好的心,就震得四分五裂、肝肠寸断。

喝陈烈的酒,看不羁的恋曲,拒绝一切青睐有加。世事聒噪,人来人往,红男绿女,聚聚散散,昼将尽,夜将临,寒冬去,浓暑来。谁能拥有什么,谁能留住什么,谁要走,谁要留,都不过是一段过眼云烟,一段心痴意软。我在重庆,巫山脚下的一座书店逗留。武志红的书,横空出世,耀人眼目。境界在打开,欲望在完成,而往事在后退。

深秋初冬的巫山脚下,我终于相信,命运让我和母亲的注定相遇。她的爱有瑕疵,可是,没有她的爱我将怎样颠沛流离,这一切,虽无从得知,可极易想象。

在三亚的蜈支洲潜行。看五彩斑斓的热带鱼,从我身边悠然而过。骄阳透射在水里,天堂是不是这个模样。波光的蜿蜒,满目温暖,波罗蜜的甜腻、椰树汁的清冽,还有那呀诺达丛林濡湿的空气。饱满的归属感瞬间袭来。大自然张开她的双臂,深情地唤着我,我爱你,孩子,我爱你,孩子。

我复又回到母亲的子宫里,温暖的,濡湿的。我也大声地回复她,我爱你,妈妈,我爱你,妈妈。生育和养育,怜爱与救赎,道不明,分不开。我终不再多想,终不再费力费心思把它弄个透透彻彻,干干净净。

我发微信给母亲,嚅嚅地说,对不起,我现在知道,你是那样地爱着我,而我也是那样地爱着你,妈妈,我现在回头,可还来得及?不及半分钟,母亲从微信上切切还与我,青梅已在,诸事皆顺,只是西林有雪,漫天成舞,想来,你应该在回家的路。此刻,我已泪流满面。

## 记忆的痂

那一年的冬天,我上初中,挎着自己蓝色的布袋书包,从学校往回走,手里还拿着一本大书当伞,天空中时不时地就飘下来雪花,我的这本书刚好可以接住它们。学校大门的前檐下,有几个年轻人在抽烟,其中有一个是邻居家的哥哥,他看了我一眼,哎,哎了一声,烟灰在空气中弹了一弹。

我突然明白他要说什么,眼泪就呼地涌上来。我什么都知道。邻居家的哥哥推出来自行车,我就默默地坐到他的后座上,他说,路可滑,你可抓好。我说不出话来,一只手还在捧着书,一只手想紧紧抓住他的衣角,它们在不停地颤抖着。脚下的这条路,平时步行走20分钟,骑单车也就10分钟,那一天像是足足地走够了我的半生。

那一天,爷爷去世。那是我第一次失去挚爱的亲人,从此以后,我再也不是个小孩。

……

我已经忘了是哪一年,或许是哪些年,我就一直沿着那条路在走,一直也没有走到家。下雪天里的放学人群应该是很长,很拥堵,很拥堵,我却只是记得我自己。邻居家哥哥单车的后座上,我忘了是谁,也忘了是否真有这样一个人带着我回家的,我其实从来就没有过什么哥哥。

我一个人走得好冷。下雪了,下雪了。我从来就没有喜欢的东西有两样,一个是冬天一个是雪季。它们密不可分,它们永远在一起,所以它们永远也别想得到我一丝一毫的爱,永远都不行。

就在那样的一个雪天里,我跟着眉目已经模糊的哥哥骑行在回家的路上,他不做任何停留,他今天的任务就是把我从学校接回来,接到爷爷刚刚离去的榻前。

我是爷爷第一个孙儿辈的孩子,我总觉得我也是他最喜欢的孩子,所有孩子里,爷爷是爱我多几番。我的爷爷在哪儿?他消失了吗?那些飘落的雪花,正在一点点地埋葬着回家的路途。白茫茫的天地间,我看到一位穿着好像是我爷爷的老人的背影,他头上还带着夏天里从不离身的黄草帽,汗渍浸出来的印儿,我一眼就认出来那是我爷爷的。他走路一歪一歪,像是挑着一个扁担,他累极了,他在春天,夏天,秋天,冬天,一年四季不停地劳作,他又很高兴,他的每一份劳动的果实都带给了他疼爱的子女、孙儿以更好的生活条件,他觉得自己儿孙绕膝很幸福。

那些日子,街上流行双色笔,就是一根笔杆里装两个笔芯,拧一下红孩儿出来了,再拧一下蓝孩儿出来了,他买了两只藏起来一个,欢天喜地地赶着他的马车,去城里学校看他的两个孙女,大孙女一时没有拿到,立刻无赖地躺在床上又哭又闹,还从指头缝儿里偷看大人的表情,爷爷吓坏了,真以为孙女生气了,赶紧把笔从怀里拿出来塞过去,那孩子委屈地搂着爷爷的脖子又蹦又喊……这一切都忘记了吗?这一切都消失了吗?

四周白茫茫的一片,我的头发也变白了,我怀里的书也变白了,黄草帽也变白了,消失了,连我也消失了。

我哭着从梦里醒过来,我问妈妈,我以后还会失去别人吗?妈妈告诉我,说,不可以太爱一个人了,不然就接受不了他的离开。又过了很多年,有一个人,要从我的生命里离去,我一滴眼泪也掉不下来了。我分了一个黄澄澄的梨,很安静地递过去。我知道此一分开,注定一生,不会再相见。我一滴眼泪都没有掉。我后来掉下的所有的眼泪,都不是因为某个人,后来掉的所有眼泪,都不属于热泪。

## 宁静的夏天

早上被窗子泻进来的阳光唤醒,我久久半梦半醒地盯着它看,那闪闪烁烁的光亮竟让我浑然不知生在何处。是我醒得太早还是季节变化快?手机没有来电,也没有讯息。它同我一样默许着这份改变。

在这个城市里也待了许久却还是有点不太习惯清晨的这份凉意,很长的时间里,我通常都做些没有意义的事情,奢侈地消磨着花开花谢的岁月,这种恶习周而复始地重复在每个无所谓寂寞的日子。

流水带走"光阴的故事",昨夜归家时莫名地哼起这首歌。楼道似乎也习惯了自己孤清的脚步配合的没有任何声响,拨出去的电话还是没有回应,突然有种想哭的冲动。

今天我请了假想休息却不知道去哪里,不知道此时朋友们都在做什么。一直很想去看看这个时节湖水之上的月亮,一直没有机会把这个想法与朋友们说。"到时……再看看吧。"电话里他们一定会这样讲。

季节即将替换,聊天室里车水马龙。鲜活的头像依然亢奋。网络的生活果然与季节无关。我们同样随便地活着,随便的游戏,同样随便的漫无目的。

多少年前,我记得有一天也好似今天一样。

但那个下午接了个电话,和朋友约在"八一路一号"。多好的名字,多么繁华的街区,走在这里会迎面遇上许多鲜亮的红唇、婀娜的身影以及大量换季的商品。可这一切终究经不起时间的打量,在我记忆里点点褪去,如同北京最具代表性的建筑,阳光落下,照在这座空无一人的礼堂。

这段日子时风时雨可是阳光依然明媚,不为所动。其景不凄。其景不凉。往前看似乎还有很长很好的路,往后看不免大吃一惊。一切恍若昨天,我还是我却又不是昨天的我。愈往下想愈不是滋味。

下一季是金黄的时间,我依旧游离在这个城市,不过这里的夏天很长很久,我可以充分地得到温暖。我将收获着自己的悲喜。河畔青芜堤上柳,在不久的日子里也终会枯萎凋零,我将看着它老去,看着它褪色在我的记忆里,何事年年有。

当我把这些寥寥的文字语无伦次地敲送完后,关掉显示器,屏幕中映出一个发呆的我。一阵凉风来袭,拂去了窗台上季节的燥热,伴随着瑟瑟寒意,眼里开始飘落了第一片枯叶,可是秋天没有来。

# 一段虔诚的时光

必须要承认,闹市里看不清楚自己。而生活与生命之间的交集、盲区,更是一双尘螨弥漫的眼睛所不能分辨清晰。用尽疲惫的脚,用尽菲薄的工资,用尽可贵的生命,跑到一处山野,跑到人迹罕至的地方,不用细算怎么都是一件划算又划算的事情!在每日简单重复的生活里,无聊、平庸、乏味、枯燥以及不知所以,这些对于生活的无知和对生命的忽视,死死地勾住了思绪。好像不带脑子似的、好像这人生不是自己似的随意浪费着、随意丢弃着。而静静的山野村落,月弧挂在苍茫里,阴霾的天气,冷冷的薄雾,山野、半秋,没有想到会让我有如此无所欲、亦无所求的心情。清冷竟能让我学到这么多的好东西!

浮游,愿自己就像那夜遇见的一只飞蛾,在不尽的尘世里展开自己微小的翅膀愉快地飞翔。我已经知道我只是这一抹微小又微小的蛾子,不计苍穹,不畏浅尝辄止的赋予。飞过忘川,飞不过大海。飞不过海之外。原以为人生是一个不断攀升的过程,三万英尺看得见努力。到了这里,昏黄色的月光之下,希望都朦胧起来,不是认输于宿命,开始学会欣然接受一份安排。一块璞玉,满满全是瑕疵,可这个是这一块璞玉的人生。

于是,静静地步入一段虔诚的时光,用安然的唇角,沉静的目光温暖这清冷的深秋之夜。

来时的路上,看见几只黑色的大鸟,翘着尾巴在地上蹦来蹦去的。孩子说,快看,老鹰!那确是几只欢喜的喜鹊。我纠正他老鹰才不会飞这么低呢。孩子说,老鹰就没有累了的时候?何止是有,是的,当然有,即使是老鹰,即使是喜鹊,都有打盹瞌睡的时候。可是,用这样的话来安慰功不成名不就的自己,连自己也认为这是讽刺。还是要说给自己,不必那么匆忙,不必那么慌慌张张。率性而为,随性而作,对得起良心,此生足!

生命里到处铺满着谜一样的轨道,走过的每一段路,有意无意犯下细琐的错误。荆棘里有美丽的鲜花,馥香中瞥见微瑕,而自残缺里看到从容。定数与劫数在不同的时空交替里,交换各自的风景。配额与充足小心翼翼地敛起各自所需,摒弃各自所弃。没有完整的圆满,没有恒久的不褪色,只有记忆鲜明如初。

# 第三辑

# 与风耳语

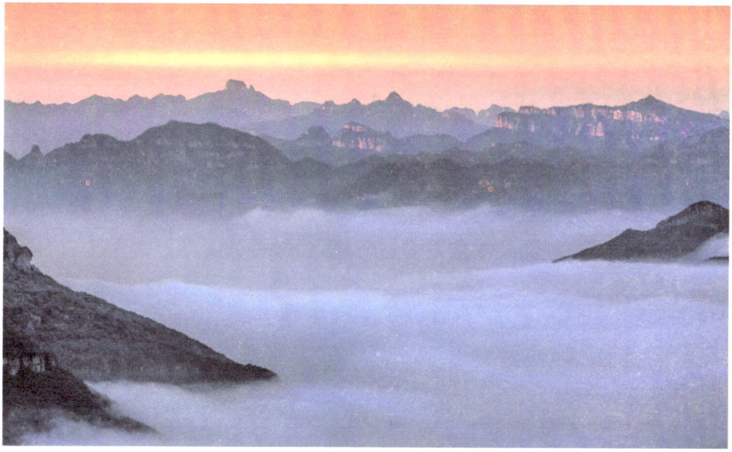

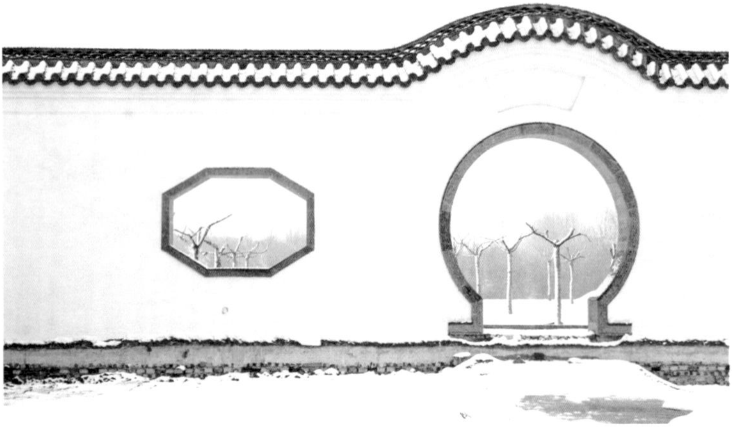

## 平凡的自由的鱼

认识她的那一年 20 岁,青春正浓却彷徨得紧。那时很兴文字社区,我建了自己的"吧",贴大把大把的文字描绘爱情、友情以及失恋时候的情绪。可是,每次都有一个叫做"鱼"的她送上一个轻蔑的笑脸,这让我相当的郁闷。

后来的一次她说话了,留下一个 QQ 号码,我们成了朋友。她说她其实很喜欢我,主要是喜欢躲在我写的字背后掉眼泪,然后也许会学会坚强。我亦感似相知。我们同在一个城市,我们约好了不见面,约好了做一辈子的朋友。

我想她应该是一名幼儿老师,她经常提及的生活方方面面看起来都像一个资历未深的年轻老师。只是她不说我也没有问。她有孩子一般的稚气,我们聊爱情,也聊义气,聊电影,也聊零食。她喜欢吃薯片,那会可比克的薯片广告正当道,我问她你是说可比克的吗?她回答我说,乐事,乐事。而后发来一个大大的嘴巴,还掉着哈喇子。

更多的时候,我们聊得会很伤感,她甚至打来字问,你在哪里?我要找你去!她有一个男朋友,不在身边,去了很远的地方,具体是哪里她也说不清楚。所以她一遍遍问我,你看看我你看看我,我是不是要疯了,寂寞地疯了。用上了网络最具暧昧的"寂寞"二字。而那时,我沉迷于社区的一个重要原因就是不想见人,不想和男朋友在一起。而后我们越发留恋彼此,严重的时候,上网仅仅就是为了等着对方而已。我们不是同性恋,只是有些相似的气息而已。

直到有一天。

大概是我们认识之后的四个月,聊着的时候我们发现我们有着完全一样的地址,也就是说我们在同一间网吧。于是我说我们见见?她笑哈哈地答应了。我们一起数着1,2,3,从座位上同时站起来。就在对面不远的地方,一个穿着白色羽绒服的女孩张望着站了起来,她也看到了我。那一瞬间,我们都有些羞涩,彼此微笑着,点头示意,还有些紧张。然后慢慢地坐下了。她看起来就像我一样。我们就是同类,显而易见的同类,那一瞬间我很相信缘分,连笑容都相似的我们,注定会有一场宿缘。

而那一天偏偏遇见了YAO,是我的同学,因为和他女朋友关系很好,所以我和他也很熟悉,说话比较随便。他正在这间"四海"打游戏,大概是一段游戏过后看见我了,跑过来问我,笑什么笑,看你那个脸美的,捡到钱包了?我很开心地告诉他,遇见我网友了,女的,漂亮女孩,我们认识很久了,我看见她才特别高兴。YAO说我——你看见一个女网友就能乐成那样,服你了,把她QQ号给我,我倒看看是谁。就是这句话终结了我和"鱼"四个月的"友谊"。多半个小时之后,她站起来向我示意走了。YAO也走了。

三天之后,我在校外无意中撞见了她和Yao相拥着在一起,那样子就像恋人一样。她也看见了我,忙用一种躲避的眼神佯装不识。我觉察到她的一丝惭愧,简单的惭愧。我看着他们两个就像看着一对陌生人一样。那一刻,我突然觉得,原来自己真是这个世界上为数不多的傻瓜。

这事我没有告诉YAO的女友,不打算讲,怕她难过。可是,我还没有来得及讲,他们就闪电分手,难道是谁这么为我考虑,似乎就是要省却我的一番口舌。YAO说她不过就是个网友,不过只是从他的生命里滑过。不愿追究深意,我开始对YAO怒目相向。而YAO,一副心不在焉的样子,看起来就像什么都没有发生一样,我说他你怎么连心虚也不知心虚?他翻起白眼,装作不懂。而在网络里,我再也看不见那一尾"鱼"。

也许她真的寂寞,所以三十多分钟的时间便被我的朋友钓走了。再也不回来了。那段时间,我经常会想起她,很生气。但是也经常会想到,如果没有 YAO,我们还会依恋对方多久?

过了很久,我又遇见别的女朋友,又和别的女朋友从陌生到熟悉,再到因为距离的关系分开依然保持着联系,而后又再认识新的朋友,新的新的朋友。却一直忘不了她。很久,我才原谅自己,也理解、认可了她的离开。人生里不多的际会,是我们的耿耿于怀一再让我们失去直面更多美丽风景的机会。

后来的后来,就在刘若英的《后来》里,我们终于学会了如何去爱,学会了如何握紧爱的勇气。而这一切,我却再也没有了机会讲给她听,讲给那个曾经和我要好,很要好很好的那一尾,我的那一尾,平凡的——自由的——鱼。

# 说与谁听，自有人听懂

喝两杯啤酒，便唱上半宿的歌。还听了一个冷笑话，90后的小女孩说，我唱一首老歌"牛仔很忙"。我们的青春就这样哭笑着离去。多可笑的离去，到来时也不打一声招呼，离别时也不提醒他的脚步。牛仔很忙，青春也很忙，转眼2012年下半场。

歌声里只有两个人，刘若英、许美静，因为非典时，只有这两张光盘，我们一遍一遍地听，我那时候还唱《为爱疯狂》，还唱《城里的月光》，到现在终于只剩下了后来以及《都市夜归人》。"后来我终于学会了如何去爱，可惜你早已远去"。本多RURU的美丽心情，在我的后来又从容又孤寂的陪伴我度过了在北京的许多个夜晚。

爱情里一直人来人往，爱情里一直都带着伤。当时自以为是的伤痕，到后来发现是不是应该长在别人身上。爱情里一直孤孤单单，独来独往，所以在我想要结婚的时候，才是那句"九头牛也拉不回，九头牛也拉不回"。

如果你认识从前的我，就会原谅现在的我。朴素了的从前，消失了的过去，隐匿了的时光。青春的上游，白云飞走苍狗与海鸥。记忆呀，是秋日湖水倒映的月光，记忆呀，是潋滟初收的一杯清酒。我们醉过酒的街巷，逃过单的酒吧，以及我们相互愤恨过的那些日日夜夜。怎么全部离场？只有我们相互知道，只有我们懂得对方。

《断背山》《观音山》《雪花秘扇》，一场一场地看下去，看不到终场。想你们，那些年我有过愤懑、有过嫌隙的闺阁人。北太平庄下的一个小店，陈列一排排的细长的三七、520烟终于替代了解恨似的迷我们的中南海，一直过了很久我才知道的混合型，你到现在知道吗？被爱情嚼到乏味的电视剧里暂时还未找到你我的剧本，青春就带着一点伤，一脸怅惘，怅然离场。醉笑陪君三万场，不诉离伤。

　　宽恕，我开始宽恕我的前半生。你问我的时候，我也终于肯承认，如果青春再走一遍，我放弃我原来走过的路。我宽恕了自己，亦宽恕了他的人生，他终于在我的故事里死去，不洒脱也不狰狞，死去而已。等我老了会不会还想起那个人？而后，我才肯拉起你的手，唱到我们都是好孩子，最最天真的好孩子。你来看我吧，带着小孩，带着你的老公，还有你喜欢做给我的甜的腻的酸的涩的，我一并兼容了吃，欣喜得不得了。

　　若不然，我便缠着你，笑意盈盈的，却说我不依，我不依。

# 白鹭洲的情人

我一直在想,那会儿我究竟为什么非要和她别离。

退回到那一天的时间里,吃了午餐,我在同样的房间里点燃了一根烟,说我走了。她并没有激烈反对,就只是默许。

在警察的房间里被反复问询,还有什么,是你没有想到的地方。但是,关于她的一切,我知道的和警察是一样多的,我提供不出来更新鲜一点的线索。反而我也是期待的,警察能不能在适当的时候也给我一个答案,毕竟我是真没有太早加入她扑朔迷离的人生。

妻子小藤也比以前任何时候都要关心我,我还有些受宠若惊的感觉。我们过了大半年相安无事的生活。我每天早起来,出门买一家人的早餐,小藤早就不再做早饭了,萍萍长大,小藤觉得也不必要每天早上起来给她滚粥,让去门口的粥屋里买就挺合适。

中午,我还是不回家的,我也不知道每天我都在哪里。比起半年之前我是进步了许多的,半年之前,夜里我都不知道自己在哪里。

有一次晚上,她家墙上的一幅手绘,盛开起浓烈的孔雀绿,我突然以为是在云南,恍惚地叫了赵帧的名字,她就一脸冷漠地把我推开。这女人也是狠心啊。那么阴冷的天气里,不过是做爱时叫错一个荒芜的名字,就要把我轰出去。孔雀绿闪烁了片刻就消失了,淅淅沥沥的,我总觉得像是我做了一个匆忙的梦。

已把往事用尽,只剩下山河岁月里的旧人。

我有很久没有办法再去看血色的东西。夕阳、晚霞,甚至女人的红唇。那一遍一遍在我脑海里掠过手腕处的鲜艳红色,刺激得我冰灵的眼神根本没有办法聚焦。烟比往日抽得更甚,每次我想到自己有可能抽死的时候,我就想一下,她是真的把自己抽死了,抽死了。这竟然,还是没有让我戒烟。但,其他许多人都像什么也没有发生似的。

我第一次认识那个女人的时候,是在一个朋友的生日宴上。她穿着闪亮的黑色的礼服,后背敞露一片心形的雪白肌肤,在一群男人中间推杯换盏、觥筹交错。寸寸肌肤雪白的,令人生疑。我的目光投射得大概太多了,她突然转过身来就问我,看够了没有?我也是要脸的人,那一瞬间,我以为自己要颜面扫地了,她高傲的像一只擦身而过的白鹭,不理会不多说,就此走开。

我从某个很文艺群里添加她,一个俏丽的名字,白零鹭,不设防的白零鹭,随便就让人添加联系方式的白零鹭。

"我尝试了死亡的好几种可能性,但是,只有割腕是我比较能接受的……吊死是诡异一样的难看,跳楼就是碎了,全部都碎了,提溜不起来,安眠药,买不到,而且还有抢救回来的可能,太沉静了,不像一场轰轰烈烈的人生。"

"你倒是说对了,我不是为谁而死。我只是不知道我应该为谁而活着了。父母都没有了,我没有婚姻,没有孩子,没有家人。"

我们认识的第三天,她开始跟我讨论类似死亡的话题,我也不知道我们之间的话题是怎样从认识的共同的人身上转移到死亡的。话题聊得太泛了,聊着聊着就扯远了,我喜欢聊的八卦秘事风花雪月,她不太喜欢,总是不接我的话茬,围绕着自己的不开心,她不断地辩解,没有不开心,只是不高兴,没有不高兴,只是太寂寞,没有太寂寞,只是太空虚,没有太空虚,只是,只是生命里再没有一个人值得她活下去。

我悲摧的发现,我以为我物色到了一个绝美的猎物,多垂钓一些时日,才知道我找到了一个一心只想找一个人说说话,就说说话的人。你了解,男人,并不是很想说话的,我真的是个男人,真的没有那么多的话可以说,想说。

我日渐想脱离她,既然她不给得手的机会。我不是有耐心的猎人,连绅士都谈不上。

"陪我去河边看白鹭吧!"她说。

"我很忙,没有时间。"

"我今天有点想。"

"噢了,五分钟后见。"

"你太无耻了。"

"五分钟后见。"

我换了新内裤,小藤居然还看到了,冷笑着,"新人啊。"

"别这么直白。"

我就这样被她捆在了白鹭洲边上的汽车里,还是我的汽车里。她穿着碎花的蓝色长裙,提着大大的卡其色包,我不知道里面装了这样质量上乘的尼龙绳子。看起来,就像某种演出似的。她眼神迷离地看看我,说玩点不一样的。我中午喝了点酒,根本是不胜酒力的,我的智力基本上被酒精消耗得差不多了,我深信她不至于弄死我。

我睡醒了,她捆好了。真行。

这件事情我不想说出来,说出来是有点丢人的,但是,事实上,如果只是在女人面前这样丢人,我是不会介意的,我热爱女人。我在警察面前多多少少隐瞒了一些句子,我说,我们有点暧昧,止于暧昧,我应该不是她寻死的原因。

那个警花在做笔录的时候一直忍不住地看我,"她桌面上有安定,有你的指纹,手上有尼龙绳的纤维,那个尼龙绳是你的吧,捆过海带。"

在这里等着我。我不再掩饰曾经被她捆绑起来的不堪,细节处我也使劲回忆,这样,那个绳子上有没有她的印记,就不是她死亡那天时候的事情了。这个事情,非常,非常,有必要说清楚。

我是个药商,比较容易找到安定,她的那一瓶安定,难不成是从我家里偷出去的。还真是,万幸的是,我家里有监控,翻到了,有一日我不在,她去了,小藤也不在,她果然是去展示柜里翻了半天,顺走了一瓶安定,一瓶安眠药。我连她来过我都不知道。

我真的是要感谢我的妻子小藤,在关键的时候还是她救了我,我都完全不知道我的家里被安了监控。女人真的是可——怕。

"我杜撰过自己的人生,故事里我比自己过得好,每个人都爱我,每个人却迫不得已离开。"

我说,"你说这些我听不懂,我的手勒得快疼死了。"她也不看我一眼,只是吐了一口烟圈,蓝色的烟雾升起,空气里有八月的桂花的香气与安宁。我不确认她到底是不是绑匪,还是一时心血来潮玩得花样,心里并不生气也不着急。忽然,她就扭过头来,笑道:"我这样捆着你,你是不是冤得要命?"她乌黑的眼睛下面,黑眼圈也是乌青乌青的。气血没有多好,想必这些日子睡眠还一直很糟糕。

"差不多得了,把我放开!"我说。她笑:"不会把你怎样,我就是找人和我说些话。"我接道:"就是不会把我怎么样,才应该赶紧放了我!你这个女疯子!"她显然不高兴了,拿起烟头就在我的手腕上狠狠地"滋"了下来,我疼得反弹着蹦起来,在这个汽车里上下颤动,要是从外面看起来,应该就像是在做某种事情一样。她笑得嘻嘻哈哈的,锁骨上一个碧色的月牙吊坠跟着在颤动,一颠一颠。

"对不起了,陈琛,陈什么琛?"

"你这个疯子,就陈琛。"

"陈琛,你帮我见证一下,有些事情我需要一个旁人。"

我吞咽下最后一口桂花的香气,说,"让我体面点见证,解开。"

她叹了一口气,现在还不行。然后,就打开车门下车去了。

河边那群慌张的白鹭,比往日发现我的时候更加惊慌地飞腾起来,远远地飞去,飞到我们看不到的地方。她们是贪婪的鸟类,我也不知道这贪婪的恶名从哪里来的,但是,很多人都说,白鹭是贪,脚那么小,腿那么细,肚子却那么大,即使身着洁白羽翼。

她往河边走了些许,时不时地还要回头看一看我,又看一看远处退去的河水,留下一地凌乱的碎石子。我其实只是被简单的捆着,但是她走向河水的样子,我觉得我心里很慌,就像是我在向河水中央走过去一样地慌张和困顿。我在车里,大声地吼叫,也没有人答应。

要是我死了,会多久有人发现我的尸体。

我自然还是一个男人,就这样轻易地被一个女人捆绑着,说不定要死的地步,这怎么想也是件非常难过和丢人的事情。我开始尝试着在我的车里找剪子刀子斧子,任何锋利的东西,但我只找到了打火机。

当我烧开那些绳索的时候,她已经走进了水里。我明白,她从来没有想过要绑架我,她想要绑架的,想要弄死的,只是她自己。

河水在一点点地淹没她弱小的身体,她非常瘦小,即使河水现在淹没了她的腰身,只留下一个瘦小的背影,依然觉得背影很婀娜。这样的女人,为什么要判自己一道死刑。我就旁若无人地看着她走向死亡。她单薄的肩,白皙的颈,也快要被淹没。

"你要进来吗?没关系,我暂时活过来了。"门虚掩着,扑面是熟悉的桂花的香气,我推开门,地上一摊鲜红的鲜血。

是啊,我上一次从湖水里把她拖拉回来,即使这样我还是敢于和这个女人交往。我也不知道。鬼使神差。我在家里跟小藤细细地描绘我们认识所有细节,细细描绘我做下的一切,小藤觉得我很伟大,自己的丈夫,竟然,还曾经是个英雄,有时我觉得她特想我再进一步,烈士。

客厅里的灯火通明,电视上正在播放循环的一个纪录片,墙上有个嘀嘀嗒嗒而走的表,还有好多手绘的画。有一幅画了一个墨绿色裙子的女子正缓缓地走向河水,那墨绿色的裙子把周围水的颜色都要晕绿了。

门口地上那一摊鲜红的血来自一条灵动的鱼,之前是灵动的,后来被主人看上之后,就把灵动变成了生动,鲜活地诠释着生命激烈的色彩。

还有一幅画,一个面容狰狞的女人挥舞着刀,那把刀鳞光闪闪的,一直在我心头闪着。刀口上还有一点血,那一点点的血,也是鲜亮鲜亮地晃眼睛。

她忽然就放起来了音乐,我侧耳听着,空气光辉宁静的。窗边,那个一度寻死觅活的女人此刻有着基督徒一样的神情,"这音乐是不是很美,是不是接近神灵?"

我不懂得什么音乐,当时,配乐里隐隐约约里有男声,像外国美声唱法一样的高声地低微地吟着。这间屋子,看起来就像歌德教堂、古埃及金字塔,让人不断地胡思乱想——生命转瞬即逝。

"你听音乐?"我的引申句是,"你居然听音乐!"

深深地吸了一口气。瘦小女子没有看我,像在看电视,有一种童稚的专注神情,歪歪斜斜,病恹恹地站着,一件家常的深色运动衣,薄薄的,质地看着很柔和。生活原本是温柔的,被她过得染着血。

"对不起,那一天吓着了你。"我说,"我差一点就救不出来你了。"

"要是救不出来我,你一个人会跑吗?"

"我自然是一定要把你救出来的。"

她莞尔一笑,"报警也是可以的,那样回答我也觉得你很好。"

我浅浅地笑起来。"不用急,给我喝一杯你家的茶,我再去报警吧。"

她又低下头,道:"对不起。"我急道:"不用。"忽然心慌意乱,问:"怎么就想到死了?"她回答道:"不得不如此。"又侧身道:"你听听。这音乐,来回反复,痛苦不堪,又不得不如此。你在丽江待过吧,我在那里住过三年的时间,在那里时间都是静止的,生命也是长久而安静的。我回到这里,像是回到家乡,可更像是去了更远的地方。我逃离过一次了。"

她自言自语地呢喃着:"但是我逃离了一次又回来了。我刚回到这里,我的房子都变得不认识了,我妈妈家里的房子也都拆掉了。你有过你找从前你熟悉的景物却发现都没有的时候吗?"

我在这里听音乐。身旁有一个其实很陌生的女子在跟我讨论人生里的大话题。我在丽江待过,好多年,在那里,事物长久而宁静,后来,很长久很长久。回到这里——发觉我父母十几年前建的房子,已经拆掉——分给我很多的钱——我比她对这个变化要开心得多。我忙道:"哦,我没去过。不知道那里什么样子。"

她向我走过来,十分有礼道:"对不起,我那天不是故意的,正好是你,可能换作别人,就不救了,很感谢你。我有很多事情还没有做,现在你给了我时间。"

她的垃圾桶里放着一条鱼的尸体,好像是剥好了,但是,又扔掉了,她扬手叫我走。我苦闷地出门了,我也不知道自己来这里一趟的意义在哪里,就是来轻描淡写地听她说一句谢谢我。

在门口,我绊着了一束树枝,"啪"地跌在地上,"不得不如此。"为何,她"不得不如此"。

我想起我的丽江。

报警的人有点神经错乱,大概吓着了。湖水边有个外乡的女人在这里做了水杨花。

我刚收到房东催促租金的消息,今年的一切我都没有做得很好,我已经没有什么希望了,只剩下逃离的希望。他们说,单打独斗的艺术家,多半要折在这里的,我拆掉了两套房子,还有赵帧。

我独自在夜里吸一口烟,丽江古城的夜色——来来往往的人永远那么美丽,那么心思浪漫,就像赵帧一样美丽,美丽但不得不永远消失。

现在她是不是在水波浩渺的某个小城的街道上,天气已经凉了。但丽江没有秋天,不容回顾思索。再想来,赵帧已经离开我已经整整五个年头,这期间我竟然没有想起过她。就只在今夜……

那是一天的凌晨,我4时31分抵达现场。法医、摄影师还未到达,街道的管理人员初步证实已经死亡。报警者是一家旅店的旅客,受到了极大的惊吓,反复地对警察说,"我是来这里玩的,怎么遇到这样的事情。"年轻的警察问讯我说:"你平时家暴吗?"

我想不起来,我对她会有家暴,我甚至不知道她对我是不满意的,我原以为我们两个过得很好。

我说:"没有,但是我们不是夫妻。我没有家暴她的习惯,也没有家暴她的权利。"他面容凝重地看了我一眼。她的家人正从千里之外的山东赶过来,我还没有见过她的母亲。该怎样跟一个妈妈说,你的女儿死掉了。

这些事情看起来跟我没有关系似的,我们像夫妻一样住在这个小城里,像夫妻一样对外生活着,但我们其实毫无关系。年轻的警察说,"你也不必太忧心,她家里人来了,警察会保护你的。"

警察还在现场四处拍照、问询。我回到住处,冲泡了一杯咖啡,我现在想喝咖啡。"有人看见她自己跳河的,还以为是影视街在排练什么节目,她穿着红色的纱裙,真是很美丽,远远地欣赏着她的背影,然后走了,不知道这不是演戏。"

我非常安静,这真跟我没有什么关系。半年前,赵帧想要个孩子,问我喜欢男孩子还是女孩子,我说,我就不喜欢孩子。

赵帧留下一个手机,我突然在备忘录里翻到一句:"污水管道里面什么都有,流产的孩子,一尺长成形了,不害怕但是恶心……"她设置了私密。

这个屋子到处都是污水，污渍，血渍。我第一次在满室血污的房间站了又站。在外浪荡了这么多年，我谈过那么多的女朋友，失掉了多少个孩子，我第一次感到血的腥膻与浑浊。我很渴望可以喝一点使人清醒的茶。窗外晨光，微微闪动。我大叫："不，不，我都不知道这些。"河水遥遥地回应我："放屁。"

晨光静静，隐着杀机。我非常的苍老及疲倦，便微微地打了一个颤。我知道我老了，此刻我非常的惶惑与恐惧，而且孤独。

我想我要离开这里了，丽江，我将不复存在。

而后，我去了青海、新疆，我在那里做苦工，不再做像从以前一样轻巧的活计，不再做容易有故事的营生，酒吧里孤独的歌手，溪塘前寂寞的画家，这些都不做了，我就做那些危险费力的活计，把自己晒得黑红色的，我伸出一双老手来，十指皲裂，我怀抱着自己的头，很多天它没有经历过热水和洗发水的爱抚过了，但它不渴望让自己舒服起来。

苦行僧需要疼的刺激，是需要让身体很疼，很疼。跟工友打架，一直在找抽，一群人使劲地抽下去，抽下去，痛快极了，像死了一样痛快极了。

我想，我想赵帧，她抽很忧伤的烟，常常忧愁得不知自己。而我法定的妻子，在遥远的北国，她叫小藤，她给我养了一个叫萍儿的女儿，出生在我离开之后。如是我现在回去，萍儿应该要读四年级了。她知不知道自己是有父亲的？

我翻出来自己的医师证，最早我是个医生，但是我过着商人、诗人、画家、歌手、流浪者的浪荡生活，现在我要回到现实里面来，回来。

"我妻子白零鹭，你们都知道她叫白零鹭，我也知道她叫这个名字。她身份证上的名字是白鹭，没有零。我们十年前在成都结了婚，我们一直都住在成都。"冯安远，有张很瘦削的脸，不抽烟。

"你们不是一直在丽江吗?"

"我没有去过丽江啊……要是她说自己一直生活在丽江也是有可能的,我们一直都分着,分着,其实很早就离了婚,但是,两个人反正也没有在一起,就没有去办手续。"

"婚姻,有时候是保证两个稀里糊涂的人稍微保持那么一些清醒。你知道不知道,老弟?"一个警察说。

我们两个人点头,是的,是的。谁带她回到了这里? 那个成都的瘦削的男人问。"零鹭不喜欢你们这里,应该是特别讨厌,她之前跟我说过,你们这里连一个女人染了蓝色的头发都不能容忍。"

或许是因为我有过赵帧那样的一个女子。我特别明白一个女人说不喜欢一个地方。"她还是死在了这里,她真不应该回来。"

"是她无法拒绝家的温暖。"

冯安远冷冷地一笑,"她无法拒绝自己想象里家的温暖。"

事实上,你们这些故乡人,又带给了她一些什么呢?

她风尘仆仆地从千里之外的地方赶了回来,她在外漂泊多年,一身伤痕地要回到这里,这里又给了她什么?

"她回去过成都,我什么也没有说,我说她回来就好,她就只是抱着我在哭,一直在哭,说已经回不去,但我没有想到最后这么严重。"

"又回到了丽江,折返。反反复复很多年,她不爱我,我知道她爱一个人,但我也不知道是谁,爱就爱吧。有一年,她从这里寄过去一张明信片,说离婚。我同意了,但是,又不了了之了。我其实是给了她很多的自由。"

"你是不管她,任由自生自灭,那不是自由。"

"她后来跟了一个商人,离开成都之前跟我做了最后一次爱。我一边做爱一边流眼泪。"她只说:"商人对我很好,远比你对我好。我这样比较幸福。请原谅我。我不能再背这爱情十字架。"

她走后我开始很沉默。

"我想你明白。"

有时,女人的爱情,沉重哀婉,而且背离道德。光鲜亮丽的时候就一直在舞台上跳啊跳啊,所有的人男人都喜欢她,她就以为自己是这个世间的女神了,选择了一个又一个的舞伴,又谁也选择不下来。等所有人都下了舞台,只留下她一个人,疲倦而憔悴。

她只是无法背这爱情十字架。

我一直沉默着。黑暗无处不在,远处楼房的灯,已经遥不可及了。是的,失去什么,永远不能再回头了。

冯安远如是,我也如是。

……

银行里的工作人员问:"身份证?"我略一迟疑思索,对方已在叫,"下一位。"我想去安娜苏买几件衣服,突然发觉安娜苏早已经歇业。

在嘉南,挨着母亲房子的地方我租住一间细小整洁的公寓房子,像爱丽思梦游仙境,回到了单身时的孤独与沉默。闲来坐在窗台上看云。这个寂寞的城市,连云朵都可以算是风景。我找回旧日的同学,夜夜与他们相聚,也不知道他们哪里来的时间陪伴我这个单身。生活还可以。午夜浅睡即醒,会听到婴儿的啼哭,不知是不是幻觉。

可能就是当夜做的决定。

我不知如何将事情解释清楚。到底是我毁了他,还是他毁了我,还是我们都是牺牲者。

我和秦琼之间,就像每一对不被祝福的爱情一样混乱。我们两个人在一起度过了最初美好而激烈的爱情岁月,然后就重新回到了生活里平静的陷阱当中。

我像每一个温柔善良的妻子一样,早上起来给他准备精心的早点,扶正他的领带,目送他去上班。我明明是那种性格很安静的人,但是,我见了他,有说不完的话,我抱着他、吻着他、跟他俏皮、跟他撒娇、跟他闹,毫无倦意地在每一个夜晚来临的时候,在每一次他看起来像要崩溃了的时候挽住他、抱紧他。

有时,我又想,我不是在他身边吗?为什么他还是看起来要崩溃的,走不下去的样子。他不停地跟我讲,自己从前遇到的某个女孩,我悉数听着,每一个人遇见都比我遇见的早,我没有理由和借口让她们从他的生命里彻底消失。他毫无倦意地吻我,亲我,像失去了很多年一样。我们都一样,急于表达自己,急于爱他又急于向他、向她,索取更多的爱。

如是婚姻,我便清醒。我以为我的决定,再光明坦直不过。我需要他,我又不需要他牺牲,他也需要我,也不可以看到我的牺牲。我常常看到他的女儿,我会想起自己在少年的时代是怎样惧怕父母的争执,是怎样惧怕他们的离散。

要杀死自己的意念总是一闪而过,而后,又觉得生活很美丽。

"秦琼,我知道你恨我,你恨我逼你离开了家,但谁知道呢?你觉得自己是从一个火堆跳进了另一个火堆,是不是?"我心里一阵痛,一言不发,只是抱着他。

街道里只有荒凉的几株树,索索地摇动,月色明丽。我只是盲目地向外走。双腿麻得抬不起来——我们以为追求自由,来到了这里,但这其实会是另外一座冰天雪地的大监狱——我背叛了的人,他背叛了的人,哪一个不是在背后,抵死地恨着。想起,曾经爱过的人,现在抵死地恨着自己,我心里一阵阵都是寒意。

我在一个风吹得很透的车站找到他,靠在冰凉的站牌上,他的脸孔微焦而紫红,气得瑟瑟发抖。我静静在他身旁站下。这夜寒冷而有星。

"你喜欢这种生活吗?"

"喜欢。"

"与从前相比呢？"

"从前，没有人爱我，爱得这样深邃，但是，从前，也没思想去想。"

忽然有流星。

"我们不做决定，好不好？"

我的理想生活，是找到了一间幽僻的房子，院子里有秋天时开的黄灿灿的银杏树，出生一双哼哈二将一般成天大笑的孩子。家里每人都宁静安好。

再抽象的未来都有其内在的逻辑，没有无缘无故的——不知道他为什么突然爱我爱得沉重，也不知道有一天他突然就不再给予，我想要的，我贪图的，爱情。

原来人可以有这样多的血。

我渐渐地开始不认识自己了。

行动并不困难。解释决定才是艰难。我一直希望做一个忠实真诚的人——因为忠实，所以解释分外困难了。

空空荡荡，我整个人开始，没有喝酒已经有恍惚的醉意，空空荡荡。日出时分，家人一群一群地走过，像电影院完场。我却想起了冯安远、秦琼以及我自己。他们以后一生都不会再见我了，很快都可以将我遗忘。这是出于我自觉的选择。四周转来了目光，我嘻嘻地笑了。

那个牵牛花，我认为是同一朵，早上是蓝色的，傍晚是粉色的。你帮我确认一下。同一朵吗？还是本身就是两个种类的。

原来，有些深情，如果给过了，就真的承受不起失去，如果失去了，就不可以矫情拥有。有些感情反复咀嚼过就不痛了，有些感情本来不痛，反复咀嚼就痛了。

我决定和小藤、萍儿以后都好好的，一起生活下去。

# 灵魂有青苔的囡囡

## 1. 双鱼茶室的秘密

双鱼茶室的木质窗,早已破烂不堪,像是一阵风就可以吹散,很是沮丧,屋子里桌椅凳子俱全,可是到处都是灰尘,凌乱驳杂,尘螨已然把这里统治,很久无人居住于此的样子。只有挂在窗户上的红丝绒窗帘还时不时为风所动,房间才略略活起来。

这里偏安一隅,很少车来有人往,偶尔,路上有灯光晃过,房间忽明忽暗,影影绰绰,好似也是有人在房间轻轻地穿梭着。

一辆车子驶过,借着灯光,米薇又一次在脏兮兮的镜子里看到了一个陌生人。

你是从哪个剽悍的时空穿越来的?

米薇几次三番问出这个问题,可从来没有收获答案。对此,米薇早已不再有期待。她注视着镜子里的那个最近一直闭着眼睛不曾睁开的女孩,自言自语,"你好狼狈的样子,你是刚刚从战场上逃逸出来的吗?"

她继续啰嗦,"又脏又破的白色棉裙,光脚丫,连双鞋子都不穿,你的时代是不是也太穷了。"

"你和我不是一个时代吗?"镜中人突然睁开了眼睛,并且说话了。

米薇"哎呀"了一声,摔在了地上。那个梳着似是今天小学女生齐耳短发的女孩从镜子里面走了出来,等米薇站起来看向镜面,镜面就空了。

对此,其实米薇是有一点心理准备的,她知道这个人和自己对望已久,迟早要出来的,只是这出来的时间,是夜,是幽暗的房间,是街道上偶尔劫掠而来的灯光,气氛诡异,她好讨厌,还穿脏兮兮的白袍。

白袍,依然看不出来白色的袍,只是心里觉得它最初的颜色是白色吧,后来经历土壤、水分、血液、墨汁,沾染了太多,落魄、凄惨就不可避免地冒出来。

"你又在?"她冷冷地看了一眼米薇。其实,也是两个人,互相敌视了一下。

床头放着一盏台灯,米薇按下开关,淡黄色的灯光顿时充满了简陋破旧的房间,"应该是我先说,你又来。"米薇说。

她假假地矜持,慢慢作答,"这本就是我米映雪的地盘儿嘛!"举手投足间,满是百年前待字闺中小女儿的情态,她自顾自地轻轻地环视四周,走到一把椅子跟前坐下。

米薇想说,等下,都是灰土。她已经落座。她也是灰突突的,无所谓了。一只壁虎赫然趴在墙壁,一动不动,映雪又跟它相面去了,"也是你天天在镜子外面看我,我不出来都要不行了。"

"你之前都没有睁开眼睛,怎么知道是我在看你。"米薇回答。

"我有很多双眼睛,"她笑,"你不怕我?"

米薇比她还想笑,伸手在映雪眼前,似乎是按住了她即将准备发散的那种可以杀人、挪运、踢脚的目光,"你应该就是我,我也应该就是你,我怕你什么?"

一阵绿光还是一闪而过,壁虎被这突如其来的光亮吓住,甩着灵活的尾巴,迅速逃走,屁颠屁颠地钻到桌边,就不见了。

"好久不见,在我的梳妆镜里面舒服吗?你一住就一百年。"

映雪自顾自地走到浴室门前,推开门,回眸一笑,回了八个字,"那也是我的梳妆镜。"

浴室里,淋浴喷头发出阵阵嘶嘶声,时间似乎快到了,米薇坐在床沿,揉揉眼睛,打了个哈欠。随即传来旋动淋浴把手的吱吱声,墙壁里面的水管呻吟着,轰轰隆隆,如同火车经过。米薇敲下门,"需要帮忙吗?"她不愿向里面看,后背紧紧地贴着浴室的玻璃门,帮忙的意思并不明显,显然是客套。

"你要进来吗?"浴室里的映雪得意地哼唱起来,她哼唱的是百十年前的那一首,"春季到来绿满窗,大姑娘窗下绣鸳鸯,忽然一阵无情棒,打得鸳鸯各一方……"米薇讨厌鸳鸯啊,蝴蝶啊,情郎啊。

那音乐倒是很美,也太凄凉,带有一丝丝京韵大鼓的味道。等等,"映雪,你死的那一年不是13岁吗?你13岁就有情郎了?太早熟了,13岁,还是个小女孩儿。"

浴室门开了,映雪满身洁白地从里面走了出来,浴巾浴袍她什么都没有穿,米薇把目光落在她裸露的胸口上,她飞快地闭上眼睛,递上一身衣服。

"13岁,我们那时候,13岁是遇上一个少年,家里人都是默认了在一起,一起上学,一起玩,一起放风筝。米薇,我没有那么成熟,我还没有遇到谁,我就死了。"或许他应该是个玉树临风的小帅哥,应该是也还背着书包上下学的少年郎。现在说什么也没有用了,这样的人不存在了,说不定仍是英俊潇洒,但谁知道,谁是谁,谁属于谁?

米薇觉得有些不好意思,明知道这样的话题,她会难过……平白自己说到这样的话题。但映雪似乎也不太生气,冲她抿了一下嘴,两个酒窝悬在了脸上。

米薇闻到了少女的馨香。

"桃木梳。"映雪举起手里的东西,朝米薇努了一下嘴,"洗手台上面找到的。"她手里拿着一个湿漉漉的木梳,正在头上轻轻地梳来梳去,"跟我以前用过的不一样。"米薇害怕地走上去,想拿走,"桃木的。"担心她被这传说里可以降妖除魔的桃木梳所伤。

"没事儿,"她说,"到现在,并没有什么东西可以伤害到我。"

她新裹上的衣服,是一件洁净的浴袍,也不知道米薇从哪里递给她的,穿上去莫名其妙地,像是古人穿了西装,自顾自地盯了衣服半天。

"这件不是我的衣服,我要我自己的衣服。"说着,映雪径直走到衣柜前,她一边走一边发光,屋子亮堂起来,洁净起来,倒地的板凳竖起身,还自我调整地换了一个位置,墙角的一架落地灯突然很明亮,所有的灰尘以肉眼可见的速度温柔地消失,所有的物品以肉眼可见的方式轻轻地清洁、归位。衣柜里一件米白色的绣花棉裙拿出来,瞬间上身,是那个百年前楚楚动人的米家小女儿回来了,复活了。

"你干点什么,我都不觉得害怕,我只是觉得你做这些没有必要,你不知道外面的世界现在是什么样子,你却一定要停留在这里。"

映雪笑了起来,但她明显没有听进去。她继续在自己的房间里走来走去,让所有的一切焕新。她拿起一个毛巾擦拭头发,随后又忽然停下,扭过来头眼睛望着米薇,刻意的打量,像是一种宣泄,仿佛说那又如何,反正要听我的。

上上下下把她打量了一遍,眼睛落在米薇的胸前。"你发育了,你看起来比我要老了很多。"她说。

米薇有点脸红,"是你没有长大好不好,13岁,太小了,我现在是16岁,我更喜欢我现在的年纪……"

"我要是肯长大早就长大,我要是肯像你一样,我也早从这里出去了,我不过是自己不肯罢了。"她的声音弱了下去。后面的话她想说出来,却没有马上开口,嘴唇动了数次,"我也不觉得我这样又有什么不好,我永远地停留在13岁的那一年,我不再反复投身生命,我活得都是13岁之前的少女的欢乐。"

"每隔几天,你就出来溜一圈,每隔几天,你就出来吓唬我好几个月。"她刚要往下说的,就被一声,"我不出来,你就看不到鬼吗?"

打断她。

米薇不再多言。映雪不悦地绷紧了下巴,"反正你也过不好日子,管我出来不出来。"

"不行,我今天就是想说,需要说,我觉得你躲在这里已经太久了,我不是因为你造成了什么困惑,我在人间欢天喜地活着的时候,我也用不着内疚,那是你的选择,坦率地说,你想干什么都是你自己的事儿,与我无关。"

米薇顿了顿,转折补充道,"但是,对你自己来说呢,映雪,在那一个躯体里你停留的时间只不过13年的光阴,以至于到现在我觉得你的心智其实也就停留在13岁,你真的就不想改变了吗?总是不断追忆重复那小段小段的人生有意思吗?"

"不过,"她撇嘴,"这跟我有什么关系。你很享受这种受虐的过程吧,眼睁睁地看着各种人生在自己面前活得破碎不堪,你就一点也不觉得心理上很艰难?"

"你现在只是看着很艰难,而我们是真实生活的艰难。米薇,你没有权利质问我,你只能看到一时的灵魂,可我能看到灵魂的前世今生,我看的是我也不想看到的全貌。"映雪平静地回答。

"你活在没有希望的人生里,又看着你的朋友们活在没有希望的人生里。"

"一场劫难,我逃不掉,凭什么让她们逃掉。"她终究还是换上自己冷漠而无所谓的模样。米薇点了一把小火,什么也没有引燃。她有点赌气,鼻孔微微翕张,"我走了,今天你自己在这里吧,我什么都不想看,什么都不想参与。"

映雪不悦,"那不行,你得陪我,你口口声声的与我同行,你一直说很爱我。陪我才能证明这一切。"

"我看够了。"

"看够了也不行,你继续坐在这里,给我继续看看这人世间,再看看往后这些人的人生到底有谁值得我用超过13年的时间来停留,如果你真找得到那值得留恋的生命,我就听你的。"

"我不想理你。"

"随便你,我要出去一下。"整理了一下衣服。映雪转身推门而出。"你不能出去!"米薇的话已经是耳旁风。

## 2. 恶人磨

夜晚,孤寂得好似一颗流星的独自飞行。空气里却是桂花树的香,招摇热烈,成排的路灯闪烁,条条大道熠熠发光。

汽车嗖嗖地从身旁驶过,刺眼的头灯慢慢靠近,而后便是霓虹般的尾灯渐行渐远。要距离这些现代世界的产物遥远一些,它们的气场与自己毫无关系,上一轮人生里自己最好的座驾是一只温顺的驴。

一辆黑色轿车从身旁经过,灯光闪烁了一下,算是一声招呼,映雪疑惑不已,不懂得是什么意思,观而不言,转身继续走自己的路。她的白色长袍在风中飘忽起伏,她自以为像这样如鬼似神,不应该不让人害怕吧,理论上,看到自己的人,如果对生活还是有一些敬畏心的就应该懂得避讳或者恐惧。

她高估了现在人的道德标准。汽车降低了车速,司机大概是想细看一下,可他随即又加大了油门,并嘲笑似的按起了喇叭。从映雪身旁呼啸而过时,车窗打开,口哨飞了出来——"美女!"轻薄的笑声一路远行。

映雪的眼界里闪过一道绿色的光芒,哦,是他们,再核实一遍。"完了,"她悠然地自言自语,"可以啊,不停下来,就送不了命!"

原以为,它应扬长而去,到前方发现,车竟然还是停下来了,它红红的刹车灯还是亮了起来。在一个距离监控更遥远的地方停住了,两个男人下车来。

他们似笑非笑的望着她。

映雪冲他们点头,"夜深了,你们该回家了。"

当一个13岁脸庞的美女身着洁白长裙,在深夜里温和地劝男人回家,眼镜男又是一声口哨,"美女,要去哪里,哥哥带上你一起走。"

"走,跟我们玩去啊。"另一个穿条纹衫的小伙儿说着,走到她面前,一只手直接搭在了映雪的肩头。

绿光再次闪烁,一个完完整整的故事凸现眼前:眼界里的有一个男人大概只是23岁左右的模样,清秀孱弱,唯唯诺诺,跪在地上抱着这个条纹男的大腿儿,"大哥,我不敢了,我不敢了。"条纹男叼着烟,一巴掌就扇到了那年轻人的脸上,对方像个球似的被扇滚到了一边去,身体却更不敢起来,"大哥饶了我吧,饶了我吧!"求饶声此起彼伏。再看他的脸,早已经不成样子,满是眼泪、鼻涕和血,以及汗水。拳头脚底板继续发力,那个年轻人继续、继续求饶,渐渐地求饶声音越来越小,小到再也听不到了,条纹男不紧不慢地翻动了一下软下去的身体,又是一脚,"真不经打。"他是手上沾过人血的人。

此时,他把一只脏兮兮的手搭在了映雪的腰上,映雪一阵犯吐,"两个不知好歹的东西。"她微微地瞄了一眼身边这人,条纹男顿时如中电一般弹射起来两米的样子。

眼镜男愣了一下,以为映雪手里是有什么武器一般,他转身就从车里掏出来一把匕首。一个杀人犯的同行者,不是善茬。

穿白裙的映雪洁癖忽然犯了,靠近都不想靠近这两个垃圾,她看向那人,绿光把眼镜男整个笼罩,眼镜男被这犀利的目光高高地卷起来,卷起来卷到了半空里,他惊恐地大叫。目光流转,烂人翻滚旋转,然后扔到十米开外的地方,不过,在放下时给了一个缓冲,没有摔死他。

眼镜男的故事,在触碰里没有什么不同,别人杀人越货,他越货杀人。

映雪无动于衷地在空中用眼神将条纹男左右上下摇摆,好像是把他扔进疯了的海盗船里。

眼镜男在一旁,惊吓地汗珠都出来了,嘴巴里唾沫横飞。突然,他用肥大的手掌扶住车子,癫痫的发作使他的身体失去了控制,他捂住自己的胸口,手臂、肩,好像每个神经都跟着抽搐起来。

"你的归宿不需要我动手。"她说。

"觉得也不算招惹我是吗?遇见我就错了,你们两个烂货,还以为能从我身上占点什么便宜吗?开玩笑,能占我便宜的人还不存在。大半夜的,我都懒得和你们周旋,你们总要为自己以前做过的缺德事付出代价,我可不是恃强凌弱,我像是捏死两只蚂蚁,但捏死你们,该怎么交代呢。"映雪做了一个思考的动作,"该去哪儿去哪儿。"

绿光环绕里,两个人回到他们的车上,发动,向前,在一片急刹车里车辆行驶失控、翻滚、起火、爆炸。

米薇,刚刚跑到跟前,愣看眼前的一切,大喊,"映雪!"

"他们的膝盖上都是人面疮,你去看看吧,非万恶不赦的人,我为什么要杀,我杀的是畜生,是魔鬼,是不配活在这个世界上的东西。"

"你又充当前世的警察。"

"他们今生也是畜生,改邪归正的话,我也许忍得住,但他们不是人。""回到你的梳妆镜里去吧,你在这个世界里面格格不入,这里有警察,有法律,有是非,不能肆意妄为。"

"米薇,你说我是肆意妄为吗?"映雪说着话,把指尖伸向米薇,米薇迟疑一下,也抬起手指——

生命一声一声惨叫,淌满血液的土地已是满目殷红,横七竖八躺着乡亲们的身体,是熟悉的爷爷、大伯、二爷爷……女孩在大人的身体下面隐藏着,一声不敢吭,爷爷的血顺着衣裳流满了孩子的脸,断臂、残肢、看不出部位的血肉模糊的半截身体……

呻吟渐渐平息,周围的脚步走远,她推开保护,慢慢地从地上爬起来,那一刻她知道,她的人生再也回不去从前的平静,再也回不去,迷茫不知所措,一口血从自己汹涌澎湃的心里涌出来,在死亡和迷失中间,她茫然地起身向前。

"我无法克制自己杀死那些混蛋的冲动,这个时代的仇恨是时代去解决,我的仇恨我无法化解,我必须自己来。"

这时,米薇的眼睛突然被一道刺目的白光刺得睁不开了,那是大车强烈的车头灯,强光后面是轰鸣着巨大的黑暗的影。

刹车器发出连续的吱吱声,那是一辆没有拖车的大货,它缓缓滑到路边停了下来,道路被轮胎碾压得嘎吱乱响。

米薇用手遮着眼睛,但她很快就看到了灯光前司机模糊的样子。

那小伙子下车走了过来,问询,"前边是出了车祸吗?你们报警了没有?"他说。

"没有,你报警吧,我们没带电话。"

"什么情况,那么大的火!"说着,他开始伸手去自己的衣服口袋里掏电话,米薇盯着那只手,生怕他掏出来点什么东西,惹恼了映雪,她连忙往两个人中间侧身了一下,遮挡一部分视线,看到他确实掏了手机,去一旁打电话了,放心下来。

"我会滥杀无辜吗?米薇,你过虑了。"

"这是什么情况,你们看到了什么?"小伙子问。

"看到了毁灭,看到了结局。"映雪说完,自顾自地走开,小伙子的眼神陷入一片迷茫中。

## 3. 白珞珈

回到双鱼座茶室的米薇气呼呼的,对此,她的姊妹是一脸的无所谓。

映雪不置可否地看了一眼她,深吸一口气,她走向床边的梳妆

193

台。在那里,拿起一沓照片,大致翻看了一下。其中一张是一个女人和一个小女孩儿在游乐场的合影;另一张是另外一个孩子,地点是在家里的沙发上;还有一张是那个女人在某人婚礼上的照片,显然不是她的婚礼,但她的眼睛里存满泪水,那照片应该是很多年之前了。

"她是今天要来找你卜卦的人?"

"看个姻缘。"

"姻缘,她有什么姻缘,这个疯婆娘,不是一般的疯。"

"你胡说什么。"

"你等着。"

火车的轰鸣声响彻整个茶室,最长久的灯光,最明亮的看见,好似时空在这里交织穿梭。

"你从哪里弄来的照片?"白珞珈不解地看着眼前这个白袍的神秘女子,看不清楚她的眼睛,但她好似对自己了如指掌。

"关于你的一切,我都知道。"映雪问道,"他们是你的家人,对不对?我很好奇,既然你有丈夫,你有孩子,为什么还要去见他?先解释一下,我不是那家请来的私家侦探,先放心这一点。我是想给你说,你看起来那么端庄的样子,我想知道你为什么可以干出这样的事情?"

她原地向后转过身,看着照片的眼睛充满问号。

"你到底是谁?你凭什么调查我?你把我骗到这里就是为了告诉我,你掌握了我的这些把柄是不是?你想做什么?你是张绍的人吗?你要多少钱?"她愤怒地追问着。

映雪在她的面前坐了下来,按住她略微有点发抖的手,"你不要这么紧张,我就是问一问,关于你的人生,我没有想指手画脚告诉你该怎么做,只是问问罢了。"这时,映雪停顿下来,做了一个暧昧而神秘的动作,她把手伸向女子的额头,手指从她的眉间轻轻地抚摸过去。

一丝淡淡的绿色光亮闪过,是她在读取眼前这个女人的故事。

"像你这样的,你怎样骗过自己的丈夫,跑出来与人私会啊,你是告诉他,你出差吗?"她不经意里还是流露出来的一点轻蔑的态度,让人看着很是不自在。白珞珈抬起头来,平淡地请求着,"这件事情是我很私人的事情,你无权告诉任何人,尤其不能告诉我的孩子,否则,我跟你斗争到底。"

米薇蹙起眉头,她从角落里走出来,白珞珈被这突然冒出来了的人惊讶住了,狐疑地注视着她,心里的秘密为人所知就算了,还不是一个人。她突然觉得眼前的两个人转眼就要把她扒得精光,然后扔到市场上售卖一样。

没有理会米薇的走来,映雪继续说了下去:"我知道你喜欢现在的生活,在各种各样的男人面前展现你各种各样的美,有时你是清纯少妇,有时又是性感尤物,并且,你后来选男人的眼光,并不比当初选择老公的时候要进步,不名一文的假老板,健身房的小帅哥,嘿嘿,我还知道还有一个是你撞车撞出来的老男人,你这是有点收集垃圾男人的癖好吗?而且,我还知道,你明知道自己感染了hpv……"

这个词令人面色惨白,白珞珈的脸可以用绝对惨白来形容了。

"没,没有,我没有,你胡说。"她是呆呆地站在那里,浑身瑟瑟发抖,愤怒,疑惑,不安?

米薇忍不住喊了一句,"映雪!"

米映雪暂停一下往后叙说的计划,走到窗边的玻璃前,她的眼神暗淡无光,视线飘忽,仿佛望着千里之外的某个地方。

墙上老式挂钟轻轻地敲响几下,"映雪,我只给你十分钟。"

"十分钟不够。"映雪斜着眼说。

"是的,十分钟。现在你该告诉她应该怎么办了,再不说就来不及了。你总不是为了看她的笑话才把她约到这里来的。"

映雪对着白珞珈摆摆手,"把你吓着了？刚才是不是挺凶啊。"的确,现在她一动不动,但浑身已经紧张起来,每一寸神经都紧紧绷在骨头上,"你想干什么？你威胁我要钱吗？"白珞珈问。

对方轻笑一下,"开什么玩笑,你想多了,我也不是威胁别人的材料儿。跟钱相比,我对你更多的是好奇,确切地说,我找你比任何人找你的原因都简单,都单纯,我就是一个冷眼旁观者,哎,不对,我不是个旁观者,对你来说,我甚至能够改变什么,只需要你告诉我为什么,为什么你要那么做？"

三人六目,彼此凝望。米薇感受到了愧疚。

"我为什么要告诉你。"白珞珈说。

"因为你堵在心里难受,也不是我非要知道,你怎么来这里找到我的,你自己忘了吗？是你要解决自己的问题。"

米薇想说,其实白珞珈找的是自己,但自己就是个传话的。

"我心里要解决的是,如何留住张绍。"

"你把所有的话告诉我之后,张绍这个人你就不想留住了。"说着,映雪撩起自己的一缕头发,在手里把玩,"快点吧,我没有多少时间,你也没有多少时间,我想帮你,而你需要把你的心情全说出来。"

白珞珈在犹豫,她不知道这意味着什么。她感觉到了内疚了吗？是的,如果不是感觉到了内疚,她也不会出现在这里,这个据说可以帮人解惑的双鱼座茶室,她只是在商场的门口看到了那个女人一眼,就鬼使神差地按照指示,神一样地来到了这里,或许眼前这个女人真如自己所宣扬的一样答疑解惑,无所不能。

她一直保持着一个端庄完美的形象,而一旦自己的丑行被她们卖了,自己还有什么脸面活在世上？但是她数出来三个人,那三个人她想来想去,不应该是毫无纰漏的三个人吗？但如果不是他们自己的宣扬,这种丑事,别人怎么可能知道。

映雪继续,"我怎么知道的,一点不重要,我不会伤害你。"

　　白珞珈冷静地低下头,她动作迟缓,拖泥带水,就像身上坠了一个沉甸甸的石头,双手埋入发间。"我怎么可能给你说得清楚我为什么这样做,我连自己也不知道我为什么这样做。我并不觉得生活有多么的无聊,我也从来不是控制不了自己情绪的人,我做的那些事情好像就是自己故意要做的一样,我忍着巨大的恶心去见这些人,我不知道,每次见到这些人之后,我好像就像找到了自己的宣泄途径一样。"

　　她把鞋子脱掉,双腿弯曲,佝偻起身体蹲坐在椅子上面。

　　"我就看着这些巨大的人间恶心的事情,把自己也加入这个恶心人的行列里面,我心里觉得自己受到了安慰,就好像说,这世界不是我一个人这样恶心,不是我一个人过得这么惨。你眼光不好,这些人不算糟糕,你只是见到了糟糕的几个人,我还有几个外表看起来过得去的男人,但他们一样荒唐,你该不会有男女偏见,觉得他们正常我就是堕落吧。我们聚在一起,酗酒做爱吵架,很畅快。"

　　她忽然冷笑起来,"你们两个尝试过没有?那种尖锐痛苦又痛快的刺激感觉,是任何形式的其他东西都无法给予的,我经常想我没有办法去杀人,或许杀人越货就是那样的刺激感觉,如果我有办法去杀人,我还没有遇到我想杀了的人,或许,我要是能遇到我想杀了的人,我就痛痛快快的杀人去了,也不再做现在这样的勾当。"

　　米薇不解地看着白珞珈,眼前这个温温柔柔的女人,何以,何以她的心里也是杀气腾腾?可米映雪似乎懂得,一点也不觉得诧异。

　　白珞珈,突然想到了什么似的,她抬起头来,"你也不太了解我。我做这样无耻的事情前提是,我是单身,我的前夫知道我是什么样的人,只是知道得没有这么透彻,他知道一点点,所以我们就离了,大家都自在,自在的约会,自在的放浪,自在的自我混乱……"

时间已经过了好久。

"还有一分钟。"米薇说着,更靠近这两个人。

白珞珈不明白这十分钟、一分钟跟自己有什么关系,她不解地看向眼前的人。

映雪的神色凝重,"我就知道是这个样子的,"她好似在自言自语,又好似在对另外的两个人讲述,"剩下的是我的问题,让我来讲述往后的故事。"

"接下来是这样子的,你会听到楼道里响起熟悉的脚步声,你非常熟悉,你听。"

话音刚落,窗外响起"咚咚咚咚"的声音,有人跑着上门的声音,气喘吁吁。声音越来越近了,好像马上就要走到茶室门口了。一米、半米,是不是该有人敲门了。三个人都屏住了呼吸,好像在等着来人直接自己闯进来。

巨大的敲门声,"杀、杀、杀。"那声音低沉冷漠,非杀不可一般。白珞珈惊恐不安,她从座位上跳下来,跳到了映雪的身后,紧紧地抓住她,"这是什么人,为什么要杀我?"

此刻的映雪有丝冰冷、哀伤、苦涩却又凛然的样子,"你不用管,你就静静地听着。"

窗外,还是巨大的声响的,门被撞击着,被一种类似枪托似的东西"Duang Duang"的敲击,但米薇和映雪两个主人,没有一丝丝准备要去开门的意思,也没有一丝丝恐惧害怕的表情。

她们仿佛无数次听过这样的声音,也好像无数次的结果都证明,这声音只是听起来有着巨大的骇人的力量,但是没有骇人的能力,它只能在门外咆哮,永远隔着距离,进不来。

白珞珈望望米薇,她曾经在商场外见过这个女人,她是温柔安详的,现在也是同样的一个表情。她不知道该怎么办,不知道该往哪儿逃,可事实上她哪里都去不了。她被困在了这里,如果这声音不是来找那两个人的,那必然是来找自己的,怎么办？我该做些什么,才能拯救自己,但是,这个声音又是谁的？

另外,她也实在无法理解,这个法制安定的社会,怎么会有人如此胆大妄为地高喊着杀人,这是为什么。但这场景又好像在哪里见过。

"我听过这个声音,"白珞珈突然觉得自己想说什么,幽幽地开口,"这个场景好像发生在我的梦里一样,我好像经历过这样的一个事情。"

"你肯定想问接下来会怎样。"映雪竖起耳朵说,"外面该有人喊叫了……"

果然,有人歇斯底里地喊,"快跑,快跑,要杀人了,快跑,快跑。"

接下来,映雪用拇指和食指比出一把手枪的形状,"枪口"对准了天花板。随后,"击发装置"——她的拇指——向上一弯。

"砰！"她嘴里说道,而与此同时——

米薇说,时间到。

一个小女孩小声啜泣的声音传来,又好似是有各种各样奔跑的声音,逃走呼告的声音,全部压低了的声音,声音很小很小,很疼很疼。

"白珞珈,你想到了什么？"

米薇的问题仿佛凝结在了空气里,但白珞珈的表情依然充满疑惑。"这是反反复复出现在我梦里的场景,反反复复,在我梦里出现无数遍——怎么了？"

"那时候,她光着脚,在稻田里奔跑,后面有人在追,举着枪,那种长长,长长的枪,很多人在追很多人,那是一场战争,有人在杀人,有人想活命,已经死了很多人了,祖母家里的大爷、叔父、爷爷。那时候,祖母还是个孩子,13岁的女孩子,祖母家里的男人们都死了,都被枪杀了,好多狗一样的强盗过来,开枪,杀人,杀人……"

她浑身突然一紧,"她的胳膊中了一枪,但她终究是逃出去了。"

"最痛苦的时候到了。"

突然门外的声音尖锐的恐惧起来,有人把头剧烈地撞到门上,所有人都竖起来耳朵,隐隐约约,白珞珈的身体突然变得僵硬,仿佛受到什么尖锐的刺激似的,她大喊了起来,"啊!"上身轰然沉了下去,脑袋险些撞到桌子的角上,与此同时,她捂住自己的口鼻。

像是身上被狠狠地刺了几刀,她没有声音了,周围也没有声音了,安静了。逃脱了。

白珞珈蜷缩起来身子,半躺在地上。

"这是我在梦里反复经历的。"

"这是你的家人曾经经历过的。"

"你说什么?"

"你的祖母,这些都是她的故事,她应该给你讲过,不然,为什么能反复出现在你梦里?"

"我不知道,从来没有任何人告诉过我这些。这是战争,这是屠杀,我知道我祖母的那一代人经历过战争,可我从来不知道这么具体的事情。"

她脸颊憋得通红,这场景真实的发生在自己的梦境里本身已经可怕,更可怕的是原来这样的场景是祖母儿时真实的故事,这么多年,从来没有听她说起过。

白珞珈一眼看到,床的另一头有一个小包,一包被压皱了的香烟。她手指哆嗦着伸手去要,米薇犹豫了一下,递了过去。

她抽出一支塞在嘴上,点着了火。深吸一口,让烟雾在肺里停留许久,才从鼻孔中喷薄而出,她那样子就像一只裂开的鸟,等待缝合。

"她把战争时的故事埋藏得很深,很少对我们说起,只是她很忧伤,我的记忆里祖母没有快乐过。"

"这样的场景在我的梦里重复出现了很多遍,我当时梦的时候,也没有太害怕过,可是,现在在你们面前,还是让我露怯了。可能是因为我从小在祖母身边长大的缘故吧,祖母所能感知到的一切,她没有告诉过我什么,但是事实上,我应该是感同身受的,让自己痛苦不堪。我父母那一代人也是如此。"她冰冷而悲切地往后叙述。

"我的祖母后来生育了9个孩子,有2个生下来就直接在水里溺死了,还有2个后来在灾荒年里病死了,生病了,粮食都还吃不上的时候,看病更看不好,孩子就死了,祖母却是无动于衷。父亲到现在回想起来,都觉得自己母亲有些冷漠,但是,祖母说,孱弱的死掉了,剩下的粮食能够养活其他孩子已经不错。到了我父亲的时候,他是家中存活的老小,温饱是没有问题,可是祖母是恨他的,恨他活得好,恨他的健康,恨他长得结实,常常拿棍棒就打下来,嘴里喊着,你怎么不去死,你怎么不去死。"

她犹豫了一下,继续说道,"我父亲很悲伤,可是祖母连眼泪都不会掉。到了我这里,我知道,父亲的悲伤延续了下来,父亲对生活的愤恨也延续了下来,通通都延续到了我的身上,他那样的厌恶我的存在,仿佛是我的出生给他的生活造成了苦难,仿佛一切罪恶的源头是我,我不该生,不该长,不该温饱,不该读书,不该结婚,不该有孩子,我所有幸福的事情都不该拥有,否则就是我背叛了生活的质朴。"

低下头,"但我不恨我的孩子,我吸取了我自己亲身经历的教训,我爱我的女儿,我对她很温柔,我把自己能给的温暖,能给的爱都给她了。我可能唯独不爱的那个人,是我自己,我不配得到温暖,不配得到安逸。我需要找点事情,找乐子,找苦难,找刺激,甚至需要干点缺德的事情惩罚我自己。"

白珞珈紧绷的身体慢慢松弛下来。此时她已经全无力量,纤细的身躯软绵绵的,她努力从地上站起来,很是力不从心。

远远躲在窗边的映雪慢慢走了过来。她把手伸向白珞珈,看起来是想要把她扶起来的样子。珞珈有些迟疑,但显然还是相信她的,也小心翼翼地把手伸了过去。

"坦白地讲,我是可以帮到你的,我现在来征求你的意见。你愿意让我帮你吗? 当然,我帮你的方式很简单,就是把这些东西,把这些苦难的回忆从你脑子里消除掉,让你忘了它。"

"你的意思是说能让我忘了这些事情? 是你有办法从我脑子里把这些事情抹杀掉? 这样我就可以当作一切从来没有发生过,这样我就可以过我自己的日子了?"

"对,我能做的就是这些。"

"本来我什么都不知道,你平白跑出来告诉我,让我痛苦,然后你又说你可以抹去,你可以抹去什么?"

映雪突然觉得自己罪恶十足。激起一个沉睡的灵魂,告诉她,你那荒芜混乱生活的某一个缘由所在,到底有什么意义,就让她那样肆意妄为的活着吧,她不是觉得那还挺自由快乐吗? 沉浸于那种快乐固然不好,那也是来自外人的看法,比如映雪认为荒淫,而对白珞珈本人而言,觉得这种日子也有其快乐的一面,为何一定要打扰别人的快乐?

珞珈苦涩地笑了起来,"有用吗,我觉得这些东西在我记忆里存在的并不深刻,可是在我的潜意识里一直存在的,你能把我的潜意识也消除掉吗? 如果潜意识里的东西也可以消除去的话,我还是我吗?"

"我不知道。"映雪把巨大的失望写在了脸上,"其实我也很矛盾,在消除和任它存在之间很矛盾,消除了就意味着遗忘我们的仇恨,那刻骨铭心的仇恨怎么可以遗忘,绝对不可以遗忘,可是不消除就意味着影响,一代一代的影响,影响心情,影响心智。"她喃喃自语着。

暴走消失的那只壁虎不知什么时候又突然冒出来,它顺着暖气管道噌噌地上行,身后留下一道褐色的印记,米薇心想,刚才它去了哪里兜了一圈,还踩了一脚的泥。

每个人,每只壁虎,走过的痕迹都是真实存在的,抹杀过去,理论上很难。

"无法抹杀的东西,需要被看见,被看见才有可能被谅解。就像你祖母的故事,她的一生没能把大屠杀的故事从容不迫地讲述给你们,那些痛苦的回忆就像蚀骨的虫子一样无时无刻地在撕咬她、分裂她、灼烧她、割杀她,令她痛苦,撕裂,窒息,一直到死,她都没有能从残酷的真实里面厮杀出来。"米薇对白珞珈说。

听到此话,反而是映雪的身体抑制不住地颤抖起来——她无力改变这一切,心口焦灼地疼痛起来。其实,每一次揭开伤疤的经历都是如此痛苦,每一次这样回忆揭示,就好像自己身上的一部分也被劈开一样。她需要缝合,缝合。她觉得锥心的疼、冷,真是,空气里真冷啊,一如既往,她不知道怎么做能让自己暖起来,她伸手拿起床上的被子,像粽子一样把自己裹了进去。

撕裂的感觉有所缓解,悲伤压回到了肚子里。

"我没事了。"她对着空气说,"我来自一百年前,那个被屠杀的村庄。"她口里舒出一口气来,"我和你的祖母都是那场大屠杀里残存下来的人,只不过我存活得更久、更久,她用肉身存活,我用灵魂存活……我到处搜罗你们,我想知道你们过得好与不好。仅此而已……我看到了问题,但是到现在,我还是没有办法解决这个问题。"

"你也没有办法解决你自己的问题。"米薇补充着。

"我再想想。"

……

映雪忽然转过身来,那道熟悉的绿色光芒闪过,仍是那个对往事一无所知的白珞珈。

## 4. 平凡世界

星辰冉冉升起,生命是没有尽头,可要走多远才可以停留,要走多远,才可以从自己这个黑咕隆咚的世界里闯荡出去。星光与灯光交织的地方,也算是生命的光芒,黑夜有时也被恍然地划伤,看起来像希望。云杉、夹竹桃、指示牌从黑暗中一一闪过,又飞快地坠入后面的黑暗。

眼前这个人好似一个好人,是一个瘦弱的保险经纪人,整个业务洽谈室里一尘不染,从墙面到桌面都是纯洁的白色,一点点的灰尘也没有,一个洁净的孩子。映雪脑子里先对这个人有了一丝丝的好印象,电脑也是洁白的,就连支撑手机的支架都干净得要命。

映雪心里想,有些人掩藏得很好,但愿他不是,"你这里好干净、整齐。"

"我是处女座的,有些东西无法容忍。"男子抬头解释了一句,"你好,请问您是?"映雪一时不知道是什么意思,她的思维并没有彻底跟上时代,经常有些小小的东西,她不知道,完全不知道。能知道保险经纪这个职业的存在,已经难能可贵了。记得以前有一次有人跟她说,保险经纪骗了她很多很多钱,杀人的勾当诛人,骗人的勾当诛心。

"你都有什么样的寿险?"映雪问。

"您是咨询寿险业务的?"小伙子有点吃惊,"我该称呼您是姐姐呢,还是? 姐姐看起来太年轻了,我都不好意思这样喊您。"他审视了映雪一番后问。

"都可以,"她回答说,"我无所谓的,你觉得自己怎么合适就怎样。"

"看着办的话,就是小姑娘。小姑娘,你干吗?"

"你姓朱?"映雪依然很严肃。

"嗯嗯,对。"

小伙子看起来有些挠头,他拿着自己手里的东西看了又看,时不时地去电脑上计算一下,表情很是紧张,"要买什么您说?"

米薇心想,他是不是正在做计划如何给自己下个巨大的圈套,那他可要失算了,这么辛辛苦苦地计算,却不知道我兜里一分钱也没有,像我的脸一样干净。

"请问,你做保险经纪多久了?"

"也没有多久,两年,大学毕业到现在。不用质疑我的业务能力,我做的时间不长,可我成绩斐然,我对各类保险事项,都非常了解,每一个,真的是每一个。"说到这里,这个年轻人不由得有一丝得意,"不光是我家的各类保险,我清清楚楚,就连那边——"他做了一个揶揄隔壁另外一家保险公司的动作,"规则和潜规则我都清清楚楚,从我这里买到的保险,没有第二家更值得。"

"你叫朱肆年,谁给你起了这么怪异的名字。"映雪忽然开口,迫使他必须马上应对。

"我叫周柏勇,不叫似年……"他的话音突然低了下去,"祖上还真有人叫过周肆年。"他听出来是肆年。

"你的名片。"

周肆年这才发现给了客户的那一张名片突然变成了自己很多年前见过的一张老式卡片,非常陈旧的老卡,那时,自己应该还在上一个轮回里流浪。"这好奇怪,我以前怎么没有见过,哪来的?"他自顾自地拿回名片,觉得很是莫名其妙,收进抽屉里。

是映雪微弱的能耐,有些字体看不明白,转换成自己熟悉的繁体就好了。

映雪决定自己直接挑白了说,"你知道双余茶室吗?"她问。

"双余茶室?是那家新开的魔女星座占卜吗?是双鱼座茶室吧?"

"不是。"

周疑惑地摇了摇头。

"百十年前,城南的那个拐角,有一家双余茶室,你应该知道的,那曾经是你的家。"

"哈哈,你说的这些,我听着好像挺奇怪。我是一年前才搬到这里的,你问我一百年前的事情,你倒是真的看得起我?我穿越了?还是您穿越了?"周依旧是礼貌的微笑,带着调侃的语气,津津有味地望着来人。

突然觉得自己的话语在外人看来确实是很凌乱,她自我嘲笑似的笑了。

"美女,您是不是走错片场了?"

"我专门来找你。"

"找我干什么?"

"找你,来看看你现在的样子。我们以前确实认识。"

周给了一副莫名其妙的笑,那个样子似乎,他真的什么也不知道。

米映雪有些急了,她一步向前,一把抓住了对方的手,手指触碰里,她的记忆读取了这个男人的很多很多年之前——

他也有这熙熙攘攘的岁月,却是一张让映雪陌生的脸,从来没有在自己的人生里遇到过的一张脸。他是穿着长袍马褂走在大街上大摇大摆地走着的老爷,家里很多良田,街面很多个铺面,不奸不坏,积极营生,没有去过双余,不在这个城市求活,甚至,在那场几乎湮灭的战争里,他颤颤巍巍的存活了下来,他除了不是自己要找的人之外,没有别的过错。

映雪失望了,原来今生的这张脸,并不是多少年前的那一个人。她本来抓着的这个青年人的手,现在赶紧放开了,"我认错人了,我怎么会认错人了,我好像真的认错人了。"

心里浅浅的疑惑在发酵,冥冥里的感觉错掉了。怎么会出错,从来自己感觉和意念验证的结果都是一样的,为什么会出错。这么多年,没有错过,这是第一次。

她觉得自己很失仪,失落与失望明晃晃地写在了脸上。

"不过,你到底在找谁?"

"既然不是你,就没有必要知道了。"映雪收起自己的歉意,站起身来要出门。窗外,月光明媚,却是要及早回去,白日里那些炙热的紫外线自己还是不能接纳,这世界里让自己不能接纳的东西太多了。

不,是自己本来就不属于这个世界,却强行在这里穿行。

周,一脸疑惑地看着这个女人一步一步地向外走,不知为什么,他觉得这个女人并不是疯子,也许这世界上真有什么穿越流浪,是自己所不能理解的,他拉开抽屉再去看那个经她手拿过的小卡片,揉了揉眼睛,"朱肆年。"

到底是谁再做梦,到底是什么迷茫了我的双眼。

楼梯的拐角处,映雪走得匆忙,匆匆忙忙,夜晚也匆忙。有一个人直直地和映雪撞了个满怀,映雪抬头看起,那一瞬间,她愣住了,来人也愣住了,先行开口,"你好,我们是不是在哪里见过?不好意思,恕我冒昧,我看你那么眼熟。我们是不是就认识?"

曾经熟识过的人,经过多少年的时光应该能一眼认出来。

那一张近乎俊秀的脸,用很多年前描绘他的一个词语就是,温润如玉。陌上人如玉,公子世无双,便是说这样的少年。映雪呆呆地看着他。

"是你吗?"她在心里喃喃自语,已经犯过的一次错,令她这会并不太有勇气马上伸手来感知,只是低低的轻声问了一下自己。

她摇了摇头,"请问怎么称呼。"

"朱肆年。"

差一点要被惊住。

"我想不起来,但是我觉得我们认识。"朱犹犹豫豫地说。

映雪道,"我们不认识对方,不过现在,很快我们都会想起来对方,不仅仅是想到现在,还有过去,很多很多年前的过去。"

她平复了一下心情,伸出手指,触碰男生洁净的脸颊。从触碰的指尖开始,一层淡淡的绿色光芒向映雪的周身延伸去,慢慢地她都被笼罩了。

楼梯的拐角处安静极了。朱肆年足足沉默了一分钟。他完全是一副配合的样子,仿佛知道映雪要做什么,他甚至把上身微微前倾,让自己低下来那么一点,好让女孩能够得着。

映雪的胳膊紧张地抬着,脸上是那种强烈地带着问题寻找肯定答案的渴望。

原本,很多故事已经不忍看到,可是,不由自主地,她必须知道,她必须看到,这就像一种强迫症,无法克制——

"小雪,肆年在这里。"

女孩的腼腆尚未打开,低着头。因而他觉得自己没有看太清楚女孩什么样子,不由自主地走得更近了些。

她不免有些紧张,"哥。"

"我今天才知道,映雪这个名字是你自己起的,很好听的名字。"他说。

"芙蕖两个字其实更美,但是生我的时候下了很大的雪,父亲给我取名芙蕖,我不知道芙蕖和冬天,和雪有什么关系,所以在我长大之后,我换成了映雪。"

"你这是很尊重自己,很尊重客观事实。"

这句话听起来又对又奇怪,"肆年哥,你说话真有意思。"

肆年笑着说道,"一会儿,我还是要去学校,你跟我一起去看看吧。"他欲言又止,眼神偷偷看了一眼和映雪一起来的家人,是映雪父亲,此刻,他溜达到一旁浏览这里的藏书。

"刚刚县里成立了女校,我想着说不定你喜欢再上两年女校。

我有两个姊妹都上女校了,我觉得不错。"

随后他闭上嘴巴,又看了一眼映雪的父亲,深深吸了一口气,仿佛这样显得这话不是自己说的,如此才能给自己鼓足勇气再说两句。

"呃,我想说的是,我觉得你得跟姨夫争取,他那么疼爱你,你就给他闹,闹几次他受不了了,就让你来这里上学了。我给你说,素蓝在学校学习,现在她在学校过得很好,她还学会唱西洋的歌曲了,全校女生她唱得最好听,对,对,她剪短了头发,到脖子的那种,特别好看。你要是剪了那种学生头,肯定比素蓝还好看……我现在就可以带着你去素蓝学校看看,一看你就会喜欢……那儿离这里不远,往东大概也就一刻钟的车程就到了。"

她为难地回答,"父亲说取了东西就走,下次吧。"

朱肆年摆摆手,"下次,人家学校都开学一个月,下次太晚了。我跟姨夫说去。"说着,他走向映雪的父亲,"姨夫,我想带映雪去素蓝的女校看看,没有多远,您在这里坐一会儿,我们也就回来了。"

父亲转过身来,手里拿了一本账册,拍打了一下自己的长袍,"肆年,映雪不可以上女校,她这个年龄该是要定亲了,再上学下去,人都要嫁不出去了。"

肆年顿时脸红了,他知道是什么意思,"定亲也不影响,今天就是看看,映雪没见过女校,我就带她看看。"

父亲微笑了,不过这时,窗外隐隐约约传来了轰鸣似的大炮的声音,"轰!"

父亲匆忙向外走去,那声音听起来还是有些遥远的,很快,街上停下来很多人,大家都竖起来耳朵在听发生了什么。肆年的父亲也从楼上下来了,他把一个文件袋交给自己的连襟,"大哥,这是哪又打起来了。"

茶室的四周全是玻璃窗。突然其中一块玻璃被震得"咣当"一声从窗户上掉了下去,众人都一惊,"这个炮声有点近,这两天没有听说有什么事情啊。"窗上破了一个洞,风呼啸着从洞口冲出来。

"他们打家劫舍的时候难道还给我们说一声吗?"映雪的父亲转身回到茶室,"映雪,我们得走了,快,回家去。"

他的长袍一角被攥着的手揉皱了,映雪觉得父亲的脸严肃又紧张,她连连点头,"嗯嗯。"收拾东西。远处好似雷声滚滚,阳光也暗下来,光透过明亮的玻璃窗,照亮了映雪的脸,父亲心事重重地看着女儿。

外面传来人潮涌动的声音,传来嘈杂的信息。

"鬼子攻打南城的兵营了,打起来了。"

"哥,你们今天别走了,外面情况不明,咱们别在路上碰上他们交火了。"

父亲犹豫了一下,"家里人都在南城那边,不放心,没事,官有官道,民有民道,我走小路回去,谁也碰不到他们。"

"那你们千万小心,千万千万。"

"没问题,你们也一样啊,放心吧!"

"映雪,那就下次,下次哥再带你去女校看看。"肆年遗憾地看着自家表妹,他不知道,这是他们最后一次见面,他们之间再也没有了下次……

那是一座水牢,朱肆年就被绑在一扇铁栅栏之上,他的腰身浸泡在几乎要齐胸的水上,水面污浊,漂浮着令人干呕的污物,头顶上方高高的空着八角亭式样的顶,阴气森森,木椽不时地往下滴水,或者滴其他东西,月亮从屋顶的破损处透出来一丝丝的微芒,这里是地狱人间。两根深色的电线缠着他的手腕,将他的手固定在栅栏的铁管上,而他的双脚也同样被绑在看不到的下面。他的脸上血痂累积血痕,血污脏得看不清面孔了,头发胶带似的缠着他

灵魂有青苔的囡囡

硕大的脑袋,因为身体已经瘦削而显得硕大的脑袋。他在今天死去,逃离升天。

此刻,贴在他脸颊上的手颤抖着,她的眼泪,在满脸流淌。
"那个人是我吗?"
"你看到了?"
"我看不清楚他的脸。"
"我也没有看清楚。"
"但是,我知道他是。"
这个高高瘦瘦的男人慢慢靠近他多年之前的"恋人",应该说是自家表妹吧。他是个斯文的人,戴着黑色框架的眼镜,头发很清爽,没有一根白发,甚至连一根灰色的都没有。细长的手指光滑,但其中一只手上缺失了小拇指。

映雪注视着那断指,尽管那应该是很多很多年之前的事情了,疤痕和伤口都很平整。

"从前,在工厂把手指给弄断了。"朱肆年云淡风轻地讲,"那些年运气很不好,断过手指,断过肋骨,出过车祸,我就像一个废物一样,也不是我废物,是我生活得特别废物,因为运气太差了些,总是,总是出问题。"

"那已经无关紧要了。"他继续地说。他带着某种淡定,你知道,能够听出来的,他现在不是从前那个活得乱七八糟的倒霉蛋,他现在活得开始有一点点从背时的厄运里翻身出来的幸运气息。

听起来有些奇怪,也有些玄妙,但世界本身是玄妙的。
"告诉我,你是怎么从厄运里走出来的。"
"大概就是四年前,我和两个朋友去探索一个废弃的防空洞,我们在地下走了五公里,好几次我都想出来,可是心里迷迷糊糊的总是不甘心,走到底就迷路,那时候,我们三个人,三个手电都没电了,水也喝光了,那个洞里黑乎乎的,我想着是不是应该找出来些什么能烧的东西烧烧它好照亮,可是我身上真的没有可以燃烧的东西。在一片漆黑的世界里,我们听到有低沉的笑声,那个防空洞阴森的可怕,潮湿的可怕,嗯,还有忽快忽慢、很大很大的脚步声。"

他温和的脸庞有些低沉,"我记得那里阴冷湿冷,骨头都冻得生疼生疼的,两个朋友有一个哭起来。我们绝望了,不可想象,为什么会有这样的地方,怎么都走不出去的地方。后来,我摸出来打火机,我点燃了我身上的衣服,我们三个人,把能烧的东西都烧了,当时太冷了,都烧了,都烧起来的时候,衣服烧起来的火光巨大,我们却一点也不害怕,觉得却是生命好似有天助了,我的周身慢慢地开始变暖变热,热乎乎的,不难过了,后来,我们在火光里就看到出去的路了。当时,我进去时是4号下午3点多,出来时是3号晚上9点。从那以后,我的人生就开始处处顺利了。"

"怎么就算顺利了?"

"出来之后,发现这个世界上就没有那个很深的防空洞,只是一个废弃的古代监狱,好像还是水牢,就像你刚才我看到的一样,但已经没有水了,也没有铁栅栏了,都不见了,出来后我接到法院的电话,我的那个官司胜利了,那天,我的前女友还给我生了个孩子,我们后来就和好结婚了。"

"你这是别人口中的'放下了'。"

"怎么可能呢,如果佛说让我放下,那他一定不是我佛。"

男子的眼神明亮而犀利,他转身靠在楼梯的一侧,没有直面映雪,两个人都靠在楼梯口,这画面尴尬,不知道为什么停留在那里的尴尬。

映雪身上的那层绿色的光芒正在慢慢淡去,慢慢地只留下了面庞那一点,轻轻地略过男子肩头,落在了他身后的什么东西上面——并不需要帮他遗忘什么。

"你怎么在这里?"朱肆年惊讶地问道,但他已经等不到任何回答。绿色的光芒慢慢消失,朱肆年复又不再认得眼前的女孩,"我们是在咖啡厅见过是吧?"

映雪淡淡一笑,"看你现在很好就放心了。"

## 5. 炼狱南城

那人再次举起刀,刺向大伯的右眼。这一次,他使出了浑身的力气。尖锐的刺刀深深插进去,头颅早就被刺穿了。

亡灵在死去之后,会不会记得自己死时候的疼痛感? 在很长一段时间内,对此,映雪纠结无比,不可以记住的伤痛,又是不可以忘却的伤痛。

"我可以告诉你我是什么?"她喝了一口水,重新把杯子放下,对着张姓记者落座的方向懒洋洋地说,然后接着说道,"只是别人不知道而已,我并没有当做一个秘密,想听的人我都会讲出来让人听。"

"我洗耳恭听。"

"我本来就不是这个时代的人,所以我可以和我的那个时代的灵魂通话。你曾经是什么样子的人,在我面前藏匿不了一分钟。"她用手指轻轻地点了点桌面,"我也不想看那么清楚,但是,我就是可以看得很清楚,他前世做了什么样的事情,他是什么人,他怎样死去,我都可以看到,我再说一遍,我一点也不想看到,但是,挥之不去。所有人,不过是我从前认识的人。只不过,如果是我从前认识的人的话,我看清楚就充满意义,因为我认得。陌生人的话,就挺白看的,看完了也没有人和我交流,白看。"

"听起来像骗子,但是,但是我知道你不是骗子。"

两人坐在那里,四目相对。

"你怎么来的,你怎么找到我的?"映雪问。

张上下地打量了映雪一番,"我之前在路上看到过你,我觉得,怎么说,好生眼熟的你,我打听了米薇关于你的事情,我就特别奇怪,其实主要是想知道你到底是谁? 跟我有什么关系,为什么,我凭空的就想要关注你。"

映雪一点都不生气,"我还从未看过你呢,要不要给我看一眼?"她把手指伸向张记者。

桌面上,她的手感觉就像摸到了滚烫的炉子。她倒吸一口凉气,抬头看向对方,"你分明都知道?"她吃惊地连眨了几下眼睛才收起这表情。绿色的微茫轻轻闪过,张似乎被她突如其来的问话搞糊涂了。

"你说,我该知道什么?"他说。

"不是!"她使劲摇了摇头,喊道,"父亲,怎么是你。"

张的手突然就停在两人之间的半空中,他慢慢缩了回去,只是动作格外迟缓,好像稍微快一点他的手就会整个断掉。

"什么?"张很迷茫。

她揉了揉眼睛,"你还有其他的女儿吗?你只有我一个。"她不敢接着回想下去了,只觉得自己胃里如同翻江倒海,难受异常,"怎么是你。"她喊起来。

"不行。"她远远地离开这个座位。她浑身颤抖到不能好好站立,已经控制不住自己的声音,头重脚轻,天旋地转,昏昏沉沉,仿佛跌进了一个张着巨口的黑洞。

"你冷静点。"张说着伸出双手,要来扶她。

她咬着牙说:"父亲,你走吧,这一段我无法忍受。"

来人缓缓道,"我不能走,我走了的话,你还困在那里。"

困在哪里?追忆了多久,追忆了多少人,追忆了多少时空,做下了多少铺垫,都是为此这个不能触碰的禁地。

困在哪里?困在那个灵魂无法超脱的世界里。事实上,她就是一缕游荡在世间的灵魂,不然就是个疯子,但她不是个疯子。

"我比以前已经从容许多了。一周又一周,一月又一月,一年又一年,我已经习以为常了。"

她叹了口气,"那我走。"

"我不能再丢下你了。"

"父亲,那时候我们谁也拯救不了谁。你没有丢下我,我知道。"

她的手颤抖着从桌子上端起一杯水一饮而尽,"父亲,无论你看到了什么,事情都已经发生了,你无法挽回,我也无法挽回,所以你必须让我走,因为你也看出来了,我已经在其他的道路上都走不通了。我看到你脸上的表情了,你知道当时发生了什么是不是?父亲,你早已经过轮回,不再是我的家人了。"她转身要逃离这里。

"小雪!"张记者叫道。

那是她难以启齿的部分,消失在空气里的部分,消失在时空里的部分,也是她迟迟不走留在这里的原因。

"别说了。听着,沿这条路一直走下去,再过半个小时左右你就能看到一家宾馆,父亲,你就住到那里去吧,那里很安全,在二楼的消防通道上,你看到一道红色的线,你不要理它,看到它的时候,就可以抬头了,就可以远远的离开这里了。"

"这样的道路我知道很多。"他说,"因为我远比你看得更清楚更多。"

映雪背对着父亲,他也在正努力保持镇定,他的眼中充满了忧虑和关切。

"你还好吧?"他问。

"我一直都没事,"她回答,"你最好忘了见过我。"

"我放不下我的女儿啊,魂飞魄散了,也是我的女儿啊。"

她想喝酒。

南城的兵营已经乱套了,昨天他们偷袭了一个鬼子的据点,消灭了那么几个敌人,回撤的时候觉得扬眉吐气了一次,这么多天了,从来都是窝窝囊囊地被动挨打,兄弟们不停的死不停的伤,就是这一次,在对方猝不及防的时候,伤害了一点点。

战场应该是讲究武德的。

点到为止的伤害就回来了,警示一下,他们不可以在这里,在我们的土地上过分猖獗。

但它们是毫无武德的畜生。

下午3点,阳光还很盛。那些人带着明晃晃的刺刀,杀进来距离他们勘察到的那个兵营最有可能待过的村庄,战士们已经转移了,只有老乡在,所有的老乡们都在。明晃晃的刺刀在每家每户的心里晃荡。

村庄在10月的那一天经历了惨无人道的屠杀。我无法描述的屠杀。

那天,映雪跟着父亲从城里刚刚回来。每家每户的成年男人都被带了出来,还有个头略高的孩子,体格略壮的妇人,以及路上正好碰到的人,通通推到了屠杀的前排。

要交出来士兵给他们,交不出来就杀人。

于是,先杀老人给男人们看,要再杀男人给女人们看,要再杀再杀。一口鲜红的血在映雪的喉咙里涌动涌动。

村庄的土地都染红了,尸横沟渠,空气里只有悲痛、哀号、恐惧、绝望。

映雪剧烈地咳嗽了一声,当她慢慢平静下来,伸出手,在张记者的脸前轻抚而过,"忘却了,你可以忘却了,从此,再没有了那个痛苦的人生。"

## 6. 为什么你不走,又要走

"双鱼座茶室的墙上,突然多出了几个字,12点整。映雪,你知道为什么吗?"米薇突然很奇怪地发现家里墙上的变化。

"哦,"米映雪更吃惊,"什么时候出现的?"

"昨天你出去一天,昨天下午吧,突然出现的。"

"米薇,要出问题了,我必须加快带他来见你的脚步。"说着,映雪转身离开,米薇似乎明白了什么,她呆坐下去,呆坐下去,直到妹妹带着一个陌生人归来。

"你要我们所有人都忘却,唯独你自己,为什么?为什么你不走,为什么你不肯忘却?"双鱼座茶室的夜晚,那人静坐如木。

映雪缓缓地,"不是我不走,我没有路,当我在那一天死去的时候,我的灵魂就从身体里抽离,我看到很多很多的亡灵向西走了,有些走着走着可以去投生了,还有一些走着走着就散了,像烟雾一样消散了,这世上不是所有的事情都那么精准的,不是善恶到头终有报,错过的,漏掉的太多了,没有人引领我,也没有鬼差引领我,我就这样孤苦伶仃地存在下来,还可以在夜晚到处游荡。"

"你害怕吗?"他问,"我是说,当你一个人这么多年孤苦伶仃的在这个世界上游荡的时候,尤其是夜晚,周围的一切都是黑暗的,你害怕吗?"

"黑暗有什么可怕的?还有屠杀血腥可怕吗?"她顿了顿,努力不去想那些可怕的东西。而在她的脑海中,一幕幕血腥的、痛苦的、令人绝望的弥留之际却都纷纷跳了出来。她心里,是一部悲惨血腥的屠杀剧,所有人都在里面不停地上演,刀枪的声音一直在肆虐,哭喊声一直在持续。死去的亲人逐个站立起来,血衣污浊,谁也不和谁说话,飘散再飘散。

"那,你看到的是怎样的情景?"他又问,"是站在第三者的角度?就像飘浮在半空的天使?还是你化身成将死之人,以第一人称视角看到?"

"我永远是个半参与者,视角就总是偏安一隅,我经常想站到一个高一些的视角,好让我对所有细节了如指掌,但不行,我就只是一个有孱弱灵力的灵魂。"

"如果你想离开,痛彻心扉地想离开,你走得掉吗?"

"我不走,我走了,就背叛了死在这里的所有人了,我不走,我守着他们的后代,就好像我也有后代似的,是的,他们都是我的后代。"

"米薇是你什么人?"

映雪笑了,"你连这点都没有看清楚,就信我。"笑声中充满了讽刺和不屑,仿佛那是一个不值一提的问题。

"我们曾经是一个人。"她缓缓地说,"我和米薇放在一起就是那个完整的映雪,她是可以投生的那一部分,我是残留的人格。"

她继续说下去,"如果我和米薇再次融合在一起,我们就是正常的人了,米薇就可以正常到不像现在尽陪着我,跟我一起看到这些乱七八糟的东西。"

来人叹了一口气,"米薇今年已经16岁了,她看了16年鬼鬼神神,你可真够折磨人的。她存活16年,更是历经人间,你让她16岁的生命动不动就跟着你去看前生后世的残忍故事。"

米映雪抬头看向来人,"这么多年了,你是第一个心疼米薇的。"她沉默了一下,"这样的游戏规则不是我设置的,是百年前那个不肯死去的米映雪设置的。那时候,她分裂出来两个截然不同的灵魂,一个要忘了这一切悲惨去投生,一个要铭记这怨恨去复仇。"

"你心里全部是怨恨的念头,全部都是,怨恨、愤怒、悲怆、痛苦,可米薇不是,她已经从那一世的创伤里面走出来了,是你一次次地把她裹挟进去。记住的人自己就记住吧,忘却的人何必逼迫她牵念?"

"凭什么,我就应该生活在这耿耿于怀当中吗?凭什么?"

"难道,难道那不是你自己的问题吗?"那人吼了起来。

"米薇身上带着那日的伤害,一直都带着,米薇从来没有忘记。"不知何时,米薇站到了身后,"映雪。"她把手放在妹妹的肩头,

"没有办法,我更拥有三分之二。"

那人,沉默了,灵魂曾经的往事,并不是说,那些不折腾不言语的人就已经忘记。

"薇,我知道你喜欢今生,我们轮回了五世之后最好的时代。对不起,是我的自私执念,要把你裹挟,这是最后一次了。你陪我一起走的最后一次,以后就好了。"

"讨厌,假惺惺的你……我昨天一直找不到你。"

"我去找了自己的下一生,米薇,你看眼前的这个人,他见过我们的往后人生。"米薇疑惑地将手与姊妹靠近。

"我在渐渐失去读取的能力……你大概看不到了,就听我说吧,就在我们的村庄旁边,10年之后会建起来一个关于大屠杀的纪念馆,那里有好多我们曾经认识的人,很生动,是来过这里的样子,很多年了,他们没有被忘掉,没有被强行从这个世界上抹去,我会是那里的一块静静地墓碑,石头做的墓碑,恒久地陪着我的亲人永远住在那里。然后,他们的后人,我们的后人,会慢慢愈合伤口,会慢慢抚平伤疤,会慢慢开始真实的全新的生活。"

"映雪,映雪,你还是不想重新做回自己。"米薇的眼泪开始流淌。

映雪摇了摇头,"从我不再是米映雪的那天起,就再也不想了。"

"告别都是突然的,很迅速,米薇,你要知道这一点……谢谢你陪了我这么长的时间。"

映雪的手抚向姐姐,"你还记得白珞珈吗?那天,你给白珞珈说的话我一直都记得。无法抹杀的东西,需要被看见,被看见才有可能被谅解。米薇,这些年,我看见屠杀,看见悲怆,我也渐渐看见了我自己。我是应该消失的事实,这个,也无法抹杀。你是应该独自存在的米映雪,这个也无法抹杀。"

墙上,一个老式挂钟,突然,"当,当,当。"计时的撞击声响起。

"每次,都让我说对。"映雪自言自语一句。

她的影子开始慢慢变淡,一点点,一点点再变淡,"告别,都是突然的,突然的……米薇,长大后,你会是个大美女,满足了你的愿望,在一个温柔安全的盛世里,欣然做美人,真好……米薇,你不要忘了我……"

"你该走了,米映雪。"来人低着头。

"我知道。"所有这一切如同一道巨大的波浪排山倒海般地扑向她。她闭上眼睛,任由自己一点一点在消失。也许没有别的选择,她注定要遇到这些人,经历这些事,这就是命运。她也注定要离开,要走远,这是轮回,没有人可以改变。

也许有朝一日,她能重新回到那个美丽的身体里,重新回到那个香甜的葡萄园里,从此就迷失在岁月的淡淡温和里。

但现在,到此为止就好了,做了一场巨大的疼痛的离奇的梦。

"她去了哪里?"米薇喃喃地问。

"你应该为她开心的,这么多年了,大概只有今天才是她释然的时候,只有今天,她才是彻头彻尾地放下心里的疼痛。"来人说。

## 7. 纪念馆

明村大屠杀的纪念馆今日开馆,没有剪彩,报纸的一个篇幅发布了一则公告。很多人都来了,这是这个城市里的一件大事。

"妈妈,这里可以看到你说的那个姐姐吗?"一幅巨大的关于村庄的水墨画面前,一个 10 岁的小女孩拉着母亲的手,目光有些迷离,喃喃地问。

"什么姐姐?"母亲反问一句。

"很久很久之前的那个姐姐……"

明村大屠杀纪念碑,脚下,一棵绿油油的小草轻轻地探出了头,这世界轻盈温柔,就像只是做了一场梦。

## 盛夏读书,遥望他途

有一本书,好多年来,一直都放在我的枕边,随手都要翻,喜欢到不行。

《遥望》,作者迈克尔·翁达杰,加拿大籍斯里兰卡作家,1943年生于斯里兰卡一个富裕的农场主家庭。作者产量似乎不算多,可是都是精华,《身着狮皮》《英国病人》《遥望》《阿尼尔的幽灵》,字字珠玑。

对于我们中国人来说,接触翁达杰,一般都来源于那本梦幻般魅力的小说《英国病人》,也是那本书,让他跻身国际知名作家行列。

看过《英国病人》的读者一定会无数次头疼于作者打乱时间顺序的叙事写法,以及将片段情节作为时间节点,重构故事的叙事风格。没关系,那算不了什么,因为——如果再看看《遥望》,恐怕会更头疼。

这是一个怎样的故事?三句话可以说完,三十万字又说不尽。

加利福尼亚北部的农场里生活着一位父亲和女儿安娜、养女克莱尔以及养子库珀。安娜和库珀在山上木屋里的情事被父亲发现。父亲勃然大怒要杀掉库珀,安娜用一块碎玻璃刺伤了父亲。

后来,库珀离开农场,成了西部赌场的发牌手,多年后,他遇到了克莱尔,两人在寂寞中,走到了一起。安娜也在某一时刻离开农场,离开父亲,到了法国乡村,研究已故作家吕西安塞古拉的生平。至此,库珀、克莱尔和安娜的故事成了一个谜。这时,作家吕西安塞古拉的故事却被一层层展开,情节越来越细微,仿佛就在映射叙述者安娜,从未真正离开她用一块碎玻璃刺伤父亲肩膀的那一刻,也从未离开库珀对自己的遗忘和背叛。过去与现在交错,空间与时间碰撞,关于激情,关于失去,关于爱和记忆。

整本书的故事看起来很朴素,又宛若神话般迷人。强烈鲜明的意象,炽烈机智的文笔,对最狂暴、最毁灭性的人生经历冷静探索,再不会有谁能把激情、时间、记忆、暴力写得如此撼动人心了。哀婉、宁静、克制、紧凑、高度浓缩、简练但充满戏剧性,给人以极其丰富的感官体验,沉醉其中无法自拔。

第一次读《遥望》,我以为,这算是三个人的小说。但是,到了小说的最后部分,整个故事就像是突然成了失控的万花筒,赌气似的围绕着安娜研究的那个已故作家吕西安塞古拉不断喊来新的人物。他的家人,一个他老了之后在路上认识的少年,突然又转到这个少年的父亲、少年的母亲等等。

我的思绪被打得很散乱,但小说的语言太美了,引领着我不得不读下去。可是,情节又太凌乱,把以往我们读书中特别喜欢做的抽丝剥茧到达最终目的地的好奇心吊得足足的。确切地说,开始是调得足足的,但是,他始终不给你答案,到最后,以至于,我想要探索究竟的意志都要趋近瓦解了。

这时,我读到,翁达杰这样描述道:"他们互相也只是陌生人,正巧相逢在陌生人之间求生。他们发现任何东西——所有东西——都可能被拿走,在这个似乎要延伸至他们生命尽头的钢铁般的世界里,没有什么能保留得住,除了彼此。"

我突然明白了他为什么要这样把一切拆掉,这样的零散,这样的乱。就我的理解来看,翁达杰给我们讲述的这个故事,其实,人物次之,情节次之。他远远指着的,是各种情绪流动的轨迹。

而"人物",就是像容器,各种爱别离、怨憎会、所求不得,就在这些容器里交换,但具体是谁并不重要。每个人,都有若干段的人生,也有若干个角色介入你的人生,每个人都很重要,可是每个人也都有可能随时退场。这一个个进进出出的陌生人,也都有你不能完全了解的过去的悲喜和心碎片段,这一切足以让你的人生出现若干个"崩溃巅峰"。由最初对一个无法弥补的错误念念不放,到最后一连串的,因为这不撒手从而像多米诺骨牌一样,倒下,所有的一切都倒下。

翁达杰很自信,他的故事看起来那样地散,但是内涵是始终贯穿的,营造一种情绪。他经常在故事里突然走开了,他把文字留在那里自己走开了,很多时候他是缺席的。他在真正的问题到来的时候永远不会直面,他不是一个纪实类的作家,他是觉得这些空洞和黑暗需要读者自己发掘,为什么这些人与世隔绝?背后到底发生了什么?你需要通过蛛丝马迹去寻找。

从这里讲,翁达杰又是一个很克制的人,他做什么都要留一个距离,让读者自己去走完。他给读者用文字的方式构建一个故事的同时也创造一个非常紧密的情感的纽带,让读者和他一起,共同挖掘一个真相,共同走向一个故事的核心。

联想翁达杰的生平,他是一个 11 岁离开斯里兰卡的泰米尔人,但故土或许在他头脑里留下了某种形态的东方宗教,就是众生皆苦,所以,从《遥望》里要分辨出单个的人是没有意义的。佛教里把人和一切有情感的生物都叫做"有情",而所谓"有情",无非是种种物质和精神的要素的聚合体;而任何要素又是在每个刹那因缘而生灭着的。翁达杰所要表达的情绪和主题,大概就是这样的意思吧。

这本书,有很多让人难以忘怀的句子,我到现在依然反复吟诵:"我徒步穿越这座人烟稀少的冷清市镇,前面是我的人生。一路上,他都没有碰我。在卡车停靠站,我亲了他一下,我最后一个深挚的亲吻。自那以后,很长一段时间,我没有吻过别人。我渐渐相信,是艾伦斯沃斯先生指引我去了南方。我希望有一天能把这个故事告诉库珀——可能在信里,可能在电话里。可是他,我的初恋情人,从我的生命中消失了。到那时,我在另一条人生路上,已经走得太远……"

  整本书太灰暗,太灰暗,虽然到最后也有些许的光明可以看到,但是,的确,这本书,是我读过的最没落、最绝望、最悲伤的文字。真是,没有什么明亮的能量在其中。

  但是,对于我来说,不得不说,这本书却像一剂安慰剂。因为,它太悲伤了,读过它之后我们也许会沉迷一时,但是,你又能很快苏醒,因为它给了你无尽的遐想和回味,因为再没有什么文字比它更悲伤。这之后,就能归来了——悲伤已经达到谷底,从此,没有什么能够把我打败。这是我读完这本书之后,最大的收获。

## 时光如此狼狈

那个夜晚，没有颜色，没有语言，也没有歌声，两个人沿着道旁树投掷下来的影子前前后后地走。他有时停下来等她，没有等到一起他又接着往前走。她追逐光和影之间美丽的东西——他看不上的东西。月光和雨水可以透过树影一泻而入，说些什么，什么都是错的——黑夜里永远有看不透的眼睛。

那么，就到这里吧。你对我不及从前有耐心了。

月光和雨水，我以为是矛盾的，并不出现在一起，但是，你看现在他们同时都在，但是又很偶然。她用了比喻的说法来谈论两个之间的感情，他是那一种很不屑于说儿女情长的人，如果你直接跟他讨论他爱与不爱自己，他会说"我去"。

隐隐约约的夜市嘈杂声，霓虹在很远的地方，勉强可以称之为"雨"的雨水，稀疏的有失雨水的尊严。但他的脸有些威严，好像一把又黑又冷的伞。女孩也并不是始乱终弃的人，眼神清澈，看上去，她集母性、医生、巫师于一身，只要有需求，她就轻盈地走过去，温柔还很狡猾，抚慰人心。恋人的味道，情人诡秘的香气。

十年了。她在自己的故事里沉浸了十年了，每次在她想要走出来的时候，洞口的光亮就会出现一次，他就比前两天对自己更好一点，更有耐心一点，这一点"好"就把一个女孩凌乱的心搅和得更加凌乱。她是不需要结果的，只需要温柔。

但凡凌乱都不及那一日更凌乱。

我知道你的存在，呵呵。

这是一个女人表达给第三者的惯常语气，没有第二个人比女人更敏感，一句话就知道。她走出自己的故事，她觉得自己从前多少年的生活都是在别人的生活当中。跨度十年的故事情节里,她的身体里充满了很多的疑问,此刻,仿佛因为再也不想知道答案变得轻松起来。彼时,她 29 岁,处于对爱情盲目崇拜的状态,对自身的处境漠不关心。可能一生嫁不出去,可能一生没有人陪她负担生活的重荷,可能一生没有圆满,这些潜在悲摧,她都视而不见。

而经过了这几个月,她给自己定了一条规矩,谁也别想再让她深情了,她再也不会为了奇美炫目的爱情故事而奋不顾身,乔治布鲁尼古天乐也不行,她只知道自己要和过去的十年一刀两断。她会继续相信爱情,会为爱情电影流眼泪,会为爱情开释别人,只是,再也别想她会用爱情与人交流。只要她愿意,有关他的,她的爱情,她全部可以付之一炬。

她老了。她不想你回忆起她的时候,想到的是她满脸沧桑。只希望你记得她 20 岁时候的样子,然后,不去了解那个路途之后沟壑的面容以及苍老的灵魂,这是离开你的最后一个理由。她的身影在月光之下拉得很长很长,在阴暗处突然有一种断崖式割裂,她的目光就咚咚地落在了那些被割裂被废弃的岁月里,她像一只鸟,在吃虫,就一口一口地咽下去自己的回忆。

## 第四辑

## 在我眉间

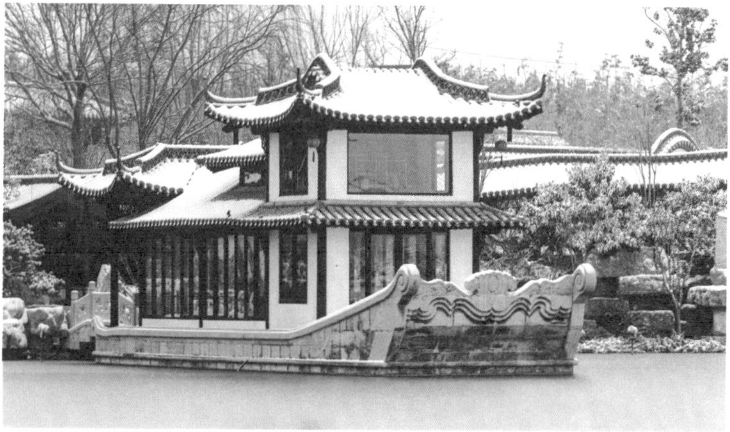

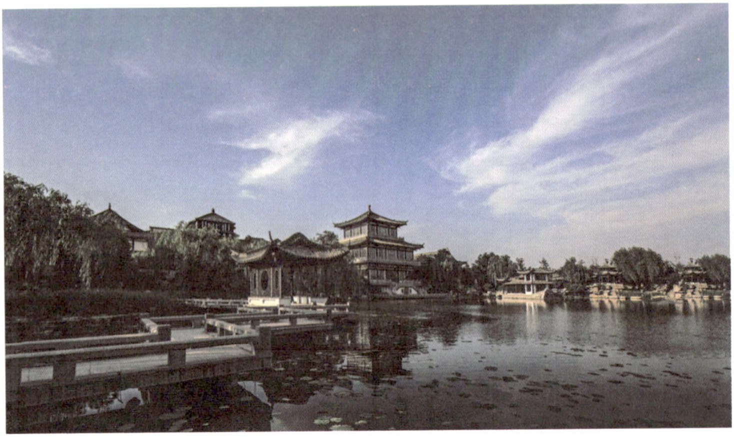

# 荆棘鸟的代价

我在自己的少女时代曾经看过一遍《荆棘鸟》,从那个年岁的眼界和思想来讲,那时的我,被整本书所表达的,这美丽而凄惨的"失去的爱"感动得一塌糊涂。

我反复体会着男女主人公之间互相爱慕,却爱而不得的煎熬,相信那就是人间最为真挚的爱。

十多年过去了,当我再次拿起这本书的时候,感动犹在。可是,另有一种,更为贴切和真实的感受,也静悄悄地在我的脑海里形成。我反复返回书里,寻找着自己的体会。

爱是因人而异的事情。分别选择了"教会"和选择了"割甘蔗"的拉尔夫和卢克,遭遇梅吉截然不同的爱恨。拉尔夫始终在她心里,所以她承受他的离开;卢克始终不曾走进她心里,所以对他的真离开、假存在,她表达了自己最大的愤怒。

梅吉10岁那一年,拉尔夫第一次见到梅吉,就觉得这是他有生以来见到的最甜美,最可爱的小姑娘,居然让自己都有点想入非非了。梅吉一天天长大,他们朝夕相处,拉尔夫表现得不仅像一个令人尊敬的长辈,更像是一个可以无话不说的朋友,两个人的心越来越近,就要点破最后一层窗纸了。

这时,嫉妒两人感情的姑母玛丽给了拉尔夫一个选择,她有1300万英镑的遗产,原本是要留给梅吉一家的。但现在,她把自己遗产的决定权交给了拉尔夫。或者全部留给天主教会,由拉尔夫支配,或者梅吉一家继承。

矛盾与震惊中,拉尔夫选择了由自己接管遗产。这一段,书中反复让拉尔夫神父自己开口叙述:我用1300万,出卖了我的梅吉。

不仅仅是拉尔夫,如果这个选择现在给了我,我想,大概我也是这样想的吧。人生在世,拥有一个值得一生去爱的人诚然可贵。但,要是为此,而放弃即将唾手可得的大好前程,人往往很难选择爱情,这个虚无缥缈的东西。

于是,他离开了梅吉,仿佛他们之间没有任何相知似的离开。同时,也开始了他从一个普通教士到红衣主教的晋升之路,放手梅吉,换来了他事业上巨大而崭新的开端。

拉尔夫爱梅吉吗?爱,但他为了更光明的前途,选择"教会"是必然。

当拉尔夫告诉她,虽然自己非常爱她,但他永远也不可能和她结为夫妻。他要追随自己的信仰事业之后,梅吉就心灰意冷了,她嫁给了外表酷似拉尔夫神父的剪毛工卢克。

婚后不久,她就跟着卢克去了昆士兰。然而,一心只想挣钱,攒钱买农场的卢克,收走了她身上所有的钱,存到了自己的银行账户上,并且让妻子去别人家以管家的身份借住。不要说爱情,连最起码的一点呵护,卢克都没有给予。

并且,打着同样的赚钱的名义,他对家庭,不闻不问,甚至在梅吉生第一个孩子女儿朱丝婷的时候,他都没有出现。

梅吉这才发现,对于卢克来说,迎娶梅吉只是因为她有钱。他的性格,品德,无论从哪一点上看,与拉尔夫相比,都越来越没有可比性。她终于受不了了,选择了带着孩子离开。

梅吉爱上过卢克吗?没有,她只是选择了卢克的脸庞,这也是她对自己爱拉尔夫这件事情做出的唯一一次妥协式努力。

此后,她就再也没有因为要结婚,因为得不到拉尔夫,而向其他的任何一个人或者一件事情投降了。

最纯粹的感情,不再追求要和这个人在一起了,但依然想要拥有,哪怕就是拥有他的一个局部,比如他的孩子。生养他的孩子,却并不告知于他。因为爱他这件事,此刻,只是自己的事情,而孩子是自己最后的窃喜。

离开卢克之后,在麦特劳克岛,拉尔夫和梅吉一起度过了他们一生中最幸福的时光。而后,拉尔夫远走他乡,去做他的大主教,梅吉返回家乡,生下拉尔夫的孩子,取名戴恩。

梅吉的母亲菲一眼就认出戴恩是拉尔夫的孩子,她理解女儿的做法,两个人共同守候着这个秘密,如糖似苦。二战爆发了,拉尔夫在战争中以宗教的影响力保全了罗马,受到了人们的赞誉。但在内心深处,梅吉一直是他始终的牵挂。

此时,戴恩长大了,他一天也不曾为拉尔夫所抚养,然而骨子里,想要当一个教士的心,如他的亲生父亲当年一样固执。梅吉把他送到了拉尔夫身旁,以隐晦的语言,偷偷地说,"我偷了什么,就还回来。"拉尔夫和戴恩相处融洽,梅吉暗自沉浸于父子二人的亲情当中。

好景不长,戴恩在希腊度假时为救溺水者不幸身亡。巨大的悲痛中,梅吉再也忍不住了,终于说出戴恩是拉尔夫亲生儿子的秘密。

那个一生都要自己献身于教会的红衣主教,此刻的精神世界也崩塌了,他给戴恩做完弥撒后,就在悲伤与悔恨中死去。

除了结局不尽人意,这终是一个我们向往的故事。

"传说中的荆棘鸟胸前带着刺,它遵循着一个不可改变的法则。她被不知名的东西刺穿身体,被驱赶着,歌唱着死去……但,当我们把荆棘刺扎进胸膛时,我们是知道的,我们是明明白白的,然而,我们依然要这样做。"

真正的爱和一切美好的东西都是需要以难以想象的代价去换取的。就像拉尔夫为投身于自己一生的事业"宗教",付出了一生的孤独和最后的悔恨;就像梅吉为追求自己心里定义的爱情,一生不肯挪爱于他人,在寂寞与一点小确幸中落幕青春,为此,他们耗尽一生。

值得吗？每个人心里都有自己的答案，但爱或许就是不问值得与不值得，才显得特别美丽。那些年里，我们在爱情里吃过的苦头，在生活里遇到的所有艰难岁月，依然历历在目。

　　我曾经如拉尔夫一般悔恨过，但历经世事之后，反而变得开明了。很多事情，是没有理智可言的，看起来，今天想明白的一些东西，如果岁月回头，你当初的选择大概率依然和从前一样，因为你无法改变你的本心，而遵从自己的本心，大概更是这个世界最美好的事情。只要你还想要这种美好，你就无药可救……

# 世事的味道

在我结婚之前,最不讨我喜欢的饭是熬菜,奶奶做的熬菜。白菜、白豆腐、白萝卜,我们家人的饮食习惯几乎是食素,并且,奶奶还极不愿放酱油。这种我从小到大一直勉强忍受的淡味道,在经过几年外地上学、工作,住在外、吃在外的调教之后,我开始下咽得恼火。

我经常问她,不能再多一点点酱味吗?她每次都能果断地回我,颜色太深多难看。待我在上海吃到浓油赤酱的本帮菜后,酱成亮黑色的叉烧肉与四季烤麸,解恨似的打包回来摆在她面前。我跟她讲:肉是这个颜色的,菜是这个颜色的。

此时,她81岁,已经没劲儿跟我争吵了。回来之后去未来的婆婆家吃了顿饭,迎接我的是一桌热闹的红油腊肉与沸沸腾腾的家庭气氛。我心想,要不就为了这生龙活虎的午饭也早点结婚吧!

我们家一直都不太有浓墨重彩的生活气息。父母性格安静保守,再加上工作忙碌,他们很少愿意把吃饭这件琐事张罗得热闹红火。这样的家庭很多,但我比较事儿多,爱在意。

太没有意思了,我就跟奶奶待在厨房看她做饭。她不会用燃气灶,用蜂窝煤做饭,总是要提前多半个小时把火门打开一个刚刚好的宽度,等热量烘上来。在一次次的等待中,祖孙两个把生活的道理再三争执与盘点。

她是那样的啰嗦。劝我安静劝我本分,不要与品行不端的人来往,不要计较父母的脸色,不要以为全世界都欠我的。我说,你说得轻巧,要做到怎么容易。她叹了口气回答,"皇帝也不会快意一生!"这言语让我叹为观止。

她爱絮絮叨叨,肚子里都是村庄里的故事。但她又非常雅,从来都避免说寡妇鳏汉,一再讲红总讲赤峰,讲老四柱奶奶贞烈一生,春三月荠菜花开,冬腊天元宵白糖,粮斗庄好地方,通年吃细粮。

那时,她70多岁,爷爷刚刚离世。我是后来才慢慢体会到那些年,她孤寂得要命。我因青春的不快而郁郁寡欢,父母因忙碌而更安静,而她,因为衰老琐碎,让人想躲避。只是因为她讲了很多话,我听与不听,人都在侧,我便很是觉得是自己一直陪伴在奶奶身旁。

现在想起来,是那时的她一直在竭力向唯一还有点点活力的我亲近靠拢,而我却在不自觉以回避。她与我以温暖皮毛,我回她以坚硬刺拉,她待我以诚恳亲近,我回她以虚与委蛇。

在后来失去的岁月里,我悔得难以言表。我们又一次因为饮食而争执。她往粥里煮上几块红萝卜,尽管我一再反抗拒绝。但是,那玲珑剔透的红色块块还是准确无误地出现我的碗里。我需要不止一次地挑出来扔掉,挑出来扔掉,我已经烦了,她依然会在又一次的蒸煮里告诉你,今天的下午饭,她放了小人参。我几乎被她气哭了,觉得她太欺负人。

我说她,你以后别再喊萝卜是小人参,还有,白菜就是白菜,不是什么小白菜儿,你把它叫得再好听,它也只是大白菜。

然后,我哭了,为这从小吃到大却一直索然无味的饭菜,也为活了这么久,却只能为一棵白菜的味道,一颗萝卜的味道跟自己的奶奶在厨房里争执而掉落泪水。她很缓慢,也只有真看到我哭了,才相信原来我已如此不能容忍。

我们两个在时光的静默里不语。

"妞啊,你应该知道,很多人都是平平常常过一生的,"她说,"就跟这白菜萝卜豆腐一样,你觉得难吃,你不吃,可别人都是这样吃的。"

我苦笑,"你什么都懂。"

她也笑,"你就是自己也不知道就先反抗,反抗的光让人觉得你不懂事。其实,你用这反抗的力气先看看自己到底能不能做好?要是你真做好了,你妈说什么,别人说什么都还有什么意思……你就改变你能改变好的,记住你改变不了的不就行了……"

我在冬日冗长的时间里听她絮叨人生哲理。她太平凡了,又没有读过书,说出来的每一句都是她从乡野的故事里,从她漫漫人生中最后悟出来的小道理。如果我从书上看到,本能的是当作鸡汤予以反感与回避。从她口中说出来,我终于愿意,在追忆她的情境里,长久地想起她说的每一句,究竟有无道理。

少年时,父母等长辈给我们遮挡了太多的风雨。后来,在暴风雨到来的时候,我们以自己全部的冲动与任性脱离管教,脱离烦琐,脱离自以为是的凡俗,也脱离宽宥与保护,在一次次被撞得头破血流的时刻变得暴戾、狰狞、厌世,而后,不再相信良善,也不再相信父母的权威能力,以为一切都很苍茫、遥远。

许多年过去了,我终于明白,这不是对的,至少,不是全部都对——陈年往事终被埋葬,只有气息自行爬上来。

"……你能做什么就做什么好了,剩下的,交给老天爷……"

"……妞啊,累了咱就歇一歇……"

我依然爱那些不切实际的山海。我跑去远方爬我够得着的最陡峭的山,跑去邻县住那最荒芜的村,我依然爱那不切实际的海,渤海、黄海,遥远的海,喧嚣的海,宁静的海。只是我终于懂得,山海之后还要归来。别人回不回来不打紧,我打紧。我的灵魂,一直很柔弱,只够积攒力气一次出走一次,归来,再出走另一次。

奶奶经常出现在我的梦里,我不跟她吵了,梦里光剩下笑。在一次次与她的追忆里,我与生活,与自己达成了某种和解。我在一本书上看到一段宁静祷文,谁写的,没有标注,据说是某种哲学。如果,如果奶奶还在,一定会说,妞啊,看到什么好东西,念给奶奶听——

"请赐予我安静,好让我能接受,我无法改变的事情;请赐予我勇气,好让我能改变,我能去改变的事情;请赐予我睿智,好让我能区别,以上这两者的不同。"我闭上眼睛,愿意将这一切的一切,悉数收纳——山的味道,海的味道,奶奶味道,而我灵魂的分贝,终于能接纳喧嚣,亦能接纳——安宁!

## 不持有的人生

某个有着积极人生态度的人说,如果不喜欢你现在的生活,要么离开,要么闭嘴。然而,我什么也做不到。

其实,我懂得,如果必须要离开一个地方,无论以何种方式离开,都不要慢慢离开,要尽你所能决绝地离开,永远不要回头。可是,想要离弃的岁月看起来安全无害,未来却躲在迷雾里,隔着距离。

像所有的选择一样,凭着一向的生活经验,你选择甲,而答案恰恰是看起来并不那么投你眼缘的丙。等你知道为什么的时候,一切已来不及。

从前听过一个故事,一颗茫然的心说,如果有来生,我想要做一阵风。是的,我想要的就是那样一种不持有的生活,而且以后也很难被持有。

六月的凌晨,道路向东通往寂静的村庄,它在夜晚也有漫天的星斗沿着地图中一条不知名的河流一路上升,仙女座与白羊座在万米高空晶如萤火。

有多久没有下过雨了,快要记不起这里如果下雨会是什么样的感觉。这里的田野会是什么样子。绿油油、郁郁葱葱? 不对,快要麦收的季节,是沉甸甸起来的麦穗和无以为继的稗草面向大地的叩首,黄腾腾的喜悦。

总是喜欢踢踏一些小石子在脚趾尖,用步履的单双投掷自己的运气,如果幸运踩进路旁一丛青草,便笑盈盈地摇掉脚踝上清莹的露珠,读着席慕蓉的诗,喜欢少年的处世方式,也笑纳成人世界的繁文缛节。

将相有更迭,简心良难独。有过几多思考,心便一定几重多窍,所以根本无谓简心,所以生活从来并非简单明了。我希望它有深邃,还又长了翅膀,飞来飞去的轻盈带着几分逍遥几分机智。

天亮前的动身,所以还与黑夜有一次有气无力的皱眉。琐碎的事,不值一提,它毫无缘由地造访我,随即离去。穿上合适的裙子,尖跟的白色凉鞋,守护好自己。

温夏的柏油马路依然硬实,踩不出一串细细的印痕儿,可是,知道自己已经走过去。她培养出一种习惯根植于每一个清晨,向右向上,在清风与朝阳间觅得慰藉,亦不许那些兵荒马乱的声调与色泽作含糊不清地落沉与停留。

风已经停了,无法再携你一程,蒲公英的小伞撑着自己努力飞翔,把根扎在它所能抵达的路途,明年会开出坚实的花。就是出于对自己的尊重,尽管风已经停了,我的灵魂还会守护着那条来时的路,像珍宝一样怜惜。不持有的生活,是年轻的自我,不持有,依然拥有。

## 湖岸前生

秋日的傍晚，时光短暂而清冽。从村庄最尽头的房子，沿着平坦的河沿一直走，一直走，大概要走上七八里地的样子，遇见这片湖水最开阔的地方，水面又清又宽，风吹过的时候，卷起一层一层涟漪。阳光明亮地照耀着这个世界，开阔多情，刚抵达着水面就像被这湖水的清澈看透了一样，变得安静而深沉下来。

每一卷水纹都很乖，每一颗浪花都很温和……

我就在这样的湖边，走啊走，我不必和任何人说话，我也不必走到河流最深处的更深处，周围就都是寂静。侧耳倾听，除了我自己，就只有这静谧的空气，这深邃的河，还有我的，倨傲的不说一句话的白鹭。

那些翩跹在河流崎岖处也是清浅明澈之处的白鹭，它们从不曾理会人类，临水照镜，双翼因饱含深情而格外晶莹。从看到白鹭的那一天起，我开始觉得这一块疆域也应是属于我的。

从前，都很少踏足这里，因为路不好。从县城到这片波光粼粼的水域，只有一条狭窄而崎岖的路。两三天里会有一趟公共汽车，上下颠簸着从城里的汽车站出发，沿途接上人，然后在一个个名叫路村营、夏庄店、常凝……的村庄把人放下。那时，我从未想过会有人专门要去溢泉湖。那里没有市集、没有学校，也没有庄稼，看起来是一个对生活毫无意义的地方。唯一长久住在那儿的人，是水域的管理者，他们住在像人民公社一样的管理站里，日复一日地测量水位，观察它们是否抵达汛期的某个刻度线……他们一生当中为数不多的发声，往往在汛期里，带着百年不遇与百年一遇的字眼而让人揪起一颗心。

但是,也有但是。

但是,有一次,我需要打电话给一个人,几次都没有接通他的电话。旁边的同事说,他今天心情不好,大概是去溢泉湖了吧,他性格又浪……漫,爱到那儿去。浪与漫两个字拖长了音节,多少故意加上了奚落。呃,我也挺喜欢湖水,我也喜欢浪……漫,可是,谁又不喜欢那清澈如许的寂静湖水呢?关于这里,写一个故事吧。

在那里,就在那个拐弯的地方,曾经起来过一个房子。一对母女从四川来到这里,不知她们经历了什么,辗转到这里落脚。她们用毡布和铁条撑起一个简单的帐篷,开始是一个,后来陆陆续续的三个帐篷都跟着起来了。方形箱子像变戏法似的凭空冒出来垒在道旁,傍晚时分,大簇大簇的蜜蜂围着蜂房急切地嗡嗡嗡嗡着,一只一只的等着、盼着回去温暖甜蜜的巢。

虽然浪迹天涯的养蜂人,从不是这里的稀客,但这对母女的到来还是让人疑惑,这片寂寞的槐树林,她们吸引了太多注目的眼神。半百的男人看向养蜂人里的妈妈,年轻的小伙子则把热烈的眼光投向了16岁的女儿。这里可是真安全啊,胆敢让这样年轻饱满的美丽青春就肆无忌惮地裸露在空气中,尘埃上,岁月里。

她们为何要跋涉千里来到这里。就是为了讨生活吗?讨生活有很多种方式,因何选择来这样遥远的一个地方,这样一种寂寞,荒芜的活计。整日遇不到一个人可以说说话,只有蜜蜂,一连多少日就只和蜜蜂嘤嘤嗡嗡地环绕着飞行在静悄悄的岁月当中。

有一日,有人看见后湖边的村庄里,一位令人尊重的老人在这蜂房外踟蹰许久,许久。他最后进到那里,帐篷里传来养蜂人母亲惊喜而颤抖的声音,后来她又失望地把老人从帐篷里送出来,独自回去。又有一日,女儿就一个人孤零零地站在帐篷前,不说一句话,她的母亲在帐篷内的一张破旧的八仙桌旁,独自静坐,将目光瞥向帐外的虚无。

她哭泣过了太多的光阴,她眼中的泪水带走了她母亲的生命,如今,就连她自己也行将离去。她带着自出生那一日起就不曾见过父亲的女儿来到这里,只为了看一眼她爱过的那一个人曾经生活的土地,呼吸过的一方空气。

她对女儿讲,十多年前有一个人在巴山蜀水买过她一整箱的蜂蜜,如今,我们来找这个人。这期间发生了什么事情也说不清楚,女儿离开了,妈妈留下来。她年轻时候的情人,偶尔带着东西来看她,她回报于灿烂质朴的笑。她不晓得中原人对婚姻的忠诚形式,就像中原人也不熟悉川人对于感情的忠诚形式一样。忠诚真的有很多形式,守候是一种,守望而不得大概也是一种。

我静静地听着故事,听着八卦……有时候想一想,如果生活没有这样那样遗憾的故事发生,只有平静,只有圆满,何尝不是另外一种遗憾?而这遗憾而不得的故事,也是平凡生活里千金难买的情致吧。

从此,你站在这里就会想起那个养蜂的女孩和她的妈妈,就会想起那个脊背微微驼起的老人,就会想起,有一天那个女孩儿,会不会对着湖水招手说,你好,我的白鹭洲,你好,我的溢泉湖……

秋水恬淡,大地静寂,曾经的那一抹深情是这天地间唯一明亮的色彩。

后来,后来的后来,带着大盖檐帽子的人来了,戴着眼镜斯斯文文的人也来了,可以指点江山,激扬土地的干部也来了。他们在这里丈量土地,用各种精确的仪器和水文知识,地理知识,美学知识复杂地观察这里的水,这里周边的路,推敲设计规划这里美好的未来。推土机也来了,挖掘机、铺路的工人都来了,他们小心翼翼地避开那些白鹭、那些豆雁,那些野鸭子,鸬鹚,白头翁……养蜂人的房子没有避开,她们不属于这里原本的风景。

另一种风景也徐徐展开,绿植宛若翡冷翠,长廊好比喧喧盛唐的街景,八角亭的翅膀傲娇满满,可以望雁的楼阁,花团锦簇的山坡,身穿背带裤在草地上自拍留念的少女,还有,还有,奔跑的少年、倒行的老者、骑着自行车,从天亮冲过早晨的驴友,……这是生活朝气蓬勃的生机,取代从前,EMO 时,浪……漫人的去处,从此,湖岸不再有 EMO。

从此,走在熟悉又陌生的湖岸,也不再去想那些发愁过去和惆怅将来的事情。尽情地向远处眺望,尽情地向希望眺望。生命中那些陷落过的岁月里,仔细想一想,可能也没有那么多悲伤……我们遥遥地望着湖岸的最远处,我们知道这里属于所有的人,这里的白鹭、野雁、白头翁属于所有的风景,属于它们自己,不过没关系,我们也只属于我们自己。

离开那个秋天的傍晚,已是很多年,我们走过那么远的路,最终又回到起点。我们又回到了起点了吗?就这样情愿一无所获地回去吗?是怀着怎样孤独与无可奈何的心回到最初离开的地方?

黄昏和傍晚——远去,秋天和落日不再回来,我们在道路的尽头左转,在冷冷清清的夜里,从一簇簇叶茂枝繁的灌木植被里穿过,从皎洁的月光下边白鹭飞掠而过的倒影里穿过,像花朵在楼道里穿行,像岁月擦肩而过,终将走向故事里。我走近一叶长长的秋千架,榆树的枝芽随风摇晃,父亲推起我的秋千架,我在微风里高高地飞起来,我前世今生都熟识的那一叶秋千,每一道划痕,每一轮勒紧的印儿,那时,我将怎样微笑着飞起来,怎样温暖地抱着父亲,也抱住从前,就像从未走远的从前,我将怎样微笑地开口,怎样灿烂地笑起来……

……我什么都不必说,这月色属于我。

## 把你故事，写入苍穹

在豆瓣阅读里，看陶立夏的散文。走遍全世界，写满了爱恋、回忆、憧憬、孤独。每一句，郁郁寡欢，然而，我却喜欢得要死。

"我看你持刀而来，是经我允许，你才有伤害我的能力……"她写出这样的文字，伤痕累累，荡气回肠。

电影《东邪西毒》里有一句台词："人总有那么一个阶段，见一座山，就想知道山的后面是什么？"一瞥陶立夏，才想去看柏瑞尔·马卡姆。

而后，看过柏瑞尔的人生。开始想要逃离，陶立夏的郁郁寡欢。

2013 年 11 月，陶立夏翻译了柏瑞尔这一生唯一的作品，《夜航西飞》。而柏，当然不会知道。早在 1986 年 8 月，在以 80 多岁的高龄与入室抢劫者搏斗之后，柏瑞尔结束了她传奇的一生，悄然离去。

她们显然是不同之人，大不相同。

柏瑞尔·马卡姆（Beryl Markham），一九〇二年十月二十六日出生于英国莱斯特郡，4 岁时随父亲到了肯尼亚。她先是跟随父亲训练赛马，18 岁便成为非洲首位持赛马训练师执照的女性。

1931 年开始，她驾驶小型飞机在东部非洲载运邮件、乘客和补给物品，成为非洲第一位职业女飞行员。1936 年 9 月，她从英国出发，驾驶飞机一路向西飞行，最后在加拿大迫降，费时二十一小时二十五分，成为第一位单人由东向西飞越大西洋的飞行员。

1942 年，《夜航西飞》首次出版。一九五〇年，她回到肯尼亚，重操赛马训练师的职业，直到 1986 年 8 月 3 日，她在内罗毕自己的家里突然辞世。

她是飞行员,如果,飞行员三个字前面要加上"女"的话,她可能更愿意,但是,她又不是女权主义者,她是个彻头彻尾的魅力女性,也许她都不曾考虑女权主义。

她笔下是这样的非洲,"我了解下面这片土地,除了生长着的耐旱草类,它在一年中绝大多数时候都是死寂的,我知道,无论谁发现了什么水源,那水都是污浊泛黄的,都被饮水的兽群踩浑了。""为公牛血而赞美神明。"

她的文字,和非洲一样广阔,充满危机、杀戮、紧张和并不友善的美丽。

"自童年起,非洲就是呼吸一样的存在,是我的生命源泉。它依然住在这我内心最深切的恐惧,她是记忆中的阳光和青山,清凉的喝水喝暖黄色的灿烂清晨,它和海洋一样冷酷无情,比沙漠更加顽固不化……"她不离开,她沉醉与此。

她只是在飞行,然后,手写自己的飞行。她在飞行里感受,冒险、开拓。但她又不是粗线条的女"强人",70岁时,有人看见她走在内罗毕的大街上,步履矫健,金发飘飘,你会以为她是妙龄女子!她内心里没有钱的概念,人们提起她,还和往常一样手头紧。

我常常想,这样的女人,她的心底,她在意的是什么?

作为非洲第一位职业女飞行员,她的世界里,反正男人永远不是主题。"我的飞机是一架双座轻型飞机,VP-KAN 几个粗体字母漆在它银绿相间的机身上。""它拥有生命,也会交谈。我可以经由踩在踏板上的脚底,感觉到它的意愿和肌肉的伸缩……它说,风力合适,夜色美丽,所有的要求内所能及。"

VP-KAN,才根本是她的"Soulmate"。

我们的世界,评价一个女人时,尤其是在评价一个女性作家的时候,姹紫嫣红,浓墨重彩的往往是她的情感归宿。是不是完成尘世里完美的婚姻,这倒无所谓。这就好像,说起张爱玲,必言胡兰成,说起三毛,必言荷西,说起萧红,必要提及萧军、端木……无一例外地都在研究,她收获过怎样的男人。

杜拉斯,年逾花甲之时写的《情人》;毕淑敏,也是一把年纪,访谈里她悲伤地说,我这一生只可惜没有遇到爱情。"爱情",却也没有出现在《夜航西飞》里,要知道,那几乎是她的传记。

而那几个传奇男人的名字,更不是出自她口,无一例外是从传奇男人自己的故事、笔记里一一析出。她是被拿来炫耀的,似是而非的情人,而她自己,根本无需别人更多的头衔、标签。当然,恐怕,她也没有想要将他们隐去,只恐怕,她根本没有想起来,是不是需要把这些人镌刻在自己的人生里。

所以,对于柏瑞尔来说,她肯定也不会说出那一句,"我看你持刀而来,是经我允许,你才有伤害我的能力……"这样的女人,让女人也迷离。

她不允许,她才不会允许。尽管她的一生似乎只与传奇男人相遇。《小王子》的作者,圣埃克苏佩里,《走出非洲》里的传奇男爵布里克森,以及无需备注的海明威、丘吉尔……《夜航西飞》写尽了自她17岁以来,在非洲大地、晴空里所有的看见、听说,以及父母、朋友,唯独把爱情缺席。她的私生活,她的婚姻,一个字都不提。

她在飞行,在苍穹,无数次一个人的飞行,所以,她的内心更向往在浮华里找到安静。

陶立夏,或许,正是经历了平凡世里各种周旋,第一眼看到柏瑞尔,便就此沉溺,一发不可收地爱上了飞行里的沉醉感。

有幸,因为陶立夏,而知柏瑞尔。因为看到有苍穹,才想到可以尽情飞翔。晚一点,没关系,到了就好。把你的故事,写入苍穹,从此永恒。

## 洗尽铅华

"洗尽铅华",这四个字读"洗尽铅华",这四个字读出来,是有一种澄澈的。就是说一个女人,最好是一个美人。不尽岁月之后,成熟看透,最好再遇上一个良人,许一生温暖呵护承诺。

"自此长裙当垆笑,为君洗手作羹汤。"

往昔的风姿绰约、杀伐决断、红唇皓齿、唇枪舌剑,通通化作一缕清风,风停云静,山河清丽,岁月静好。

这美满幸福人生,是孩子围嘴饭巾儿上沾染的一粒粒白米饭,是两个人吃过一碗粥,坐在沙发上絮絮地说道,是电视剧里的男女主角二度相逢,既然琴瑟起,何以笙箫默。

何以,美满幸福,但又并不是那么足够快乐?

前两天去看《罗曼蒂克消亡史》,当章子怡那张美轮美奂、顾盼生辉的人间尤物脸,出现在银幕上,我被她美得魂魄不守,简直忘记了身在电影院。

剧终人散。

突然想起,她前几年刚做了母亲。为了做成这个母亲,她几乎跟哥嫂翻脸,而后,潜行如匿,悉心去学做小苹果的后母,在一派唏嘘声中嫁给汪峰。那段时间,娱乐版的新闻里好长时间都是,章子怡洗尽铅华,终为人妇。

曾经铅华洗尽,繁华退守。终有一日,她发现,其实,她还是离不开。离不开繁华如梦,离不开铅华袭身,有关名利,有关金钱,更有关于内心丰盛的强大需求。

能洗尽又能华丽复出的章,此时,内心的海,想必是风平浪静的。

公众号后台,早先收到过这样一则留言。她说,我男朋友说了,待我洗尽铅华,他就把我奉娶回家。

我哭笑不得,留言的这个姑娘,时年 21 岁,大二,还没有踏入社会,还没有工作,还不知道 CC 霜和粉底液有什么区别,她却要为他说的一句话,"洗尽铅华。"

你知道,铅华是什么?你知道铅华有多重吗?

平凡的人,有几个是洗尽铅华,老大嫁与商人妇的?

我反正是没有铅华可洗。所以我总是在不停地做梦,当然,每个人体内都有一个梦。有时它是,一场邂逅意外,有时是一次认真回归,有时做一回别人,有时又是做一次完整的真正的自己。

而这梦也不会太多,也不会太野蛮,更不会因为想要吞吃人生,无以回头。只限于,酒足饭饱之后,那个无谓的,爱无事生非的,却又有力的念头,在脑海里一遍一遍地游弋、勾算。

真的,不如赌一场,反正不会失去什么,反正家、孩子、老公都有了,让我过把瘾。

于是,我拧开桌上的台灯。我搬回一摞摞的书,于是,我在不尽的夜,写啊写啊,我的梦,我的一点点小私心,小欲望,都写在里面。听故事,写故事,看闲书,写心得,反正我不爱说话,就是爱把想说的话变成好看的文字,塞到这,塞到那。反正,这,就是我唯一的喜好。而此刻,你却开始敲着桌台,嘿,嘿,嘿,差不多得了,人家都生二胎了,你什么时候给我生二胎去?

你是哪只眼睛觉得我肯去生二胎?像我这样养了一个孩子,都觉得全世界都把我当菲律宾女佣的人,你让我生二胎?

你很奇怪,生二胎跟写东西有什么关系?

因为,我没有那么大的本事,做一切游刃有余。我生孩子就没空写东西,我写东西就没空生孩子。这多简单的理论,你怎么能不理解。

突然间,有一丝丝的感触。我觍着脸,在 WPS 的文档中央,恬不知耻地写上了题目——美人还在爬格子厮杀,你却想要她洗尽铅华——哼,没门!

我还没有铅华,往后的日子,我得首先袭一身铅华,然后才能心安理得地卸下它。我知道那很难,但是,"梦想万一实现了呢?"不尝试尝试化妆卸妆的滋味,身为女人,此生,我岂不是很亏?

黄碧云有一句话说,"行走江湖十六字真言,杀人偿命,欠债还钱,愿赌服输,自负盈亏。"——对,自负盈亏。

从前有一个朋友,嫁到了远方,一无所有地嫁到了远方。她男人说,我养你啊!于是,朋友便如柳飘飘一样感动得热泪盈眶,喜大乐奔!十年婚姻,两次剖腹产的伤痕,一纸离婚书。那男人说,"我给你七万块钱,你走吧!"

"那孩子呢?"

"老农民在庄稼地里种出来的庄稼,你说是我的,还是你的?"

朋友在最无望的夜晚,吞下半瓶"乐果",醒来时,从此再不能说话,我上一次见到她,是在精神病院,她已经完全适应了新环境。她每日按时吃药打针晒太阳,她在晒太阳的时候走到水台边,一遍遍的接水从头到脚把自己浇遍,不分冬夏。医生说,她在用耗尽自己的方式,让自己清醒。

你要是遇上这样的男人,你会用怎样的方式让自己清醒?我家男人善良如金,爱我惜我。"我养你啊!"这样的话他也说过。那时,我就想,你能养我多久? 一年,两年,三年,四年?

当彼此激烈的深情在柴米油盐酱醋茶的细碎磨合中日渐消耗;当我围着围裙在家,洗衣做饭拖地扫地,蓬头垢面;当我扯着嗓子剧烈地跟你、跟孩子张牙舞爪面目狰狞地喊;当我事无巨细,问你要钱花,问你要水费电话费取暖费,问你要每一分你辛苦挣来的钱。你,还能爱我如初吗?

不是你的问题。人心试探人心,冰冷也许会入骨三分。我不会要一个颓唐一无是处的男人,我男人也绝不会要一个荒芜一脸灰色的老婆。

我用自己的方式,让自己值得你爱。若不爱,我也能由自己撒手,由我自己走。有人笑了,中国主妇的命运哪里有那么悲惨,你说的是概率极低的渣男事件。是的,概率也许不高,但是,万一碰上,碰到任何一个女人身上都是致命的。

平凡幸福的夫妻,两个人从来携手同行。我跟你一起去竞争激烈的大城市生活,我清早起来,煎两个鸡蛋冲两杯奶;我给你一起去竞争乏力的小城镇生活,我清早起来,给你给孩子煮一份小米粥,炒一盘醋熘土豆丝,热锅上包子弥、白松软,餐灯下小米果颗颗香糯,土豆丝酸爽莹澈。我们一起上班下班,在车辆限行的冬天,今天你带着我,明天还是你带着我。这幸福,柔软,美丽,在细节上没有任何缺陷可以攻击。然后,论理,也从伦理上,我被攻击了。行了啊,知足了啊,你该给人家生个二胎去了啊!

生孩子的好处,当然不只是你的,也是我的。

但是,这过程,却是我一力来承担的。在我,在平凡的世界里,还没有活出自己精致味道的时间里;在我,可以仰望我的未来,另外一种可能性会出现的未来里;在我,还有着一个独立意愿,想要做成某些别人看起来并无价值却足以对应我内心盈满之时。我实在没有办法,平心静气,心甘情愿,洗手做羹汤。

我还没有铅华,我无法做到。

"人生不在初相逢,洗尽铅华也从容。年少都有凌云志,平凡一生也英雄。"对于一些人来说,太平凡是内心塌陷的一个坑。你怎能掐断她想要填补那内心坑洞的勇气。是不是?心空着,人空着,连最细腻,最温柔的感情,也会觉得不暖。

我曾不止一次地问自己,为什么想要那些袅袅铅华,为什么?你都有一份体面的工作、温暖的家庭、体贴的爱人、机灵的孩子,为什么你还是那么不甘心?

小时候,我的课外生活是看郑渊洁的童话大王,珍妮的七色花,大一点以后,看聊斋、看金庸、看古龙。我永远要看那些不切实际的东西。不为什么,因为美。童话之美、自由之美、奢望之美、虚渺之美，不切实际之美。我总被传奇里的女主角吸引住眼睛。那么多情，那么妖娆，那么才华横溢，那么行走江湖，那么悲，那么切，带着女主角的光环，怎样都熠熠生辉。

青春时，喜欢白岩松，特别喜欢。有一次，在中央电视台的一个演播厅里看到他，坐在观众席上做特邀。觉得他镇定、睿智、心底细腻、善良的百转千肠。他回答完主持人的一次提问，收拾东西是要走了。海峡两岸的节目主持人李红坐在他的一旁。他俯下身来，轻轻地说了一句走了。李红抬起头，微笑着点了点。

那么轻松，那么随意，他们当然不是恋人，他们是在同一个水平面上可以点头，可以摇头，可以拒绝，可以答应的朋友。我坐得远远地，心想，切！

十多年后的今天，我终于不会再那样，假装没有艳羡，假装不屑一顾。

《纸牌屋》里，腹黑的政治家弗兰西斯在给女友求婚时说，克莱尔，如果你只想要幸福，那就拒绝吧，我不会跟你生一堆孩子，然后数着日子退休，我保证你免受这些痛苦，也永远不会无聊。——这也是我想说的。

不只是因为欲望，也并不只是因为诱惑，因为我听到了自己内心的声音。那声音告诉我，不要把自己淹没在人潮中，不要把自己放浪在形骸里，不要庸碌，不要凡俗，不要让自己活得太了无声息，不要让自己在内心空空的贫乏里，走过去，混过去，不要。此时，窗外雾霾正在退去，田野仿佛无边无际。我眷恋生命，笃信希望，虽然眼前的雾霾让一切陷入混沌，但我知道自己是清醒的。

我在这世界极为混沌的时候，看看自己的手，对自己说，看，这就是你的拥有。我在内心极为不安的时候，看看我写下的文字，对自己说，看，那就是你将来拥有的。

辛辛苦苦，又勃勃生机。空气中难以逾越的堵塞，心底深处，一只蝴蝶轻盈飞过，很偶然的，此心悦。

## 听那星光歌唱

  若是因为还愿,便不上这青山,这青山处处看得见。若是因为亲近自然,便要看这夜色天光,哪怕天光教唆了善男信女,杜撰了情思哀怨。星空是顶,远山是背景,还有那吸烟姿态从容的老板娘,杯酒觥筹,不醉不休。我说,我的灵魂去听星光歌唱,却自轻笑起来,灵魂?多么可笑的字眼。那夜里,那清晨我却是在千万次地审视我自己,我究竟还是不是一个有灵魂的人。

  现在却是我在对你讲,我的灵魂去听星光歌唱?哈,我喜欢的一颗子弹,名字叫做"过去",我把它戴在颈上,再把故事锁进去。在夏天偶然翻出来,然后寻思它的来龙去脉,假装不屑。辗转了那么多年都无法丢弃的物件,带到过哪里都又追回来。私底下知道,这不过又将陌生与无知翻了出来,把那些挚爱与温存掩盖过去。结束,再彻底些,不再想曾闪着愉悦的荧光。我解释不清楚它从哪里来,我就不再在意它会到哪里去。还是想丢弃在山里,就像张艾嘉从观音山跳下去一样,它跳下去,再就与我无关了。

  它终究是一颗子弹,命中的时候已经牢牢地带上了伤,尚且不知是怎样的劫数让人活下来死不下去。想起一个女孩,喝醉酒,挣扎着在我的怀里说,我过不去,我过不去。我这十多年,却是这样过得去,吃饭,喝水,盘腿而坐,上网喝酒,过得还真不错。

  蒂蒂公主带上金子打制的比她拇指指甲小一点的月亮,又看见了天上的一弯月亮。小丑问她,为什么月亮可以同时出现在天空,又出现在她脖子上?蒂蒂回答,你真笨,这很简单啊,当我的牙齿掉了的时候,原来的地方就会长出一颗新的牙齿。对不对?那颗新牙要多久才长得出来?又会不会长成一颗智齿?空的牙洞,疼的是谁的心？而谁的心是一颗木头心？

"听那漫天星光在歌唱，犹如天使飞舞身旁。世事无常，人生难能圆满。切莫再虚度时光，漫天的星光轻轻唱，莫让光辉惊醒惆怅，离合悲欢，谁也不能移转，且珍惜美梦一场。"

半夜里爬起来，叫喊着，起来看星星喽，看星星喽！月光隐去，星系云云。天上有300多亿颗星星，随便掉下来一颗都会砸死你。这可怎么是好，怎么是好。

写下每一个字，每一个字都写得为难。断不是因为我忘记了那夜的星光，但只是左耳朵听到星光在歌唱，右耳朵就想我应该怎样能把星光的愉悦遗忘。

"我找不到我的灵魂，你为我捡了回来，我简直不敢相信你真的需要我。"那是三分钟之前的光芒，跨了光年，只喧喧地闪着微弱的光。

## 她的酒馆打了烊

她关闭了心门,外面所有的酒馆也对她打了烊,互不开放。

已婚女子的不开心,总是有一种莫名其妙的味道,钱也不能让她开心,孩子也不能让她太开心。好像有一点接近抑郁症的样子,这个时代似乎谁也免不了带着一点点抑郁质,还能坚持走下去似乎就还好。

"多少人曾爱慕你年轻时的容颜,可知谁愿承受岁月无情的变迁,多少人曾在你生命里来了又还,可知一生有你我都陪在你身边。"先生喜欢把这首歌送给自己,他以为这就可以聊以安慰妻子,"我爱你的,是你的灵魂,不是外表。"

却不知,对女人来说,尤其是漂亮惯了的女人,连自己都无法承受岁月流淌给予脸上的变迁,她心里想着,嘴上不会说出来的那一句,甚至是,我宁愿你因我的皮相而沉沦。

打开她的手机图库,竟然有拍立自拍,努嘴卖萌的,性感妖娆的,气质高雅迷人的,唯独缺少那种特别端庄大方,一看就是贤妻良母型气盾的。她心里依然住着很多小女人。虽然,做饭也是可以,洗衣也是可以的,晒娃也是可以的,但让她内心痛痛快快地承认,我人至中年,容颜褪色,贤妻良母的红心已经无限制上线,这个比拍照不让用美颜相机还难。

所以,常常跟身边很年轻的女孩一起玩,琢磨时尚,研究美容,追到人家身后问询,这个颜色的口红是哪一个色号的,看起来好好看啊。后来,她发现一步步地还是跟不上最新的时尚,早上起来耐心地勾画一个妆容,临近出门还是要把红唇最艳的色彩抹掉,此心已简。

偶尔遇到张狂的后生妹子大喊大叫地提起衰老这个话题时,

她的脸色也会难看,那两天,画风立变,吃过的盐和涂抹过的化妆品都明明白白地写着:姐敷个面膜都比你漂亮,姐是天鹅的时候,你还是个蛋。

她的前半生,当她是天鹅的时候,有没有被很多人爱过不知道,可是,被很多人喜欢过这是真的。结婚前,其实也包括结婚后,从没有断过被男同学追求,她一度还挺开心,到后来追求者太多也就真觉没意思了。一直到了中年,有一天她突然意识到,其实因为自己从来都不是那种成绩优秀到让人仰视,漂亮冷傲到让人却步的女孩,所以,追求者才趋之若鹜。参悟到这点的那一刻,她郁闷的像是被人揭了短。因为总是被追求,总是暗恋者众,她没有什么男性朋友。至于为什么也没有特贴心的女朋友,她也不知道。

出差到陌生的城市里,发了一个朋友圈,年少时和自己关系挺好的一个男同学带着妻儿一起过来,见个面聊聊天。她问心无愧,觉得那天的氛围特别舒适坦然。随后,却发现朋友圈被男同学屏蔽了,想必,他的妻子并没有多喜欢自己。这之后的某一天,那男同学喝多了酒,打电话说,我最后一次问你,到底有没有喜欢过我?她平时极有礼貌,总是顾忌别人面子,那一次,她回答,没有,从来就没有过。虽然她从来也没有把他当过备胎,可是正巧和他性格相投,是她唯一忘掉性别,可以开心说笑的朋友。这一天,她就此失去了自己年少时最好的男同学。

男女之间到底有没有纯洁的友谊。在此之前她是相信有的,但即使是相信,她也没有好的男性朋友。后来她也不再相信,结果还是没有。

瑜伽馆慢慢地成了她最喜欢去的地方。宽敞适宜、色彩典雅的房间,面颊温柔、体态轻盈的女伴儿。当舒缓的音乐响起,手臂伸展、弯曲,努力到达它的极限,此刻似乎可以随意操纵自己的身体,随便就变成想要的样子,呼吸吐气,从头到脚都伸展,从心到灵就很惬意。这里女性之间的交流并没有太多,也许都是很安静的女孩才能承受得住这样寂寞的一种生活方式吧。

从瑜伽馆里出来,原本有很近的路就可以回家,想了想,孩子今天在补课班,还没有到放学的时间,先生还在应酬,想必回家的时间要在很晚很晚的夜里,或者也有可能根本不回来。因为先生和孩子而抓狂的事情甚少发生。生养一个孩子,身心的三分之一交付给他,给他安全与妥帖,他怎会不还你以阳光的性格、温良的品质、积极向上的人生态度。感谢上天给了自己那样好的一个孩子,品学兼优,性格活泼开朗,你若说他有什么缺点,一点点的佛系像爸爸也很像妈妈。至于自家先生,先生是自己找的,恋爱是自己谈的,好多次别人问她,为何是他,她言,我家先生有一颗金子般的心,说得跟写作文似的。遇见很多人,最终还是要择人品。

自己一个人空当得有一点点没意思。她漫无目的地把车开向远处,在车里,把握方向盘的那一刻,心里略微饱满起来,没有了最初的空瘪与烦躁。车载音乐是先生给设置的,连歌曲也都是他选择的。两个 80 后,喜欢的歌手无非是王菲、周杰伦、陈奕迅、刘若英,听得遍数太多了,这歌声就发生像录音带卡带时候一样的磕巴,这点小磕巴有时居然觉得还挺有趣,每次他们都静静地等着,每次都没有记住到底卡在哪个字。

后来有一天,他们突然就把所有的曲子都换掉。"你的酒馆对我打了烊,子弹在我心中上了膛……"虽然没有小酒馆,虽然一直觉得中年女人泡酒馆是件很油腻的事情,这首歌却还是觉得很应景。呃,不是你的酒馆对我打了烊,是所有的,所有的酒馆就对我打了烊。后来,又喜欢,"把孤独当作晚餐却难以下咽,把黑夜当成温暖却难以入眠,只好对自己说晚安……"却发现,这首歌还有另外一个名字"想死却又不敢"。呃,不想,活着挺好,还有很爱的人,很爱的孩子、很爱的衣服、很爱的身体和脸。

如此迷恋这样的歌曲,想必是因为此时,它写出了她足够的虚无和一点点的忧伤。

任她时光在游荡

  朋友圈里,有人贴出来一张图片,雷达里奥的名言:如果你现在不觉得一年前的自己是个蠢货,那说明你这一年没学到什么东西。也不认得这个老头是谁。但是他说的这一句似乎挺对。一年前,甚至五年前,也是这样的夜晚,自己练完瑜伽之后,一个人,孤零零的一个人就坐在刚刚买回来的汽车里,坐了很久很久。不过那时候,她还很喜欢自己的车,刚刚花了好多个日子的积蓄换来的一辆小可爱,从头到尾的喜欢,蕾丝的、水晶的、纯棉的,好多自己叫不上来的摆件、装饰把个小车侍弄的满满都是女儿心,后来,为了安全去掉点,为了简单又去掉点,孩子玩耍再丢掉点,女儿心越来越淡,越来越简,再后来,车子就看不出性别了,再也不算小可爱。
  一年前的自己是不是蠢货已经不重要,只是害怕自己会不会是个蠢货。没有目标的生活,没有斗志的工作,任由时光飞逝。
  最爱的生活是游山爬山。别人都想象不到,她这样看起来,弱得没有一点气力的女人,怎么会喜欢如此费劲、耗体力的一项运动。每隔一段时间,她都会跟先生提出来,不行,我在家里待不住了,你要带我去爬山。于是,一家三口就带上充足的零食出发了。怎么就喜欢爬山?未必是多喜欢爬山,主要是喜欢看山,更喜欢看山的里面有什么,山的深处,最深处有什么,苍翠、繁茂、阴凉、清爽、疲惫、充盈、自在、消耗、孤单、温暖。只有身在此山彼山,才会觉得,好啊,平时淹没其他东西都没有了,办公室里的味道也没有,每天上班路上的街景也没了,新鲜的,到处都是新鲜的,新鲜的植被,新鲜的大石头,新鲜的空气,而你所需要付出的只是开上3~4个小时的汽车即可抵达这新鲜,养心良方。现在需要做到的就是走遍这座山,身体很累、很累,心底开始澄明、安静。
  《瓦尔登湖》里有一段这样的句子:"我愿我行我素,不愿涂脂抹粉,招摇过市,我也不愿生活在不安的、神经质的、忙乱的、琐细的世纪中生活,宁可或立或坐,沉思着,听任这世纪过去。"她便是这种生活里的中年已婚女子,忙乱于世,素心如简,任凭世纪打马过去,心世界波澜无惊。

## 第五辑

## 月光之下

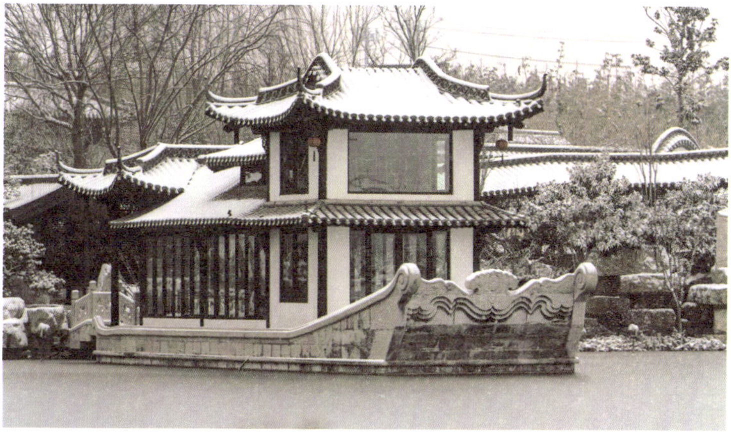

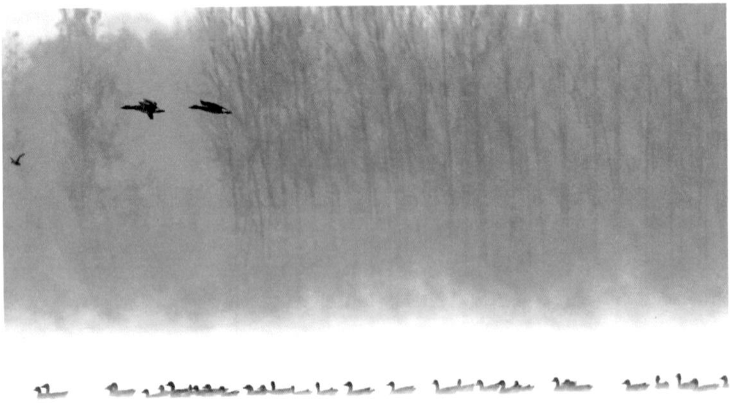

# 纵使相逢应不识

在茫茫大山里,我背着相机寻找眼睛愿意停歇的地方,雾色中藏着影影绰绰的杜仲、木兰。我却是一个喜欢模糊光线的摄影师,雾散后斑斓的绿色涌上来,深深浅浅的白都褪去,阳光下湖蓝色的氤氲里,晨风轻轻叹息。起风了,我说。

走得最远的时候,是在狼群也可以触及的地方,暮色沉沉里,要关上所有的门窗,那一声声疾厉的嚎叫,反复告诉我,是多幸运,触而不及。它们总是消失在夜晚,天幕的最深处,像你我这般俗物从来没有资格目睹。

房东不得不反复叮嘱我,不可以憧憬,不可以。我反复调整来大山里的目的,也不断地示弱,打消她以为我会半夜跑出去的想法。我们都知道狼群很遥远,我们也很惜命,只是习惯了抬头看远方纠结、调校。

没有什么关系,多年之后,这个夜晚什么也不是。

我停留的大山,只是这湘西十万大山里最小最小的一颗,在国家地图的版图上都没有它的名字,可是在这个广袤的宇宙里,依然大大的超出了我的想象。

夜色的山影渐渐看见。

"不用反复地劝我。"

"这些年你怎么可以一直如此?"他揣测我的人生,带着居高临下的探视和安慰。

"我想看看聚散离合的人生故事。"

"哪有故事比生活还要重要,你跑了这么远的路,你收获了没有?"

"我把自己,带回来了。"我顿了顿,我怕这个性格过于阳光正能量的朋友听不懂我语言里的逻辑。

"我搜集情深,写一本关于热爱与治疗的故事,我写了这么些年我认识的人,路过我身边的人,我写了关于自己联想出来的一些情节,就算我用了我自己,也根本不是我自己,就算没有说我自己,也有可能是我自己。"

"你问我收获了什么?你看,我是不是比昨天开心多了。"

"我不懂你。"他喃喃自语。

"从前,你不觉得我心里是很空吗?我没有得到足够的,我一直在索取……可你也不管我,算什么拯救,算什么师傅?"我笑着责怪我的挚友。

"有那么多故事可以写,为什么非要写爱情?"

"生活那么残忍,只有爱情是一抹温存。我要是写悬疑的时候,骨头渣子都没有办法剩下了,写得噩梦萦绕,写得血色屠城,我只肯在爱情故事里下手轻一点。"我的说法有点夸张,但我是柯南、黑色大丽花的簇拥,你说呢。

我想要看清楚人心的温暖、厚度和广度,我想要用自己的手一五一十地写出来朝雾弥漫和前尘璀璨,这些话,付诸指尖和笔端,与往事,与故人,纵使相逢应装作不识,所以我肆无忌惮。

心口有一点轻微的疼。那是在海里溺水时,肺里进了水,后来留下来的隐患,一直在愈合。那时听见,旁边的人说,还可以活下来吗?然后有人回答,不过呛了一点而已。但,呛了一点点而已就已经有灵魂消亡的感觉。仿佛在空中飘起来似的,一个声音疑惑地说,是这样的方式吗?

偏离的感觉让我失去了痛觉,依然知道有人在用力地往回拉我回去,就像我是一个气球,他是一个孩童,他的热爱与喜欢便是我的生命,但我不知道他会不会为了这份喜欢,坚决地把我握在手心里。

因为倘若是我就不会,所以,我害怕别人也不会。

自进山到现在,都只和这个人在联系,偶尔也有别人间或与我问上两句,我接不上别人的话,别人也追不上我的话。

"我和我的妻子,从小就认识,我们共同经历孩童时代、青年时代,一直到中年。可能很多人觉得我们的感情像是疲惫了,我们或许就是疲惫了,但是,事实上,我们是属于平静了,平静生活虽然没有涟漪,但是你知道,我一直如此,我喜欢我的平静,喜欢我生活里一切的平静。并且,我们曾经许诺彼此,一生一世一双人,那是我们两个人共同的坚守,谁也不可以破坏。至今,我觉得这是世界上最美好的事情。"

"你不知道,我有多羡慕这一句,一生一世一双人,真好,那种相濡以沫的感觉真好,我不羡慕她,我羡慕你,历经这么多,她还用恬静的心安安静静地爱着你。"

"将来你会怎么样?"

"你觉得我快要活不下去了吗?现在,难道,我不是活得好好的,我只是换一个地方生活,我只是来这里让自己感受一下不同时间里的风景。我只是结束一段过去的心境。你不用替我想太多……师傅,谢谢你帮我代入他。"

好多年后,罗翔说,要爱具体的人,不要爱抽象里的人。

"你们将来,还是朋友吗?"

"也许还是吧,也许不是,我不知道,取决于……"突然,我的衣领微微动了一下,起风了,"取决于风。"

雨还没有下起来,朝雾散去,我手里的相机镜头湿了,我怎么一点都不心疼它。

"但是,我想说,纵使相逢应不识,我们不认识了,我们不再是认识的朋友,是彼此的陌生人。"